Science Fiction

Science Fiction
Lektorat: Ronald M. Hahn
Ullstein Buch Nr. 31091
im Verlag Ullstein GmbH,
Frankfurt/M – Berlin – Wien
Originalausgabe

Umschlagentwurf:
Hansbernd Lindemann
Umschlagillustration: Ian Craig

Printed in Germany 1984
Gesamtherstellung:
Elsnerdruck GmbH, Berlin
ISBN 3 548 31091 5

Dezember 1984

CIP-Kurztitelaufnahme der
Deutschen Bibliothek
Iwoleit, Michael K.:
Rubikon: Roman/Michael K. Iwoleit. –
Orig.-Ausg. – Frankfurt/M; Berlin; Wien:
Ullstein, 1984.
(Ullstein-Buch; Nr. 31091:
Science-fiction)
ISBN 3-548-31091-5

NE: GT

Michael K.
Iwoleit

Rubikon

Roman

Science Fiction

Philip K. Dick gewidmet

I.

Die Wirklichkeit ist unser eigenes, in allen Spiegeln auftauchendes Abbild, ein Phantom, das nur für uns selbst existiert, das mit uns kommt, gestikuliert und verschwindet.

J.L. Borges

Wir dürfen also trotz allem mit einer Vernunft im Kosmos rechnen, auch wenn die Formen, in denen sie sich manifestiert, all unseren heutigen Vorstellungen spotten dürften.

Stanislaw Lem: Summa technologiae

Exposition

ad acta: bert traven, code nr. 24 56 978 X,
fragmentarische aufzeichnung, aufgefunden in travens kabine
planetare forschungsstation eridanus
RUBIKON-3

Es gäbe sicher genügenden Anlaß zu glauben, meine Träume hätten metaphysische Ursachen, ich selbst aber mache nach wie vor meine Umgebung für ihr Aufkommen verantwortlich. Die Station bietet mannigfache Ursachen für unbewußte Abwehrreaktionen; ich spüre dies, seit ich hier bin. Selbst Ben Chip, der sich wachen Verstand bis zuletzt bewahrte, ist sich darüber im klaren gewesen. Jetzt, wo ich allein bin – man hat Chip und Norma Mitchison vor einigen Tagen abgeholt – stört mich niemand mehr bei meinen Untersuchungen. Alles, was mich vom Eigentlichen hätte ablenken können, ist nun fort. Dennoch fällt es mir nicht leicht, die Quellen meiner Alpträume aufzuspüren. Es kostet Überwindung, sich selbst abschätzend gegenüberzustehen. Und möglicherweise ist es sogar gefährlich. Vielleicht ist dieses Risiko einer der Gründe, warum Jones, Pent und Pesh nicht mehr leben, wenngleich mir konkrete Anhaltspunkte für diese Vermutung fehlen. Überhaupt: die Atmosphäre der Station ist geschwängert von Wahnsinn, ich gebe es zu, doch auch das scheint mir ein leicht erklärbares Phänomen zu sein. Die Enge und Einheitlichkeit der Wege, die man tagtäglich beschreitet, der stark begrenzte Aktionsradius des Einzelnen und die damit verbundenen häufigen Konflikte sind Aspekte einer Extremsituation, die unweigerlich Auswirkungen auf die Psyche haben muß. Und irgendwie liegen darin auch *meine* Träume begründet. Ich glaube nicht an Chips Spekulationen, mit denen er mir klarzumachen versuchte, daß sich in meinen Visionen etwas äußert, was jenseits des menschlichen Erfahrungshorizonts liegt, daß sich in ihnen ein Stück Ewigkeit entfaltet. Er setzt keinen Trennstrich mehr zwischen Illusion und Wirklichkeit, ich aber halte daran fest, ungeachtet dessen, was sich vor einigen Wochen hier abspielte. Sydney Pesh hat die Leute in Abgründe ihrer eigenen Psyche hinabgezogen, davon bin ich überzeugt. Ihre Überlegungen scheinen mir nicht dadurch bewiesen, daß ihre Kollegen und womöglich auch sie selbst den Verstand verloren haben, nachdem sie in die gewagten psychischen Experimente eintraten. Die Ereignisse sind keine Bestätigung von Sydneys Annahme, daß der Mensch keinen ungetrübten Bezug zur Wirklichkeit hat. Ich erkläre den tragischen Verfall der Besatzung damit, daß ihre Theorien an den Grundfesten des menschlichen Weltbilds zerrten, was zwar Wahnsinn zur Folge haben kann, aber nicht den Eintritt in eine neue Dimension der Wahrnehmung bedeuten muß. Und ich selbst spüre schon Anflüge dieses Wahnsinns. Sich zu sehr mit den vergangenen Ereignissen zu befassen, heißt, ihm gefährlich nahezukommen. Deshalb durchforsche ich die Station, verbringe oft Stunden damit, in einzelnen Abschnitten des Korridorgefüges auf und ab zu gehen, in der Hoffnung, ich könnte irgend etwas entdecken, das sich mit dem, was ich bisher weiß, zu einem Komplex zusammenfügen ließe. Ich glaube, wenn ich mit Sicherheit weiß, was mit mir geschieht, bin ich gleichzeitig auf dem Wege, den Einflüssen, die mich bedrohen, entgegenzuwirken. Der Gedanke, daß ich nur wenige Wochen zu überstehen habe, gibt mir zusätzliche Hoffnung.

Die fünf weitverzweigten Flügel im Oberdeck der Station, ihre Einrichtung und Atmosphäre, bilden miteinander ein Raster, ein Chiffre, das sich sowohl auf meinen wie auch auf den Zustand von Norma Mitchison anwenden ließe, wenn es mir nur gelänge, den Sinn zu entschlüsseln. Alles ist erklärbar, daran halte ich fest. Die Spannungen zwischen Traum und Tag müssen sich auf klare Fakten zurückführen lassen. Daß ich das erkannt habe, ist eine Chance, die ich den anderen voraus habe. Und ich will und muß sie nutzen ...

... schon vor einigen Tagen verspürte ich beim Betrachten des Meeres eine unbegreifliche Unruhe. Heute steigerte sie sich zu einer kaum noch erträglichen Intensität. Die Scheibe des Aussichtsfensters verschaffte mir nicht mehr die nötige Distanz; es schien, als wolle die Welt dort draußen mich zu sich hinabziehen. Die Dampfschwaden lockten bizarr, mehrmals glaubte ich, mich in den heißen Fluten treiben zu sehen. Etwas Unbegreifliches ging von dort aus, durchdrang meinen Verstand, ja selbst meine Sprache. Und nachts sah ich mich im Traum am Rande eines Abgrunds stehen und in die unabschätzbare Tiefe hinabsehen, die sich zu meinen Füßen auftat, doch mein Blick stieß auf keine Grenzen. Jede Nacht näherte ich mich dem Abgrund ein wenig mehr, spürte schon den Schwindel, der dem Sturz vorausgeht, ohne aber die Entwicklung aufhalten zu können. Schon den Abgrund gesehen zu haben war mehr, als ich heil ertragen konnte. Ich bin ein Tropfen in einem Ozean, ahnte ich, ein Staubkorn in einem Jahrtausende währenden Sturm, und ein Stein eines Galaxien umfassenden Mosaiks. Was war noch Traum, was Wahrheit? Bei der Berührung mit dem Fremden war mir allmählich meine Sicherheit verlorengegangen. Und bald begann ich zu treiben ...

... fühlt' er mittendrin, in kochenden Schwaden fauligen Gestanks, schwitzend im Umgriff im Urofen einer heißen, weltentbundenen, wollend vibrierenden Ausdünstung fluiden Geistes. Schrie er, ohne zu atmen, zu verdrängen, was ihn bedrängte, einzuwürgen den Puls, der ihn umflutete. Unendlichkeit ging ihm verloren, Bedeutung, sirenenhaft singend, im Schoß eines Meeres aus metaphorisch-metamorphem Sinngedunst verloren. Seine Halt suchenden Hände fühlten weinend ins Leere einer heißkalt oszillierenden Strudelkaskade von bleichen, mitspülend ihn zerreißenden Fingern von Flut ...

anmerkung: bedeutung der merkwürdigen syntaktischen und semantischen figuren im dritten teil bislang ungeklärt – parallelen zum schicksal der besatzung denkbar

II.

Bei Anbruch der Dämmerung, als die Sonne rotglühend über dem nebligen Horizont aufstieg, tauchte Travens Fähre in die Atmosphäre ein und tastete sich auf spiraligem Kurs langsam zur heißen Wasseroberfläche hinab, über der auf tief unten im Meer verankerten Stützpfeilern die Station errichtet war. Der milchige Ozean war von kraftvollem Wellengang aufgewühlt und von schweren Wolken überschichtet, durch die ein ewiger Sturm Gassen aus rotem Licht trieb. Urgewaltige Regengüsse prasselten gegen die schmalen Fenster der Fähre. Die atmosphärischen Turbulenzen ließen sie erzittern, aber schließlich näherte sie sich unbeschadet in einem weiten Bogen der Station, deren metallene Hülle durch den Dunst schwach schimmerte. Traven warf regelmäßige Blicke auf die Computermonitore, um sich zu vergewissern, daß er sich der Station von der richtigen Seite näherte, doch der Faszination, die diese Umgebung auf ihn ausübte, konnte er dabei kaum Einhalt gebieten. Ständig glaubte er in dem unüberblickbaren Bewegungstunnel der entfesselten Naturkräfte Regelmäßigkeiten zu entdecken, die sich auf eine intelligente Einflußnahme zurückführen ließen, was sich aber später, als er die Wasseroberfläche erreichte, durch keine konkrete Beobachtung bestätigte. Selbst die Gewißheit, hier mit keiner Lebensform rechnen zu können, die menschlichen Maßstäben entsprach, hinderte ihn nicht, nach den Spuren einer solchen Ausschau zu halten. Die Fremdartigkeit dieser Welt ließ sich jedoch auf kein handhabbares Maß reduzieren. Schon die physikalischen Bedingungen waren in ihrer Lebensfeindlichkeit so ungewohnt, daß Traven sich fragen mußte, ob sich dieser Planet nicht von vorn herein allem menschlichen Zugriff entzog.

Während er die Fähre auf die Station zu lenkte, von der nur einige vage Umrisse zu erkennen waren, blickte er suchend über die Wasseroberfläche, die hier beinahe undurchsichtig war und in quirligen Bewegungen pulsierte. Die Nebel verwehrten selbst aus der geringen Höhe gelegentlich die Sicht, was Traven einige Male derart zu Einbildungen reizte, daß er sich ohne Anlaß aus dem Meer beobachtet glaubte und auf Anzeichen wartete, die seine Ahnung bestätigen würden. Bald aber beanspruchte das Landemanöver seine Konzentration; das Meer und die Nebel verschwanden, und die Fähre glitt heulend in die Landeschleuse. Sekunden nach dem Eintritt schlossen sich Luken hinter ihr und tauchten die Umgebung in völlige Dunkelheit. Dann verebbte das Heulen. Eine weitere Luke tat sich vor der Fähre auf, die nun summend in der Empfangshalle zum Stehen kam. Traven lockerte die Gurte, wartete den Druckausgleich ab und entledigte sich seines Anzuges. Durch die Seitenfenster warf er inzwischen erste Blicke in die Halle.

Sie war menschenleer und in verwahrlostem Zustand. Papiere, Magnetbänder und Trümmer lagen in einem unübersehbarem Chaos auf dem Parkett ausgebreitet. An einigen Stellen hatte man elektronische Installationen von den Wänden gerissen und die holographischen Bildschirme über den Türen zertrümmert. Von irgendwoher stiegen Dunstfäden zur gewölbten Decke auf. Einige der Gaszuleitungen waren leck, verflüssigter Sauerstoff entströmte zischend und wirbelte Kunststoffetzen durch die Luft.

Traven öffnete die Luke der Fähre, trat schweigend hinaus und war schon Sekunden später schweißgebadet. Aus irgendeinem Grund waren zumindest in diesem Trakt der Station die Klimasysteme defekt. Die äußere Hülle konnte nur wenig von der Hitze der Atmosphäre abhalten.

Zögernd schritt Traven voran, horchte aufmerksam und bemühte sich, jedem Detail Beachtung zu schenken, was ihm aber nur zusätzliche Verwirrung einbrachte. Er sah die Wände hoch, blickte auf die transparente Kuppel der Halle und entdeckte überall Spuren versuchter Zerstörung. Die Metallwände hatten tiefe Dellen, sie waren an manchen Stellen eingerissen und erlaubten Einblicke in die dahinterliegenden, von Kabelbündeln durchzogenen Hohlräume. Auf dem Boden lagen zerbeulte Nahrungs- und Treibstoffbehälter, die offensichtlich jemand gegen die Kuppel geschleudert hatte. Traven hob hier und dort einige der Trümmer auf und besah sie sich genauer, aber oft wußte er nicht mal mehr zu sagen, woher die Überreste stammten, die er in den Händen hielt. Das Ganze war ein Rätsel. Nicht nur, *daß* wichtige Einrichtungen zerstört worden waren, schien ihm unbegreiflich, sondern auch, *mit welcher Kraft* man diese Zerstörungen angerichtet hatte.

Es dauerte einige Minuten, bis er sich entschloß, zunächst die Außenstation zu verständigen und Ratschläge einzuholen, bevor er seine Erkundung fortsetzen würde. Er brauchte das Gefühl, nicht allein zu sein, mußte seiner unterdrückten Angst etwas entgegensetzen. Als er wieder in der Fähre war und die vier Minuten bis zum Zustandekommen einer Funkverbindung zu überbrücken hatte, versuchte er erregt die Fakten zu ordnen.

Er hatte die letzten Tage bis zum Abriß der Funkkontakte an den Monitoren der transplanetaren Raumstation verfolgt und mit seinen Kollegen verzweifelt versucht, aus den wirren Daten, die man erhielt, Schlüsse zu ziehen. Die letzten persönlichen Meldungen der Besatzung lagen zu diesem Zeitpunkt schon weit zurück, und allmählich hatte man die Hoffnung aufgegeben, daß von den fünf Menschen, die sich auf der Station befanden, überhaupt noch jemand lebte. Traven war schließlich als erster auf den Gedanken gekommen, einen einzelnen Mann auf die Station zu entsenden. Daß er persönlich diese Aufgabe übernommen hatte, ergab sich aus seiner sehr intensiven Beziehung zu dem Projekt beinahe von selbst.

Spätestens jetzt, da er selbst das erste Mal auf dem Planeten war, spürte er all die unguten Gefühle, die er anfangs der Erforschung dieser fremdartigen Welt entgegengebracht hatte, auf entsetzliche Weise bestätigt. Trotz des Enthusiasmus, mit dem er die Planung und Errichtung der Station mitverfolgt hatte, waren all seine Empfindungen stets von einem gewissen Unbehagen begleitet gewesen – einer Angst vor dem Fremden, einem Respekt vor Dingen, die auf irgendeine Weise für das menschliche Begreifen nicht geschaffen schienen. Heute wertete er diese Gefühle als eine düstere Vorahnung, deren Ursache ihm freilich unerklärlich blieb. Vielleicht lag sie in den vielen Ungereimtheiten begründet, die sich den Forschern schon in der Phase der radioastronomischen Untersuchungen eröffnet hatten, all jene Paradoxa und scheinbaren Unmöglichkeiten, die auf fremdes Leben hindeuteten und es doch immer wieder negierten.

Traven sandte der Außenstation eine Meldung über seine Beobachtungen zu und wartete die Rückmeldung ab, bevor er die Fähre wieder verließ. Man wies ihn an, die Station so gründlich wie möglich zu durchsuchen und sofort Meldung zu machen, wenn er Besatzungsmitglieder fand, doch bei all dem sollte er die nötige Vorsicht nicht vergessen. Traven sparte sich eine Bestätigung.

Bei der Wahl, welchen der vier Flügel der Station, die alle gegenüber der Landeschleuse in die halbrunde Halle mündeten, er zuerst erkunden sollte, entschied er sich für den Bereich jenseits der südlichen Flügeltür, der die Wohnkabinen, Konferenzräume und Archive barg. Wider Erwarten war der Öffnungsmechanismus der Tür beschädigt. Sie ging nur einen Spalt breit auf, und Traven mußte sie mit einem Trümmerstück soweit aufstemmen, daß er hindurchschlüpfen konnte.

Es umfing ihn weißes, kühles Licht, das die langen Korridore bis in die letzten Winkel erhellte. Das heillose Durcheinander setzte sich vor seinen Füßen fort. Berge von Papier und entrollten Magnetbändern bedeckten den Boden. Irgendwer hatte eine Kolonne der Printouts des Hauptcomputers über den Gang und die Halle verteilt. Gelegentlich hob Traven ein Bündel der Papiere auf, doch er wußte nichts damit anzufangen. Sie waren mit langen Tabellen wirrer Zahlen- und Zeichenkombinationen bedeckt, die sich anscheinend über etliche Kilometer erstreckt hatten und erst von dem Amokläufer, der für dieses Chaos verantwortlich war, in kleine Stücke gerissen worden waren. Kopfschüttelnd stapfte Traven weiter.

Im Verlauf der nächsten Stunden, während der er Abstecher in die Räumlichkeiten machte, deren Türen noch offenstanden, überdachte er zum wiederholten Male die Ereignisse, welche zur Entdeckung dieses Planeten und seiner intensiven Erforschung geführt hatten. Sicher wäre man nie auf ihn aufmerksam geworden, hätte man nicht beschlossen, die Raumstation RUBIKON-3 nahe der Sonne Eridani, um die er kreiste, zu errichten. Auf RUBIKON führte man optische und radioastronomische Untersuchungen des Vier-Planeten-Systems durch. Zwei dieser Welten wiesen einen etwa anderthalbfachen Erddurchmesser auf, während ein größerer auf einer weiten elliptischen Bahn, und in unmittelbarer Nähe ein kleinerer von der Größe Merkurs die Sonne umkreisten. Das System führte darüber hinaus einige Planetoiden und Kometen mit sich, erwies sich aber als weit weniger komplex als das irdische Sonnensystem. Aufgrund der geringen Leuchtkraft Eridanis, die nur ein Viertel der Energie der irdischen Sonne abgab, herrschten selbst auf dem sonnennächsten Planeten relativ mäßige Temperaturen: schätzungsweise dreihundert Grad Celsius. Der innere der beiden mittelgroßen Planeten kam den physikalischen Bedingungen der Erde am nächsten, weshalb sich das Forschungsinteresse in erster Linie auf ihn konzentrierte. Man schätzte Durchschnittstemperaturen um sechzig Grad, etwas intensivere Druckverhältnisse und eine dichte Atmosphäre, die – wie radioastronomische Untersuchungen schließlich ergaben – aus einem Gemisch von Wasserdampf, Amoniak, Methan und Wasserstoff bestand. Der Planet war fast vollständig mit Wasser bedeckt; einzelne Festlandflächen konnten erst später nachgewiesen werden.

Was den Forschungen eine entscheidende, ja beinahe sensationelle Wende gab, die letztlich auch Traven dazu brachte, von der nächstgelegenen Station auf RUBIKON-3 überzusiedeln, war der Nachweis organischer Verbindungen auf der Oberfläche des Planeten, den man inzwischen Eridanus getauft hatte. Zunächst entdeckten die Radioteleskope Spuren von Essigsäure, kurz danach – zum ersten Mal überhaupt – einfache Aminosäurenmoleküle. Von nun an überschlugen sich die Spekulationen über mögliches Leben auf Eridanus, wobei man jedoch über viele Probleme, die von den bisherigen Erkenntnissen aufgeworfen wurden, enthusiastisch hinwegsah. Der bald darauf folgende Ausbau und die Leistungserweiterung der radioastronomischen Anlagen führten zu neuen Ergebnissen, welche die haltlosen Spekulationen ein wenig dämpften. Traven erinnerte sich gut daran, wie ihm selbst zu dieser Zeit die Leichtfertigkeit klargeworden war, mit der er die neuen Erkenntnisse bislang gehandhabt hatte, doch er ahnte, daß dieses Verhalten in seinem Menschsein begründet lag. Die Möglichkeit, das eigene Sonnensystem verlassen zu können, war von Anfang an mit dem Gedanken an ein mögliches Zusammentreffen mit fremden Intelligenzen verbunden gewesen, ein uralter Traum, der nun, da erste vage Anzeichen für fremdes Leben vorlagen, leidenschaftlich frei wurde. Doch noch immer standen eine Reihe von Fakten der Möglichkeit von Leben entgegen – so vor allem die für organische Materie unverträglich hohe Temperatur, die das Vorhandensein von Proteinen, den chemischen Grundeinheiten des Lebens, eigentlich ausschloß, denn oberhalb von dreißig Grad beginnen Proteine bereits biologisch inaktiv zu werden. Zwar sind von der Erde Organismen bekannt – etwa Flechten in heißen Geysir-Gebieten –, die bei höheren Temperaturen überleben können, jedoch haben sich solche erst im Verlaufe ihrer Evolution an diese Umweltbedingungen angepaßt und sind nicht unmittelbar daraus hervorgegangen. Die folgenden radioastronomischen Untersuchungen bestätigen dies nur: es konnten zwar weitere Aminosäuren, aber keine Proteinkomplexe nachgewiesen werden.

Dennoch flackerten die Hoffnungen wieder auf, als man, wie als Antwort auf die Radiowellen, die über ein halbes Jahr den Planeten betastet hatten, schwache elektromagnetische Signale von der Oberfläche empfing, die sich keinem natürlichen Ursprung zuordnen ließen. Das war der endgültige Anlaß zu dem seit langem erwogenen Entschluß, auf Eridanus eine Forschungsstation zu errichten, die schon ein Jahr später, für eine fünfköpfige Besatzung ausgelegt, installiert werden konnte. Als die ersten Expeditionen auf Eridanus eintrafen und mit dem Bau begannen, konnte man einige ungeklärte Veränderungen der Signale und merkwürdige chemische Reaktionen in den Meereszonen um die geplante Station feststellen; letztere vor allem hinsichtlich der Ladungsverteilung der im Meer vorkommenden Ionen – weitere Phänomene, für die man keine Erklärung fand. Derartige Dinge häuften sich, als die Besatzung der Eridanus-Station mit ihren Arbeiten begann.

Obwohl die Existenz von Aliens nach wie vor hypothetisch war, bestand die Aufgabe der Besatzung darin, wenn möglich auf irgendeine Weise mit den Fremdwesen, deren Existenz man das Auftreten der unnatürlichen Phänomene zuschrieb, Kontakt zu knüpfen, auch wenn es bislang noch keine hinreichenden Beweise für die Annahme gab, daß sie vernunftbegabt waren. Spekulationen gab es zu jeder Phase der Forschung genug, vielleicht zu viel, konkrete Anhaltspunkte nur wenige.

Jetzt, da er selbst zum ersten Mal auf Eridanus war und dessen fremdartige Ausstrahlung am eigenen Leib erfuhr, ahnte Traven, daß die Besatzung den Mitarbeitern auf RUBIKON-3 schon vorher Dinge verschwiegen hatte. Wegen der immensen Entfernungen zwischen den beiden Stationen waren Funkkontakte langwierige und umständliche Prozeduren, die sich oft, um dem Informationsbedarf beider Seiten gerecht zu werden, über mehrere Tage hinzogen und dementsprechend selten waren. Aus dem gleichen Grund hatte die Besatzung wahrscheinlich nie die Möglichkeit gehabt, alles zu berichten, was sich ereignete. Schließlich waren die Kontakte immer seltener und karger geworden, bis sich die Besatzungsmitglieder nicht mehr selbst meldeten, sondern Computer dazu programmierten, in regelmäßigen Abständen Daten zu entsenden, die zuletzt in ein wüstes Wirrwarr sinnloser Informationen entartet und dann abgerissen waren.

Traven verwendete äußerste Sorgfalt auf die Durchsuchung der verschiedenen Räumlichkeiten, doch nirgends ergaben sich Anhaltspunkte, die seine Verwirrung ein wenig hätten aufhellen können. Überall bot sich ihm zunächst dasselbe Bild: die Einrichtungsgegenstände waren über den Boden der engen Wohnkabinen verstreut, die elektronischen Anlagen zum Großteil zerstört oder beschädigt, und Informationsträger, wie Magnetbänder oder andere Aufzeichnungen, vernichtet, sofern sie offen zugänglich waren. Einige Kabinen blieben Traven verschlossen, da ihr Türmechanismus außer Betrieb war, und er nicht die Kraft hatte, sie mit Gewalt zu öffnen. Erst als er ans Ende des zentralen Korridors gelangt war und sich der linken Abzweigung zuwandte, stellte er überrascht fest, daß sich das Chaos hier ein wenig lichtete. Die elektronischen Installationen waren unversehrt, nur wenige Papier- und Kunststoffetzen lagen auf dem Boden, und auch die Türmechanismen funktionierten reibungslos. Der erste Raum, den Traven betrat, war der größte der drei Konferenzräume, ein nahezu quadratischer Saal mit hoher Decke und einem langen Pult, das über ein Terminal verfügte, über das man Zugriff zu allen jüngeren Daten der benachbarten Archive hatte. Wie Traven bei einer Befragung des Computers erfuhr, war der Saal vor mehr als zwei Monaten das letzte Mal benutzt worden. Seitdem hatte man ihn nur einmal wieder betreten. Es war ein Glücksfall, dem Traven diese Information verdankte, denn nur bei wenigen Räumlichkeiten wurde die Benutzung elektronisch protokolliert.

Traven hielt seine Neugier auf die gespeicherten Daten und Arbeitsprotokolle zurück. Er beschloß, die angrenzenden Archive und Arbeitsräume näher zu durchsuchen.

Als er wieder auf dem Gang war, hörte er jedoch von irgendwoher ein dumpfes Klopfen, das offenbar aus einem anderen Trakt der Station zu ihm durchdrang. Eine Weile lauschte er konzentriert, bevor er das Untergeschoß, in dem sich die Lebenserhaltungssysteme befanden, als Ursprung der Laute identifizierte. Nervös begab er sich zum nächsten Aufzug und war eine Minute später auf Höhe der gewaltigen Anlagen.

Aus der Tür des Aufzugs trat man zunächst auf eine enge Plattform hinaus, von der sich ein Netz schmaler Stege über das in diffusem Licht getauchte Labyrinth aus Gasbehältern, Wasserfilteranlagen und meterdicken Rohrleitungen erstreckte. Das Klopfen war hier wesentlich lauter, kam von irgendwo unten und rührte offensichtlich von dem Aufeinanderschlagen von Metall her. Der ausgedehnte Nachhall der Maschinenhalle erschwerte die Suche nach der Lärmquelle beträchtlich, doch nach einer Weile glaubte Traven das Klopfen von einer der Kesselkolonnen im nördlichen Teil der Anlage kommen zu hören. Da die Beleuchtung dort mäßig war, konnte er – selbst als er die Geräusche direkt unter sich spürte und sich weit über das Geländer reckte – nichts in den Abgründen zwischen den Behältern erkennen. Dann brach jedoch das Klopfen unvermittelt ab, und jemand rief aus dem Dunkel etwas zu ihm hinauf.

»Ist da jemand? Gottverflucht, holt mich hier raus!«

Traven kannte die Stimme.

»Chip?« rief er. »Benjamin Chip? Mein Gott, was machst du da unten? Was ist passiert?«

»Ich weiß es nicht«, kam die Antwort. »Ich weiß es wirklich nicht. Ich habe noch gehört, daß ihr gekommen seid, um mich zu holen. Ich weiß nichts mehr. Es ist doch auch gleichgültig. Ich will nur raus hier.«

Traven überlegte fieberhaft. Dann besorgte er sich aus dem oberen Geschoß einen Handscheinwerfer, mit dem er den Abgrund ausleuchtete. Chip lag in verkrümmter Haltung in einer Spalte zwischen zwei Gasbehältern und hielt eine Metallstrebe in den Händen, die er offensichtlich von der Verkleidung eines Behälters entfernt hatte. Sein Gesicht war mit Platzwunden übersät, sein Anzug zerrissen, und soweit Traven es von oben aus beurteilen konnte, hatte er sich einen Arm gebrochen. Traven sah sich um, suchte den nächsten Abstieg und kletterte über eine schmale

Leiter zu dem Verletzten hinab.

Er hörte Chips gepreßtes Schnaufen, während er sich über die Röhren und Leitungen langsam auf ihn zu arbeitete. Zwischendurch hielt er immer wieder an und orientierte sich, indem er mit dem Scheinwerfer um sich leuchtete. Von der Stelle, wo die Leiter endete, bis zu Chips Standort betrug die Entfernung gut dreißig Meter und wurde von zahlreichen beschwerlichen Umwegen nur noch gestreckt. Chip lag die ganze Zeit unruhig da und forderte Traven immer wieder auf, sich zu beeilen, mußte aber fast zehn Minuten warten, bis dieser ihn erreicht hatte. Aus unmittelbarer Nähe sah Chip wesentlich mitgenommener aus. Er hatte eine üble Platzwunde auf dem Kopf, aus der langsam gerinnendes Blut quer über sein Gesicht lief. Traven hob ihn behutsam aus dem Spalt und ließ ihn sich an seine Schultern klammern, um ihn den Rückweg mit sich zu tragen. Chip war völlig entkräftet. Es kostete ihn ungeheure Anstrengungen, sich an Traven festzuhalten und sich gelegentlich mit den Füßen irgendwo abzustemmen. Eine halbe Stunde dauerte es, bis sie die Leiter erreicht hatten und auf den Steg geklettert waren. Traven mußte Chip stützen, als sie zum Aufzug gingen und in einem der noch heilen Räume des Obergeschosses Quartier bezogen.

Währenddessen rief er sich das wenige ins Gedächtnis zurück, was er über Benjamin Chip wußte. Der Name dieses unauffälligen Außenseiters gewann unter den gegebenen Umständen eine unerwartete Relevanz. Er war der einzige Nichtwissenschaftler der Besatzung; ein Techniker, dessen Aufgabe lediglich darin bestand, das Inventar der Station in einwandfreiem Zustand zu halten. Seine Person war stets im Hintergrund geblieben, offensichtlich hatte er nur wenig persönliche Kontakte zur übrigen Besatzung gehabt. Daß Traven ihn als ersten fand, mochte zwar Zufall sein, aber er sah darin mehr – vielleicht einen glücklichen Hinweis auf die Wichtigkeit, die Chip möglicherweise noch gewinnen würde.

Zu seiner Enttäuschung konnte ihm Chip nicht viel von den vorangegangenen Ereignissen berichten. Er hatte eine mittlere Gehirnerschütterung davongetragen, und die damit verbundene Amnesie betraf den Großteil seiner Erinnerungen an die jüngste Zeit. Er wußte nur noch, daß er von jemandem bis ins Untergeschoß verfolgt und über das Geländer gestoßen worden war. Dabei war er hart mit dem Kopf aufgeschlagen und eine Zeit besinnungslos gewesen, deren Länge er nicht mehr abschätzen konnte. Erst vor einigen Stunden war er erwacht, hatte sich aber aus eigener Kraft nicht befreien können. Niemand hatte auf seine Hilferufe reagiert, und erst als Travens Schritte die leblose Stille der Station durchbrochen hatten, hatte er mühsam eine lose Metallstrebe, die über seinem Kopf hing, aus ihrer Verankerung gelöst und damit gegen die Kesselwand gehämmert, um auf sich aufmerksam zu machen.

Traven versorgte den Verletzten so gut er konnte, reinigte und verband dessen Wunden, schiente ihm den gebrochenen Arm und verabreichte ihm Beruhigungsmittel. Während Chip schlief, verständigte er die Außenstation und bat darum, den Verletzten baldmöglichst abzuholen, bevor er mit der Erkundung der Station fortfuhr. Er wählte willkürlich den äußersten rechten Flügel, der die meteorologischen und radioastronomischen Anlagen barg. Auch dieser Trakt war von dem Amokläufer verschont geblieben.

In dem senkrechten Korridor, der den Komplex durchzog, war es zunächst völlig still. Wie Traven feststellte, waren die Anlagen noch immer betriebsbereit, auch wenn sie seit einiger Zeit nicht mehr benutzt worden waren. Die Computerprogramme waren hingegen fast sämtlichst gelöscht, obwohl Magnetband- und Floppy-Disc-Anlagen tadellos funktionierten. Traven fand keine Erklärung dafür.

Als er sich mit übermäßig laut tönenden Schritten von Raum zu Raum dem Ende des Korridors näherte, wurde er irgendwann eines zaghaften Wimmerns gewahr, das aus einem Raum nahe der Stirn des Ganges kommen mußte. Er verharrte eine Weile und bemühte sich festzustellen, ob der Laut einen künstlichen oder menschlichen Ursprung hatte, doch dies ließ sich nicht eindeutig feststellen. Durch die Metallwände wurde das Geräusch verzerrt und in Nachhall ertränkt, so daß kaum mehr sein eigentlicher Klang herauszuhören war. Aufgeregt brach Traven seine systematische Untersuchung ab.

Je näher er dem Ende des Korridors kam, desto leiser wurde der Laut, bis er schließlich, als Traven ihm ganz nahe war, in einem unterdrückten Gurgeln erstarb. Vorsichtig öffnete er nach kurzem Zögern eine Tür und trat ein.

Der betreffende Raum beherbergte einen Teil des Inventars,

welches als Verknüpfungspunkt zwischen den äußeren und inneren radioastronomischen Anlagen diente. Hier wurden die Signale der Radioteleskope digitalisiert und den diversen EDV-Anlagen zur weiteren Verarbeitung zugeleitet. Der Raum enthielt deshalb keinerlei Bedienungseinheiten, sondern lediglich zwei Wände aus hohen, grauen Metallschränken, in denen die Elektronik verstaut war. Zwischen ihnen blieb nur ein schmaler Durchgang frei. Traven lauschte angestrengt. Er glaubte, von irgendwoher ein gepreßtes Schnaufen zu hören. Also hatte sich doch ein Mensch hier versteckt. Vorsichtig schritt er die Schrankwände entlang und riß eine der Türen auf.

Vor ihm zusammengekauert, in einem Gewirr Tausender dünner Kabel, hockte ängstlich zitternd eine junge Frau, mit zerkratztem Gesicht und zerrissener Kleidung, die augenblicklich zu schluchzen begann, als sich Traven zu ihr hinabbeugte. Er versuchte ihr zuzureden, doch das verstärkte ihre Panik nur, denn sie kreischte, schlug nach ihm und drückte sich weiter in den Schrank hinein.

Traven kannte die Frau. Sie hieß Norma Mitchinson, war Linguistin und in dieser Eigenschaft eine der fähigsten Wissenschaftlerinnen gewesen, die für das Projekt zur Verfügung standen. Traven hatte sie gut in Erinnerung, denn er war von ihrem ebenso besonnen-gefühlvollen wie ergiebigen Arbeitsstil stets beeindruckt gewesen. Doch von dieser geistigen Klarheit war nicht viel übriggeblieben. Sie hatte die Augenlider hochgerissen, den Mund in einem irren Ausdruck verzogen und so eingefallene Wangen, daß sie kaum den Eindruck erweckte, als würde sie Traven erkennen. Als er sie mit Gewalt aus ihrem Versteck zog, wehrte sie sich mit aller Kraft und schrie, als bange sie um ihr Leben. Travens Verwirrung begann allmählich in Angst umzuschlagen, während er sie durch den Gang zerrte und in den mittleren Flügel brachte, wo Benjamin Chip, von dem Geschrei geweckt, ihnen auf dem Korridor entgegenhumpelte. Er war ebenso schockiert wie Traven, schien aber weniger überrascht. Wie er später zugab, erinnerte ihn Normas Zustand an irgendein zurückliegendes Ereignis. Was es war, dämmerte ihm jedoch erst später.

Sie brachten die Linguistin in eine der Wohnkabinen und flößten ihr ein stark wirkendes Beruhigungsmittel ein. Als sie eingeschlafen war, hockten sie wortlos neben ihr und verbrachten die nächsten Stunden in angespanntem Schweigen. Traven resümierte, was er in den wenigen Stunden auf der Station erfahren hatte. Er mußte sich mit der Tatsache abfinden, daß sich keines der bestehenden Rätsel gelöst, sondern nur neue aufgetan hatten. Was sollte er aus dem Zustand der beiden einzigen Personen schließen, die er bisher gefunden hatte, und was aus dem Ausmaß der angetroffenen Zerstörungen? Die vorhergegangenen Ereignisse erlaubten in diesem Zusammenhang noch immer keine Erklärungen – nicht einmal Spekulationen.

Bei diesem Gedanken wurden in Traven wieder einmal jene Gefühle wach, die schon seit der Entdeckung des Planeten unterdrückt in ihm vibrierten. Dieses Unbehagen hatte sich über all die Aktivitäten erstreckt, die er maßgeblich zur Planung und Errichtung der Station beigesteuert hatte. Es hatte sich von seinem Eifer und der wissenschaftlichen Neugier, die ihn trieb, nie völlig verdrängen lassen. Es war ihm jedoch nicht allein so gegangen. Kollegen hatten ihm von ähnlichen Empfindungen berichtet. Vermutlich waren die Dinge, mit denen man sich beschäftigte, viel zu vage bestimmt, als daß man ihnen unbefangen hätte gegenüberstehen können. Was wußte man schon? Einige vage Anzeichen, die für Leben sprachen, waren vorhanden. Man hatte die physikalischen Bedingungen des Planeten analysiert und ungeklärte Signale von seiner Oberfläche erhalten, doch wie hoch war all dies einzuschätzen? Verfügt man über zu wenig Anhaltspunkte, sieht man oft Zusammenhänge, wo keine sind. Wie sicher ist der Boden einzuschätzen, auf dem sich menschliche Erkenntnis bewegt?

Es war denkbar, daß auch die Besatzung unter dieser Unsicherheit gelitten hatte, vermutlich intensiver als die Crew auf RUBIKON, denn schon die Zusammensetzung der Mannschaft beinhaltete latente Konflikte. Man hatte die vermeintlich fähigsten Wissenschaftler für die Aufgabe ausgewählt: die Naturwissenschaftler Raymond Jones und Arthur Pent, die Philosophin Sydney Pesh und die Linguistin Norma Mitchinson – doch dabei waren die grundsätzlichen Spannungen zwischen ihnen weitgehend vernachlässigt worden, was allein Traven beunruhigt hatte. Er kannte die Gegenpoligkeit von Jones' und Peshs Denken. Beide gemeinsam an einem Projekt arbeiten zu lassen, war vielleicht ein Fehler gewesen. Schon oft hatten Mitarbeiter unter ihren Konflikten zu leiden gehabt. Unwillkürlich drängte sich Traven der Gedanke auf, daß nichts weiter als die Konsequenzen dieses Konflikts Ursache für das rätselhafte Geschehen und den Zustand der Verbliebenen gewesen sein konnten.

Obwohl dies naheliegend schien, wollte er nicht recht daran glauben. Er fühlte, daß man den Einfluß des Planeten nicht außer acht lassen konnte – seine Atmosphäre, die er selbst so intensiv spürte. Wußte man, welchen Einfluß diese Ausstrahlung auf eine menschliche Gemeinschaft hatte? Es waren zu viele Fragen, die sich ihm aufdrängten. Auf irgendeine Weise mußte er Ordnung in diese diffizile Fülle der Rätsel bringen. Deshalb beschloß er, seine weiteren Bemühungen auf Benjamin Chip zu konzentrieren, der bis heute kaum eine Rolle gespielt hatte – ja, den man auf RUBIKON-3 nicht einmal als Mitglied der Besatzung wahrgenommen hatte, obwohl er aufgrund seines Aufgabenbereichs ein letztlich unentbehrlicher Mann gewesen sein mußte. Erst in einigen Wochen würden die Rettungsmannschaften von RUBIKON-3 eintreffen; es blieb Traven also genügend Zeit, sich mit Chip zu befassen. Vielleicht würde dessen Amnesie zurückgehen. Die Möglichkeit bestand.

Erst als die Morgendämmerung anbrach, ließ er Chip und Norma Mitchinson allein. Er unternahm weitere Streifzüge durch die Station, die beiden Flügel mit den biologischen, chemischen und physikalischen Labors, und jenen Bereich, der die Zentralcomputer barg. Arthur Pent und Sydney Pesh blieben verschwunden, aber in einem der Räume des Computertrakts fand er die Leiche von Raymond Jones. Der Chemiker lag verkrümmt und mit eingeschlagenem Schädel auf dem Boden, offenbar war er mit aller Gewalt gegen die Kante eines Schranks gerannt und hatte sich so selbst getötet. Eine Unbegreiflichkeit mehr.

III.

In den Wochen, die ihnen bis zum Eintreffen der Rettungsmannschaften blieb, verbrachte Traven beinahe jede Stunde mit Chip. Sie führten miteinander autogene Übungen durch und versuchten durch hypnotische Therapien Chips gesperrte Erinnerungen zu lösen, doch Erfolge stellten sich nur sehr widerstrebend ein. Traven hatte rasch jegliche Hoffnungen aufgegeben, daß sich Norma Mitchinsons Zustand jemals bessern würde, weshalb er ihr nur noch die notwendigste Pflege widmete. Weil er nicht wußte, wie er mit ihr hätte umgehen sollen, gab er ihr – so oft es vertretbar war – die Menge an Beruhigungsmitteln, die sie für einen langen Schlaf brauchte. Wenn sie wach war, hielt er sich mit ihr und Chip meist in einem Raum auf. Sie saß dann irgendwo an der Wand, oft eng in einen Spalt zwischen zwei Einrichtungsgegenstände gedrückt, und starrte die beiden Männer stundenlang unentwegt an. Ihr Anblick war für Traven beinahe unerträglich, weshalb er die Zeit ihres Zusammenseins auf das geringstmögliche Maß beschränkte. Es war der fassadenhafte Ausdruck ihres Gesichts, der ihn so berührte: sie starrte ihn an, als gäbe es nichts, was sich hinter ihren Augen verbarg, als hätte ihr Gesicht Verstand und Vertrauen nie gekannt. Entwurzelt, fand Traven, war das richtige Wort für diesen Zustand.

Wäre Chip nicht gewesen, so hätte Traven Angst haben müssen, selbst den Verstand zu verlieren. Der Techniker gab ihm jedoch Halt. Seine mosaikartigen Erinnerungsfetzen verdichteten sich immer mehr, ein Prozeß, den Traven fieberhaft zu beschleunigen versuchte, was durch geistiges Training allerdings nur ungenügend zu erreichen war. Offenbar bedurfte Chip eines neuen Antriebs, um weiterzukommen. Das brachte Traven auf den entscheidenden Gedanken. In den Stunden, wenn Norma schlief, durchsuchte er mit Chip die Wohnkabinen und Archive nach erhalten gebliebenen Aufzeichnungen elektronischer oder schriftlicher Art, die sich auf die vergangenen Ereignisse bezogen. Lange Zeit blieb die Suche bis auf die zum Teil beschädigten Arbeits- und Konferenzprotokolle, die in den Archiven zugänglich waren, fruchtlos. Erst als sie sich entschlossen, gewaltsam die Schränke und Schließfächer in den Privaträumen zu öffnen, brachten sie entscheidendes Material zutage. Es fanden sich die Tagebücher von Sydney Pesh, Arthur Pent, Norma Mitchinson und sogar von Ben Chip selbst; darüber hinaus noch einige – allerdings undatierte – Aufzeichnungen von Raymond Jones.

Sie benötigten mehrere Tage für das Zusammentragen dieser Informationen. Der Versuch, einige unter den Trümmern in der Halle und den Korridoren vergrabene Aufzeichnungen und Magnetbänder wieder benutzbar zu machen, verlief erfolglos, dazu hatte der Amokläufer zu gründlich gewütet. Zerrissene Blätter konnten meist nur unvollständig, oft auch gar nicht wieder zusammengefügt werden, während die Informationen auf den Magnetbändern durch Dropouts völlig entstellt waren.

Mehr Zeit als für das Sammeln benötigten sie für das Ordnen und Auswerten der Fragmente. Daß Chips Erinnerungsvermögen durch die ihm vorliegenden Aufzeichnungen wesentlich verbessert wurde, war eine wichtige Hilfe bei Travens Bemühungen, das Geschehen auf solch unzulängliche Weise zu rekonstruieren. Bei aller Anstrengung konnten Lücken und Ungereimtheiten in den nachgestellten Zusammenhängen nicht vermieden werden. Auch später saß Chip gelegentlich einen ganzen Tag über einzelnen Manuskripten. Verborgene Hintergründe konnte er jedoch nur bei seinen eigenen Hinterlassenschaften freilegen. Seine Erinnerungen blieben bis zuletzt relativ grob umrissen, und es mangelte ihnen an Details. Dem Berg von Dokumenten stand er deshalb allzuoft ebenso ratlos und spekulierend gegenüber wie Traven. Manchmal hatte er das Gefühl, bei all dem, was sich ereignet hatte, gar nicht dabeigewesen zu sein.

Trotz der Lückenhaftigkeit ihrer Rekonstruktion waren die aufgeworfenen Aspekte für Traven von so beängstigender Faszination, daß er nach den Arbeiten seine verwirrte Betroffenheit nicht mehr loswurde. Das Geschehen hatte Perspektiven eröffnet, die nicht nur für ihn tiefgreifende Folgen haben mußten, sie betrafen alle künftigen Forschungsprojekte. Überraschend war dabei nur, daß Chip all dem vergleichsweise gelassen gegenüberzustehen schien – so, wie es eigentlich Traven zugestanden hätte, der sich ihm als Wissenschaftler stets, wenn auch meist unbewußt, ein Stück voraus gefühlt hatte. Nun war es jedoch Chip, der sich eine beherrschte Ruhe bewahrte. Der Grund dafür, so ahnte Traven, war die Möglichkeit, daß er diesen Eintritt in eine neue Dimension der menschlichen Erfahrung bereits hinter sich hatte, obwohl seine Rolle während des Geschehens zwar wichtig, aber außenstehend gewesen war. Viele Erkenntnisse und Erinnerungen waren mit der Amnesie verschwunden, soviel war klar, *das Gefühl* jedoch, was es heißt, mit gänzlich neuen Erfahrungen umgehen zu müssen, war geblieben, ihm wie ein Instinkt einverleibt.

Traven faßte die Informationen und Dokumente zu einem Bündel zusammen und schrieb eine umfassende Formulierung seiner Rekonstruktionen, die er den Rettungsmannschaften, als sie Chip und Norma holen kamen, mitgab. Bis zum Eintreffen des nächsten Kommandos sollte er allein auf der Station bleiben.

Die Tage und Nächte, in denen er allein war, dehnten sich zu schierer Unendlichkeit. Er verlor das Zeitgefühl, seinen biologischen Rhythmus und die innere Festigkeit. Zu spät erkannte er, daß es ein Fehler gewesen war, allein zu bleiben. Er nahm sich vor, alles Erfahrene zu vergessen, doch die Erschütterungen, die ihm die vielen Ahnungen und Erkenntnisse der letzten Wochen gebracht hatten, nahmen nun vollständig von ihm Besitz.

IV.

> Menschen von weitreichendem Verstand wissen, daß zwischen dem Realen und dem Irrealen keine scharfe Trennung existiert; daß alle Dinge nur Kraft der delikaten individuellen physikalischen oder mentalen Medien, durch die sie uns bewußt gemacht werden, so erscheinen, wie sie es tun; doch der prosaische Materialismus der Mehrheit verdammt die Blitze der Hellsichtigkeit, die den gewöhnlichen Schleier platten Empirismus durchdringen, als Wahnsinn.
>
> H.P.Lovecraft

Die Rekonstruktion

ad acta: bert traven, code nr. 24 56 978 X,
der erste teil von travens rekonstruktion,
beruhend auf den dokumenten, die er seinen aufzeichnungen beifügte
planetare forschungsstation eridanus
RUBIKON-3

Folgende Deutung ist das Ergebnis einer wochenlangen, intensiven Arbeit, der trotz aller Sorgfalt bis zuletzt wichtige Informationen fehlten. Soweit es möglich war, habe ich versucht, aus den verbliebenen Dokumenten ein kontinuierlich entwickeltes Bild der vergangenen Ereignisse und ihrer Konsequenzen für uns zu erstellen, doch wie weit mir dies gelang, wage ich nicht abzuschätzen. Benjamin Chip unterstützte mit seinen teilweise wiedergewonnenen Erinnerungen meine Bemühungen, was mir – wie ich hoffe – eine wesentliche Hilfe war, aber ebensogut zusätzliche Verwirrung in meine Nacherstellung gebracht haben könnte. Ich selbst kann mir nicht sicher sein, eigentlich aber ist es mir ohnehin gleich, denn was auch immer wirklich geschah, es hat seine Spuren hinterlassen, und diese Spuren wirken noch immer. Man kann sie fühlen, selbst wenn man sie nicht versteht.

Ich fand die Station in teils verwüstetem, teils verwahrlostem Zustand vor. Die Empfangshalle und der Wohnflügel waren mit Trümmern übersät und die sekundären elektronischen Anlagen zum Teil stark beschädigt. Noch am Tag meiner Ankunft fand ich die beiden Überlebenden. Chip lag verletzt im Maschinengeschoß, und Norma Mitchinson hatte sich im metereologischen Flügel der Station versteckt. Wie ich in den nächsten Tagen feststellte, waren die Datenverarbeitungsanlagen und Energiesysteme weitgehend intakt, wenn auch seit geraumer Zeit nicht mehr gewartet; das Unglück läßt sich also kaum auf äußere (oder besser: physikalische) Einwirkungen zurückführen. Etwas muß mit der Besatzung geschehen sein, das alle psychischen Schranken brach und in die schrecklichsten Exzesse mündete. Die Spuren, die auf einen Amokläufer deuten ließen, und der Zustand der beiden Überlebenden waren nur ein Anlaß für diese Vermutung. Einen weiteren bot der Fund von Raymond Jones' Leichnam. Offenbar hat er sich selbst, vermutlich ungewollt, getötet. Was Hinweise zur Klärung dieser Vorfälle angeht, so kann ich mich auf nichts weiteres als die Hinterlassenschaften der Besatzung und Chips Erinnerungen stützen. Was sich daraus ergibt, scheint mir beileibe nicht unwiderlegbar zu sein.

Ich will mit dem beginnen, was ich mit Sicherheit (?) weiß.

Die Tage vor der Landung verbrachte die Mannschaft in einer provisorischen Orbitstation, auf der die letzten Vorbereitungen getroffen wurden. Ärztliche Gutachten aus diesen Tagen bestätigen einen insgesamt zufriedenstellenden Gesundheitszustand aller Beteiligten; lediglich Norma Mitchinson fiel durch leichte nervöse Beschwerden auf, denen man jedoch keine Bedeutung beimaß. Wie bekannt ist, hatte man die genaue Ausarbeitung des Arbeitsprogramms der Besatzung überlassen. Jones und Pesh waren sich darüber schon auf der Orbitstation uneinig, man hoffte jedoch, daß sie ihre Differenzen im Laufe der Arbeit würden beilegen können. Im Gegensatz zu ihnen verhielten sich Norma Mitchinson, Arthur Pent und Benjamin Chip eher schweigsam. Norma zeigte mitunter sogar Anflüge von Angst. Was die Besatzungsmitglieder vor dem Antritt ihrer Mission tatsächlich empfanden, bleibt allerdings im Dunkeln. Persönliche Aufzeichnungen aus dieser Phase existieren nicht.

Den Tag der Landung beschreibt Sydney Pesh in ihrer ersten Tagebucheintragung wie folgt:

»Heute Morgen verließen wir in einer kleinen Fähre den Orbit und arbeiteten uns in langem Flug zur Station hinab. Ein Mann von der Orbitstation steuerte die Fähre, so daß wir Gelegenheit hatten, uns zum ersten Mal den Eindrücken dieser fremden Umgebung zu widmen. Schon während des Fluges wurde mir klar, daß uns große Schwierigkeiten bevorstehen, nicht allein solche wissenschaftlicher Art, sondern auch emotionale Probleme. Meine ersten Gefühle kann ich kaum beschreiben. Im Leben eines Menschen – selbst wenn man im Raum arbeitet – kommt es beinahe nie dazu, daß man irgendwem oder irgend etwas begegnet, was einem so absolut fremd vorkommt, daß man nichts Vertrautes mehr darin zu erblicken scheint; in dem alle Erfahrungen, die man je machte, nutzlos werden und zu Staub zerfallen. Der Planet Eridanus ist eine Welt, auf der man sich genau dieser Situation gegenübersieht. Zwar sind die Phänomene, die sein Aussehen prägen, unserem physikalischen Weltbild vertraut – wir glauben sie analysieren und einordnen zu können –, doch die Konstellation ihrer Auswirkungen berührt einen in unbeschreiblicher Weise. Während wir langsam tiefer sanken und ich durch die schmalen Sichtluken blickte, sah ich uns durch den gewaltigen Strudel eines nie endenden Bewegungstaumels gleiten, eines Über- und Ineinandergreifens von Nebeln, Wolken und vom Sturm hochgetriebener Regengüsse, durch die von weit her ein diffus-gelbrotes Licht schimmerte, das von den turmhohen Wellen unter uns zu spektrenfarbigen Reflexen gebrochen wurde. Die Stürme sind hier so ewig wie der Regen und die Nebel; die Gewitter verebben nur selten, und der hohe Wellengang schwillt niemals ab. Alles ist urwüchsig und unangreifbar. Details aber haben ein nur kurzes Leben. Kaum sah ich irgendwohin, war das, was ich zu sehen glaubte, schon verschwunden, und es bildeten sich neue, phantastische Formen aus den Nebeln, die wie metamorphe Gemälde eines fremdartigen Künstlers durch den Raum streiften – wie geschaffen, um verändert zu werden. Und Veränderung scheint mir das erste und wichtigste Gesetz auf Eridanus zu sein.

Kaum vorstellbar, welche Art vernunftbegabten Lebens hier existieren könnte, doch vielleicht ist Vernunft ebenso veränderlich, den Umständen unterworfen.

Ich bin mir sicher, daß ich mit diesen Gefühlen nicht allein war, denn die andern verhielten sich ebenso still wie ich. Es wird Konflikte zwischen uns geben, dessen bin ich mir sicher. Vor allem Jones wird sie provozieren. Irgendwie wird er sich gegen die Bedrohung seines Weltbildes zur Wehr setzen müssen, denn vorausgesetzt, wir stoßen tatsächlich auf Leben, werden sich bei dessen Erforschung bestimmt viele Dinge ergeben, die er von seinem Standpunkt aus nicht erklären kann. Mir sind solche Unvorhersehbarkeiten jedoch nur willkommen.

Die Ankunft auf der Station verlief ohne Schwierigkeiten. Wir verbrachten die ersten Stunden des Aufenthalts in nervöser Aufregung und konnten unsere Gefühlsaufwallungen unter dem Eindruck des Neuen nur mühsam zügeln. Jones bemühte sich um kühle Unterdrückung seiner Anspannung, während Arthur und ich unserer Neugier zu wirren Spekulationen freien Lauf ließen und Norma unumwunden ihre Beunruhigung zugab. Später machten wir uns mit den Räumlichkeiten vertraut, die wir aus den Plänen von RUBIKON-3 schon kannten. Schließlich wählten wir unsere Kabinen. Gegen Abend trennten wir uns.

Für morgen ist die erste Arbeitskonferenz geplant, in der wir unsere Vorgehensweise detailliert miteinander ausarbeiten werden. Dann bleiben uns zur Eingewöhnung noch einige Tage, bis wir mit den Vorarbeiten und Inspektionen beginnen werden. Das Programm der nächsten vier Monate dürfte eng gestaffelt sein; ich glaube, daß uns deswegen kaum Leerlaufzeiten bleiben werden. Mir ist das recht. Wenn ich es anordnen könnte, würden wir ein Jahr hierbleiben. Ich bin sicher, daß die Fülle unserer Ergebnisse alle Erwartungen in den Schatten stellen wird. Und welche Ergebnisse das sein könnten! Ich hoffe sehr, daß mir nun endlich die Gelegenheit zur Revidierung der modernen Naturwissenschaft gegeben ist. Aus dieser Sicht erwarte ich jede Kleinigkeit mit allergrößter Spannung.«

Sydney Peshs Eintragung ist das einzige Dokument des Ankunftstages; die übrigen Tagebücher setzen erst mit dem dritten oder vierten Tag ein. Leider existiert von der ersten Arbeitskonferenz, die Sydney erwähnte, lediglich ein kurzes Tonbandfragment, so daß nur Vermutungen angestellt werden können, zu welchem konkreten Ergebnis sie führte. Benjamin Chip glaubt sich zwar daran erinnern zu können, daß man als Konsequenz der Auseinandersetzungen zwischen Jones und Pesh keine einheitliche Arbeitsmethode festlegte, sondern verschiedene Möglichkeiten testen wollte, doch Details darüber sind ihm entfallen. Die Rekonstruktion der nächsten Wochen scheint seine Vermutung allerdings zu bestätigen.

Das erhaltene Fragment umfaßt einen heftigen Disput zwischen Jones und Pesh, in dem beide sehr leidenschaftlich ihre persönlichen Standpunkte darlegen, ohne die des anderen zu akzeptieren; ein Dialog, der für ihre grundsätzliche Gegenpoligkeit ein geradezu idealtypisches Beispiel liefert. Wie zu vermuten ist, wollten beide die Gelegenheit, als erste Wissenschaftler auf Eridanus arbeiten zu können, dazu nutzen, endlich ihre extremen Anschauungen konkret zu untermauern. Sydney Pesh ging dabei von der Grundannahme aus, daß keine menschliche Erkenntnis je über das Niveau spezifisch menschlicher Subjektivität hinausgekommen sei, weil der Mensch ihrer Ansicht nach keinen Eindruck von der tatsächlichen Beschaffenheit der Wirklichkeit hat. Wenn man als Mensch nun aber mit fremden Intelligenzen in Kontakt treten wolle, so müsse man am gründlichsten sich selbst überprüfen und dürfe bei seiner Arbeit von keinerlei Voraussetzungen ausgehen, die man nicht bereit wäre, gegebenenfalls zu widerrufen. Raymond Jones dagegen war der festen Überzeugung, daß menschliche Erkenntnisse überall gleichermaßen gelten und menschliche Vernunft durchaus dazu ausreiche, auch Zusammenhänge zu begreifen, die über ihren üblichen Erfahrungshorizont hinausgehen. Außerdem hielt er Logik und Vernunft für stabile Größen, die jeder beliebigen Intelligenz in gleicher Form zugrunde liegen müssen, während Sydney Pesh – wie schon der Ausschnitt aus ihrem Tagebuch andeutet – verschiedene Formen oder Ausprägungen von Vernunft für wahrscheinlicher hielt. Dies zu beweisen – und damit die menschlichen Wissenschaften zu überprüfen –, war eins ihrer Hauptanliegen im Verlauf der kommenden Arbeiten. Jones hingegen hielt die Zeit für gekommen, die wissenschaftlichen Fundamente zu festigen, auf denen die Menschheit aufbaut; ja, er schloß sogar die Existenz von Leben auf Eridanus völlig aus und beurteilte die bisherigen Hypothesen als zu weit hergeholt und übereilt. Entsprechend dieser Gegensätzlichkeit sprachen sie voneinander in meist nicht sehr wohlwollendem Ton. Sie beschimpfte ihn als Materialisten oder Empiristen, er sie als Träumerin und Mystikerin. Welche Auswirkungen dieser andauernde Streit auf die gesamte Arbeit und das psychische Klima der Besatzung hatte, ist leicht einzusehen.

Trotz Jones' Beharrlichkeit gaben die arbeitslosen Eingewöhnungstage nach der Konferenz doch eher Sydney Pesh recht. Was sie in ihrer ersten Tagebucheintragung als Ausstrahlung des Planeten beschrieb, scheint ein Phänomen gewesen zu sein, das sich auf die Stimmung der ganzen Besatzung auswirkte. Chip erinnert sich daran, daß man sich bis zum Beginn der Arbeiten regelrecht aus dem Weg ging. Jones verbrachte die meiste Zeit in seiner Kabine und hinterließ dort keinerlei Aufzeichnungen aus dieser Phase, während an den Tagebucheintragungen Norma Mitchinsons, Sydney Peshs und Benjamin Chips die kollektive psychische Verfassung gut nachvollziehbar ist. Norma, die ich selbst als eine sehr einfühlsame und intuitiv arbeitende Persönlichkeit kenne, beklagt sich über ihre Schwierigkeit, sich mit den neuen Umständen anzufreunden und über den Bereich des ihr Vertrauten hinauszudenken und hinauszufühlen. In ihrer Tagebucheintragung vom sechsten Tag schreibt sie:

Heute ist mir klargeworden, daß ich Angst habe. Eine meiner größten Schwächen macht sich wieder bemerkbar: ich bin allem gegenüber, was mir fremd ist, unsicher. Was nützt mein wissenschaftlicher Sachverstand dabei? Gefühle kann man nicht abstellen, indem man sich ihre Ursachen klarzumachen versucht. Empfindungen können nur durch Empfindungen verdrängt werden; ich muß also *spüren*, daß es nichts gibt, wovor ich mich ängstigen bräuchte, nicht es mir *einreden*. Schwer wird mir dies vor allem dadurch gemacht, daß der Ozean eine beängstigende Faszination auf mich ausübt, der ich mich nicht entziehen kann. Selbst wenn ich mich dagegen wehrte, würde ich immer wieder am Fenster stehen und die fremdartigen Eindrücke in mich aufnehmen. Beinahe hypnotisch wird die Ausstrahlung unserer Umgebung, wenn während der Dämmerung über die aufgewühlten Wellen und durch das Toben der Stürme der purpurrote Schein der untergehenden, verdeckten Sonne durchdringt. Dann glaubt man in den Fluten unabhängige Bewegungen undefinierbarer und veränderlicher Formen zu erkennen, so etwas wie farbige Amöben von enormer Größe, doch was an all dem wahr und was nur Einbildung ist, läßt sich nicht sagen. Ich muß zugeben, daß ich diese Eindrücke in Maßen durchaus genieße (es ist eine schöne Art der Fremdartigkeit), ich weiß aber nicht, was geschieht, wenn ihre Fülle ein bestimmtes Maß überschreitet. Ich brauche stets ein wenig Halt an etwas Vertrautem, sonst fallen mir die ersten Schritte auf unbekanntem Terrain ungeheuer schwer. Im Augenblick besteht dieser Halt noch darin, daß ich diesseits des Fensters stehe, wie lang aber reicht das aus?«

In deutlichem Gegensatz zu dieser Unsicherheit, vielleicht sogar unterschwelligen Angst, steht die Zuversicht und Zufriedenheit, die sich in den späteren Aufzeichnungen Sydney Peshs äußert. Benjamin Chip, der die Spannungen der ersten Tage als quasi außenstehender Beobachter erlebte, faßt seine Eindrücke in seiner Eintragung vom selben Tag wie folgt zusammen:

»Eigentlich müßte es mich bedrücken, doch irgendwie ist es mir lieber, ein wenig an den Rand gedrängt worden zu sein, denn auf diese Weise kann ich die anderen besser beobachten und beurteilen, als wenn ich selbst mitten unter ihnen wäre. Ihr Verhalten ist sehr aufschlußreich für mich, denn bis auf Sydney sind alle irgendwie benommen, auch wenn sie es nicht offen zeigen. Mich wundert es allerdings nicht. Anscheinend braucht jeder Mensch eine gewisse Eingewöhnungszeit, bis er sich in einer derart neuen Umgebung ungezwungen verhalten kann. Mir geht's genauso. Ständig habe ich das Gefühl, als würde ich von irgendwoher beobachtet. Sicher sind das nur Einbildungen, durch die sich unsere Angst und die gereizten Nerven ausdrücken. Die größte Angst entspringt ja immer der Ungewißheit. Ob die anderen Freunde oder Feinde sind, und ob wir sie verstehen werden und sie uns? Vermutlich darf man derart banale Fragen gar nicht stellen, doch man tut's trotzdem, fast unbewußt, als wäre es ein menschlicher Reflex, alles schon vorab einzuordnen. Hier kommen solche Dinge rasch ans Licht, in einer gewohnten Umgebung fallen einem manche Instinkte längst nicht mehr auf. Zweischneidiges Schwert. Da wollen wir die andern erforschen und wissen nicht mal alles über uns. Bin gespannt, wie sich alles entwickelt.«

Wie Ben Chip aus seinen Erinnerungen ergänzend hinzufügte, war als auffällige Reaktion der Besatzung auf die ungewöhnliche Spannung ein erhöhter Drang nach Aktivität festzustellen, von dem lediglich Sydney Pesh kaum nennenswert berührt wurde. Dagegen versuchte vor allem Raymond Jones – sofern man ihn während der ersten Tage zu Gesicht bekam –, sich krampfhaft mit irgendwelchen Belanglosigkeiten zu beschäftigen und seine Gedanken abzulenken, was ihm aber offensichtlich nicht gelang. Ben Chip erinnert sich noch, wie er selbst innerhalb weniger Tage einen ganzen Stapel Bücher las und sich zwischendurch mit endlosen Spaziergängen durch die Station ablenkte, wobei er immer wieder irgendwelche technischen Mängel zu entdecken glaubte; eine Illusion, die Sydney Pesh selten zuließ. Angesichts dessen wundert es nicht, auf welche Weise sich die allgemeine Stimmung am achten Tag des Aufenthalts in den Beginn der Arbeiten entlud. Sydney Pesh schreibt in ihrem Tagebuch dazu:

»Die anderen sind von den ersten Tagen sehr beunruhigt, wie mir scheint; ich selbst hingegen fühle mich ungemein erleichtert. Etwas umgibt diese Welt, wonach ich schon seit langem suche, vermutlich ist es dieser Hauch unbestimmbarer Fremdartigkeit, der einen Kontrast zu allem bildet, was ich je kannte. Ich weiß nicht, ob die anderen ebensolche Eindrücke haben. Jones fehlt sicher die nötige Intuition, um sie klar bestimmen zu können, doch Pent und Mitchinson sind möglicherweise ähnlich für Stimmungsnuancen empfindlich wie ich. Es wäre sicher ratsam, mich intensiver einer Zusammenarbeit mit ihnen zu widmen, statt mich den ständigen Auseinandersetzungen mit Jones zu stellen. Er ist ein hoffnungsloser Empirist, was könnte ich daran ändern?

Nachdem wir die ersten Tage damit verbrachten, uns einzurichten und einzuleben, begannen wir heute mit den Vorarbeiten. Chip führte eine Generalinspektion der technischen Anlagen durch, Jones und Pent bereiteten die analytischen Untersuchungen vor. Norma Mitchinson arbeitete mit mir zusammen die Basisprogramme für die linguistischen Computer aus. Auffallend ist Jones' Emsigkeit, mir scheint, er will möglichst jede Ruhepause vermeiden, die ihn zu theoretischen Überlegungen verleiten könnte. Er ist längst nicht so selbstsicher, wie er sich zu geben bemüht. Norma dagegen ist ungewöhnlich still, man spürt, daß etwas sie bewegt. Als ich mit ihr über das grundlegende Problem, das mich derzeit beschäftigt, zu diskutieren versuchte, wich sie mir mit der Bemerkung aus, daß sie dazu noch nichts sagen könne, schließlich stünden wir alle erst am Anfang. Dabei hat sie übersehen, daß gerade von *dieser* Frage unsere ganze Arbeit abhängt. Wie, frage ich mich, sollten wir Kontakt mit Aliens aufnehmen können, wenn wir uns nicht zuerst festzustellen bemühen, in welchen Punkten sich ihre und unsere Verstandes- und Bewußtseinsanlagen voneinander unterscheiden könnten? So wichtig dies ist, so blind wurde bisher darüber hinweggesehen. Ich glaube allerdings, daß ich es mir sparen kann, mich für eine Klärung des Problems einzusetzen, denn ganz sicher werden wir im Verlauf unserer Arbeiten zwangsläufig vor diese Frage gestellt. Dann ist meine Stunde.

So oft ich Zeit habe, stehe ich am Panoramafenster im Konferenzraum und beobachte das Meer in seiner unruhigen, urwüchsigen Lebendigkeit. Ich denke viel nach, versuche mir vorzustellen, wie und was die anderen sind, welch bizarrer Art ihre Kultur sein mag, falls sie über etwas verfügen, das man so nennen kann. In solchen Stunden ist alles andere weit weg, dann ist mir die Menschheit gleichgültig, dann zählt nur noch etwas unbestimmbar anderes; etwas, das weit über allem steht, vielleicht das, was wir Wahrheit oder Wirklichkeit nennen. Und ich nähere mich ihm immer mehr.«

Jener letzte Gedanke, den Sydney Pesh leider nur verhältnismäßig kurz ansprach, nämlich die emotionale und geistige Abgehobenheit von der menschlichen Gemeinschaft, in der sie lebte, sollte sich noch als ein wichtiger Anhaltspunkt für die bruchstückhafte Rekonstruktion der letzten Tage erweisen. Aufgrund des spärlichen Materialumfangs – Sydney verfaßte keine regelmäßigen Tagebucheintragungen – sind mir die Beweggründe ihres Verhaltens allerdings noch immer nicht vollends begreiflich. Etwas hindert mich daran, puren Erkenntnisdrang als alleinige Erklärung anzunehmen.

Am Tag, der dieser Eintragung folgte, begannen die ersten Untersuchungen. Sydney und Norma arbeiteten in den meteorologischen Anlagen, während Jones und Pent in den Labors grobe Voranalysen durchführten. Pesh und Jones gingen sich bewußt aus dem Weg. Chip erinnert sich daran, daß er sich davon eine Hebung der trüben Stimmung erhoffte, er zweifelte mittlerweile allerdings daran, daß sich beide jemals würden einigen können. Im Nachhinein muß es wohl als Fehler angesehen werden, der Besatzung in einem solchen Maß freie Hand gelassen zu haben. Vermutlich wurden viele Energien durch die ständigen Konflikte verschwendet. Hinzu kamen nach Beginn der Arbeiten neue psychische Probleme, die man als Fortsetzung der Spannungen in der Ruhepause auffassen kann. Chip beschreibt sie in seiner Aufzeichnung vom selben Tag als tiefsitzende Unsicherheit, deren grundlegende Ursache vermutlich der Mangel an faktischen Grundlagen war, ein Umstand, der sich gerade jetzt, als es einen Anfang zu finden galt, besonders deutlich bemerkbar machte. Zum einen waren die Ergebnisse, die man auf RUBIKON gewonnen hatte, als Basis für eine detaillierte Arbeit mehr als spärlich, zum andern mußte man sich spätestens jetzt fragen, ob es überhaupt genügend Anlaß gegeben hatte, auf Eridanus intelligentes Leben zu vermuten. Hatte man vielleicht mögliche Ansätze zur Erklärung der merkwürdigen elektromagnetischen Signale von der Planetenoberfläche und die chemischen Abnormitäten in den Meeren übersehen oder zu voreilig als belanglos erklärt? Nur Jones konnte solchen Fragen – verständlicherweise – etwas Optimismus entgegenbringen, bestätigten sie doch seine eigene Skepsis. Sydney Pesh hingegen schien die Gelegenheit, neue und stimmigere Theorien konzipieren zu können, mit steigender Ungeduld zu erwarten.

Benjamin Chip hoffte, daß die sich allmählich steigernde Dichte des Arbeitspensums diese Schwierigkeiten mit der Zeit lösen würde. Wenn er Gelegenheit dazu hatte, beschäftigte er sich selbst ein wenig mit den Unterlagen ihrer Mission und ertappte sich dabei bei Gedanken, die sich bemerkenswert mit einigen Äußerungen in Sydneys Tagebuch deckten. Wie sie hoffte auch er auf eine baldige Überwindung der anstehenden Rätsel. Bei dem Gedanken an das, was möglicherweise zu entdecken vor ihnen lag, empfand er einige Faszination, die den wesentlichen Gegenpol zu ihrer ständigen Unsicherheit und den Antrieb bildete, nicht aufzugeben.

Wie zu erwarten gewesen war, brachten die Untersuchungen keine Klärung der Schwierigkeiten, sondern vertieften die Rätsel nur. Die klimatischen Bedingungen auf Eridanus wiesen sich aus dem Blickwinkel irdischer Biologie als sehr lebensfeindlich aus. Die Durchschnittstemperaturen bewegen sich zwischen 64 und 73° C, womit extrem hohe Luftfeuchtigkeit und ständige Regenfälle verbunden sind. Die relativ hohe Gravitation, bedingt durch den großen Durchmesser des Planeten, bewirkt einen hohen atmosphärischen Druck, der in Verbindung mit den übrigen physikalischen Faktoren für zum Teil sehr starke atmosphärische Schwankungen verantwortlich ist. Wie Sydney Pesh in ihren persönlichen Kommentaren zu den meteorologischen Arbeitsprotokollen anmerkte, lassen sich das komplexe Zusammenspiel und die gegenseitige Einflußnahme der beteiligten Kräfte mit unseren Mitteln nur unzureichend erfassen, weshalb exakte Beobachtungen oder gar meteorologische Vorhersagen ausgeschlossen sind. Ereignisse wie Stürme oder Gewitter schienen bisweilen unangekündigt wie aus dem Nichts zu entstehen, weshalb die Besatzung nicht in der Lage war, Regelmäßigkeiten oder für den Planeten typische Entwicklungen auszumachen. Sydney schloß aus diesen Umständen, daß die Zufälligkeit und Unvorhersehbarkeit aller Naturereignisse eines der grundlegenden Gesetze sein müßte, nach dem sich mögliches Leben auf Eridanus und alle Spekulationen darüber auszurichten hätten. Welche konkreten Auswirkungen die physikalischen Bedingungen auf die Natur vernunftbegabten Lebens haben könnte, wußte sie jedoch zunächst nicht zu sagen.

Diffiziler noch waren die Probleme, die sich bei den chemischen Untersuchungen Arthur Pents und Raymond Jones' eröffneten. Sie fanden im Ozean eine Fülle organischer Verbindungen vor, angefangen von einfachen Säuren und Alkoholen (wie Essigsäure und Methanol), bis hin zu komplexen Aminosäuremolekülen (wie Histidin und Tryptophan). Darüber hinaus konnten spurenweise ungewöhnliche Verbindungen festgestellt werden, von denen einige aus Aminosäuremolekülen bestanden, die über Siliciumatome miteinander gekoppelt waren. Diese Komplexe erwiesen sich als stabiler als gewöhnliche Dipeptide. Die unterschiedlichen Verbindungen traten nun aber nicht mehr oder weniger gleichmäßig im Meer verteilt auf, sondern es gab Zonen, deren Volumen zwischen einem und zwölf Kubikmeter schwankte, in denen vor allem die Aminosäuren in größerer Konzentration festgestellt werden konnten. Diese Zonen waren nicht auf irgendeine Weise, etwa durch Membrane und dergleichen mechanisch begrenzt, sondern bewegten sich als freie, offene Komplexe in den kräftigen Strömungen, wobei »frei« durchaus wörtlich verstanden werden darf. Mit Hilfe von Spektroskopen und Ladungsmeßgeräten konnten Jones und Pent Zonen nachweisen, die regelrecht gegen die Strömung angingen und völlig selbständige Bewegungen vollführten. Dennoch waren die Zonen keine stabilen Gebilde. Bisweilen teilten sie sich, verschmolzen miteinander oder lösten sich sogar völlig auf. Rätselhaft war außerdem die merkwürdige elektrochemische Ladungsverteilung innerhalb der Zonen. Anhäufungen positiv und negativ geladener Ionen konnten in unmittelbarer Nähe zueinander festgestellt werden, ohne daß sie sich einander beeinflußten oder sichtbar getrennt waren. Interessant waren die Prozesse, die sich abspielten, wenn man Wasserproben aus dem Bereich der Zonen an Bord holte. Dann bildeten sich aus diesen Proben gewissermaßen miniaturisierte Kopien der Zonen, an denen alle Phänomene beobachtet werden konnten, die auch für die Zonen charakteristisch waren. Darüber hinaus gab die Verteilung von Metallatomen in den Zonen Rätsel auf. Die Proben für die Untersuchungen wurden gewöhnlich von kleinen, ferngelenkten Unterwasserrobotern an Bord geholt, und merkwürdigerweise traten kurz nach Beginn der Untersuchungen in den Zonen vermehrt Atome jener Metalle auf, aus denen sich die Außenhülle der Roboter zusammensetzte: Titan und Aluminium.

Nicht näher untersucht werden konnte die Beobachtung Arthur Pents, daß die Zonen weder räumlich noch substantiell klar definiert waren. Aufgrund einiger spärlicher Hinweise vermutete er, daß die Zonen je nach Lage der physikalischen Bedingungen ihr

Volumen und ihre Bestandteile änderten. Was der Antrieb oder Auslösemechanismus für solche Änderungen war, konnte er nicht feststellen. Sydney Pesh spann als einzige ihre Gedanken noch ein wenig weiter. Obgleich man von chemischen Komplexen, wie sie die Zonen darstellten, nicht im geläufigen Sinn als von Leben sprechen kann – dagegen sprachen zum Beispiel das offensichtliche Fehlen eines Stoffwechsels zur Energiegewinnung und die nicht vorhandene physische Abgrenzung gegen die Umwelt –, vermutete sie in den Zonen kurzerhand die Aliens, nach denen man zu suchen hatte. Die Folgen einer solchen Vermutung dachte sie konsequent durch. Gesetzt den Fall, sie hatte recht, mußte man einige grundsätzliche Vorstellungen ablegen, die man gewöhnlich mit dem Begriff Leben verbindet. So konnte man weder von lebendigen *Individuen* reden, noch waren unsere üblichen Kenntnisse von Fortpflanzung, Anatomie und Physiologie irgendwie nutzbar. Die Art von Leben, auf die man laut Sydney Pesh möglicherweise gestoßen war, sprengte jegliche menschliche Vorstellungskraft. Was diese Wesen zusammenhielt, mußte eine Kraft sein, die über die bekannten biologischen Energien weit hinausging.

Sydney Pesh baute auf diese Deutungen ihre gesamten weiteren Hypothesen auf, während Jones bemüht war, für die Phänomene Erklärungen zu finden, die den üblichen Erkenntnissen zuwiderliefen. Trotzdem gab es in den folgenden Tagen keine offenkundigen Reibereien zwischen ihnen. Benjamin Chip erinnert sich lediglich an einige von Jones provozierte Konflikte zwischen ihm und Arthur Pent, in die Jones anscheinend seinen angestauten Unmut über die geringe Ausbeute an eigenen Hypothesen entlud. Sein Ärger entzündete sich in der für Pent typischen Geste, sich nicht auf irgendeinen Standpunkt festzulegen. Pent schwankte in dem, was er von den bisherigen Ergebnissen halten sollte, ständig zwischen den beiden Extremen, die Jones und Pesh vertraten. Jones legte ihm das als Charakterschwäche, ja sogar als Ziellosigkeit aus; ein Fehler, vor dem sich seiner Meinung nach ein Wissenschaftler möglichst hüten müsse. Wie Pent auf solche Vorwürfe reagierte, kann ich nur vermuten, er selbst spart diese Konflikte in seinen persönlichen Aufzeichnungen völlig aus. Sicher ist jedoch, daß sich Jones und Pent aufgrund ihrer Auseinandersetzungen schließlich trennten und Jones die chemischen Untersuchungen allein weiterführte. Pent, Pesh und Mitchinson arbeiteten fortan gemeinsam in der von Sydney Pesh diktierten Richtung weiter.

Benjamin Chip beschreibt die Stimmung in diesen Tagen in einer kurzen Eintragung vom vierzehnten Tag ihres Aufenthalts:

»Leider ist nun eingetreten, was ich lange befürchtet habe. Die Besatzung hat sich in zwei Lager aufgespalten. Jones ist allein und Pent und Mitchinson arbeiten unter der Führung Sydneys. Beide arbeiten gegeneinander, statt miteinander. Fast könnte man glauben, sie seien so verrückt und versprächen sich gerade davon Vorteile. Ich fürchte eher, sie werden beide scheitern. Das Schlimmste aber ist: eigentlich *wollen* sie gar nicht gegeneinander arbeiten, sie tun es aber trotzdem, weil sie dann einen Gegner haben, den sie berechnen können. Das Meer, die Wesen da draußen, sind ja irgendwie auch Gegner, wenn man so will. Gegner unseres Verstandes. Man sieht in allem, was man nicht versteht, leicht einen Feind. Ich bin überzeugt davon, daß alle unsere Schwierigkeiten genau daran liegen, auch wenn die anderen es nicht glauben würden. Aber wie sollten sie das auch einsehen? Wie kann man sich selbst durchschauen?«

In der Tat arteten die beschriebenen Konflikte in der Folgezeit zu einer strikten Arbeitstrennung aus. Beide Parteien schufen eigene Theorien und Deutungen, wobei nicht ausgeschlossen werden darf, daß viele Details dieser Theorien nur deshalb entstanden, um mit dem Kontrahenten in möglichst extremer Opposition zu stehen. So lehnte Raymond Jones jegliche Anregung Sydney Peshs kategorisch ab, selbst wenn sich diese einmal ansatzweise an den Gegebenheiten empirischer Arbeitsmethoden orientierte. Sydney hingegen wollte keinerlei Fakten als letztendlich gegeben voraussetzen, eine Einstellung, durch die sie – was man allerdings gerechterweise feststellen muß – zwar zu klareren Hypothesen als Jones gelangte, wegen der sie aber möglicherweise einige weitere Aspekte verschenkte. Die Auffassungen von Arthur Pent und Norma Mitchinson, die für gewöhnlich gemäßigte Mittelpositionen einnahmen, lassen sich für diesen Zeitraum nicht genau belegen. Vermutlich wirkte sich die allgemeine Stimmung der Unsicherheit und Ratlosigkeit vor dem Neuen auf ihre Verfassung am intensivsten aus. Chip beschreibt sie in seinen weiteren Tagebuchaufzeichnungen als unschlüssig und sensibel. Vor allem Norma Mitchinson fiel durch teils sehr melancholische Stimmung auf, die ihren Arbeitseifer über lange Zeit hinweg dämpfte. Was sie in dieser Phase empfand, steht nicht fest, leider setzte sie fünf Tage mit ihren Tagebuchaufzeichnungen aus. Die Eintragungen, die darauf folgen, wirken übertrieben versachlicht und verraten deutlich, daß Norma bemüht war, ihre eigenen Empfindungen möglichst weit zurückzudrängen.

Chip stand bei all dem als quasi unbeteiligter Beobachter am Rande, und seine gelegentlichen, zaghaften Versuche zur Schlichtung der Spannungen blieben ohne Erfolg. Seiner bewundernswerten Beobachtungsgabe und seinem psychologischen Einfühlungsvermögen, die wie selbständig in seine Aufzeichnungen eingingen, verdanken wir jedoch wesentliche Informationen über die psychologische Entwicklung der Besatzungsmitglieder, ohne die es nicht möglich wäre, gerechtfertigte Vermutungen über das Schicksal einzelner Personen in der letzten Phase der dramatischen Ereignisse aufzustellen.

V.

> In einer Umwelt mit sehr vehementen Störungen, die sich den Möglichkeiten gesellschaftlicher Regelung entziehen, kann es sein, daß die Vernunft sich nicht in expansiver Gestalt äußert, nicht als Streben nach Beherrschung der Umwelt, sondern als ein Streben, sich ihr unterzuordnen. Ich denke hier an die Ausbildung einer biologischen Technologie vor der physikalischen: die Wesen einer solchen Welt verändern sich selbst, um in einer gegebenen Umwelt existieren zu können, statt, wie die Menschen, die Umwelt zu verändern, damit sie ihnen diene.
>
> Stanislaw Lem: Summa technologiae

Gegen Morgen des achtzehnten Tages empfingen die Radaranlagen der Station unidentifizierbare elektromagnetische Signale aus dem Dezimeterwellenbereich, die bis zum frühen Abend anhielten. Unmittelbar nachdem die Besatzung davon Kenntnis genommen hatte, veranlaßte Sydney Pesh die Bereitstellung aller in den Computeranlagen der Station verfügbaren Speicherkapazität, um die Signalfolge möglichst vollständig in digitalisierter Form erfassen zu können. Bis zu dem Zeitpunkt, als die Signale schließlich nach fünfzehn Minuten abrupt abbrachen, bemühten sich Pesh, Mitchinson und Pent, deren Ursprung genau zu lokalisieren, was sich jedoch als aussichtslos erwies. Die Signale kamen zweifellos aus dem Meer, insbesondere aus dem Umfeld der Station, doch sie hatten keinen einheitlichen Sender, sondern waren ein Konglomerat aus den Signalen zahlloser, vermutlich weit über tausend Strahlungsquellen, die ausnahmslos auf die Station ausgerichtet waren. Es lag nahe, zu vermuten, daß die Signale am Morgen nicht plötzlich eingesetzt hatten, sondern ihre Stärke allmählich angewachsen war, bis sie die Empfindlichkeitsschwelle der Radaranlagen überschritten hatten und somit wahrnehmbar geworden waren; denn im Verlaufe der fünfzehn Stunden stieg die Amplitude der Signale ständig an, wenn auch sehr langsam. Ihr plötzlicher Abbruch war deshalb ebenso unerwartet wie schon ihr Auftreten an sich. Daß es überhaupt Strahlungsquellen im Meer gab, die in der Lage waren, Dezimeterwellen auszusenden, war unerklärlich. Diese Probleme waren jedoch nicht so groß, als daß sie Sydney Peshs Enthusiasmus hätten dämpfen können, denn sie sah in der rund 3,5 Millionen Bits umfassenden Signalfolge eine »Nachricht«, die die Aliens für die Besatzung bestimmt hatten. Genaue Erklärungen für den Ursprung oder Entstehungsvorgang der Nachricht zu finden, behielt sie sich vor; ihr war es wichtiger, überhaupt ein solches Informationsbündel in die Hand bekommen zu haben. Wie es typisch für sie war, dachte sie in einem Schritt über all das hinaus, was Jones das »Faktische« nannte, und widmete zunächst nur transzendenten Aspekten ihre Aufmerksamkeit. In ihrem Tagebuch vermerkte sie für diesen Tag:

»Sie haben versucht, mit uns Kontakt aufzunehmen! Ich kann es selbst kaum glauben, doch endlich sind wir soweit, daß sich meine Hypothesen zu bestätigen beginnen. Ich habe heute ununterbrochen gearbeitet und werde nicht ruhen, ehe ich die letzten Zweifel an meiner Methode ausgemerzt habe. Mir kann im Wege stehen, wer und was will, ich werde diese Gelegenheit nicht ungenutzt vorübergehen lassen.«

Die Reaktionen der übrigen Besatzungsmitglieder waren zumeist vorsichtiger. Jones stand selbstverständlich in totaler Opposition zu den Auffassungen Sydney Peshs, doch auch Arthur Pent, der mit Sydney noch die treibende Kraft der folgenden Arbeiten bilden sollte, vermutete hinter der Unlokalisierbarkeit der Signale schlicht einen technischen Fehler. Gemeinsam mit Benjamin Chip bemühte er sich, diesen Fehler ausfindig zu machen, aber es zeigte sich, daß sämtliche Anlagen tadellos arbeiteten. Chip selbst ersparte sich dazu eine Stellungnahme, ebenso wie Norma Mitchinson, der allerdings eine deutliche Verwirrung anzumerken war, die sich in den folgenden Tagen zu völliger Ratlosigkeit steigern sollte.

Benjamin Chip faßte die geladene Stimmung der Besatzung am achtzehnten Tag in einer wichtigen Schilderung zusammen:

»Wie mir klargeworden ist, waren die Tage bis heute so etwas wie eine Ruhe vor dem Sturm. Zwar gab es gelegentlich Streit, aber sonst waren wir eher ruhig, als würden wir alle auf etwas warten, von dem keiner wußte, was es überhaupt sein sollte. Ich habe anfangs geglaubt, dies sei nur eine Folge der uns ungewohnten Umgebung und ihrer Atmosphäre, heute aber vermute ich, daß in uns allen eine gewisse Vorahnung rumorte. Heute, nach dieser Ruhe, ist der Sturm wie mit einem Donnerschlag losgebrochen, und genauso verhielten wir uns, aufgeregt, nervös, ratlos; manchmal fast wie in Panik. Bei jedem zeigte es sich auf seine Weise. Sydney Pesh war hellauf in Fahrt, als wäre alles genauso eingetroffen, wie sie es geträumt hatte. Sie denkt im Augenblick kaum vernünftig nach, glaube ich, sie träumt mit offenen Augen, während sie arbeitet. Probleme sieht sie anscheinend noch keine. Es wird eine Weile dauern, ehe sie wieder auf dem Teppich ist. Aber irgendwie kann ich sie verstehen. Jones dagegen versucht sich möglichst kühl zu geben und explodiert beinahe, wenn jemand sein Verhalten offenkundig ignoriert. Er glaubt zwar, er könne darüber hinwegtäuschen, was wirklich in ihm vorgeht, aber ich habe ihn trotzdem durchschaut. Er hat ganz einfach Angst. Er hat immer Angst, wenn wir auf dem Weg sind, etwas zu entdecken, was seinen Erklärungsversuchen zuwiderläuft. Unter diesem Druck kann er natürlich nicht wie ein Wissenschaftler arbeiten; um seine Angst zu bekämpfen, versucht er eher krampfhaft, Erklärungen zu improvisieren. Bei Norma ist es in gewisser Weise ähnlich. Sie hat auch Angst, wenn auch aus einem anderen Grund. Ihr ist die Materie zu fremd. Ihr Gefühl reicht zur Zeit nicht weit, und immerhin verdankte sie ihren Gefühlen bisher immer einen gehörigen Anteil ihrer Intuition, die ihr nun fehlt. Und einfach trocken und kühl weiterzudenken, dazu fehlt ihr die Kraft.

Ich fürchte, statt uns einer Lösung der Rätsel zu nähern, schwimmen wir ihr geradezu davon, entwickeln uns allmählich zu einem Hexenkessel aus Hitzköpfigkeit, in dem kein vernünftiger Gedanke mehr gedeiht. Vielleicht wird dies in ein paar Tagen, wenn die erste Aufregung vorbei ist, zurückgehen, aber irgend etwas bleibt, dessen bin ich mir sicher. Ganz tief in uns macht uns das alle verrückt. Und ich weiß nicht, was geschieht, wenn wir unsere Gefühle nicht unter Kontrolle bekommen.«

Chip behielt mit seiner Prognose Recht. Die emotional geladene Stimmung in den ersten Tagen nach dem »Eingang« der »Nachricht« wich einer bis zu diesem Zeitpunkt beispiellos intensiven

Betriebsamkeit. Die Besatzungsmitglieder – die sich zur Deutung oder gar Entschlüsselung der Signale einem enormen Pensum akribischer Detailarbeit gegenübersahen – arbeiteten oft tage- und nächtelang ohne Unterbrechung, wobei sich Jones und Pesh, die unterschiedlichen Arbeitsansätzen nachgingen, weiterhin zu keiner Kooperation entschließen konnten. Die treibenden Kräfte in dieser Phase waren sicher Arthur Pent und Sydney Pesh, die mit ungewöhnlichem Ideenreichtum selbst da weiterarbeiteten, wo andere – zum Beispiel Norma Mitchinson – nicht mehr weiterwußten. Normas Intuition, normalerweise eine Stärke, die sie den anderen voraus hatte, erschöpfte sich angesichts der ungewöhnlichen Anforderungen, vor denen man stand, rasch. Sie machten ein Ausbrechen aus festgefahrenen Denk- und Gefühlskategorien geradezu nötig, weshalb Norma fast zwangsläufig zu einem empirischen Beobachtungsinstrument degradiert wurde, dem eigene Schlußfolgerungen nicht mehr gestattet waren. Sie arbeitete letztlich nur noch an der Umsetzung der digitalisierten Nachricht in analoge oder dezimal-mathematische Strukturen und mußte regelmäßig Angriffe Sydney Peshs über sich ergehen lassen, die nicht einsehen konnte, warum es ihrer Kollegin so schwerfiel, mit den besonderen Gegebenheiten des Planeten fertigzuwerden. Sydney selbst stellte das konsequente Gegenteil von Normas Haltung zur Schau. Gemeinsam mit Arthur Pent – der wie sie über sein spezialisiertes Fachgebiet hinaus interdisziplinär ausgebildet war – machte sie von allen verfügbaren Theorien, deren Widerlegungen und den spezialisiertesten Bereichsdisziplinen Gebrauch, ohne sich ein einziges Mal auf eine bestimmte Methode festzulegen. Angefangen von informationstheoretischen Fragestellungen bis hin zu den modernsten und mitunter mystifizierenden Fachrichtungen der Linguistik bezog sie sämtliche methodischen Ansätze, über die sie und Pent verfügten, in die Arbeit ein und unterzog jede Deutungsmöglichkeit breitangelegten erkenntnistheoretischen Reflexionen. Unterbau dieses labilen Denkgebäudes waren jedoch von Anfang an die beiden »Lebensgesetze«, die Sydney Pesh bereits zwei Wochen zuvor als grundlegend für Eridanus festgelegt hatte; die immerwährende Veränderung der Umwelt und die Unvorhersehbarkeit oder Zufälligkeit aller Naturereignisse. Daß ihre komplexe Arbeit letztlich doch zu relativ klaren und übersichtlichen Ergebnissen führte, kann wohl auf die außergewöhnlichen Schwierigkeiten zurückgeführt werden, denen sich die Forscher angesichts der Eigenheiten der »Nachricht« gegenübersahen. Leider ist die Nachricht selbst aus ungeklärten Gründen nicht erhalten geblieben. Vermutlich ließ Sydney Pesh sie, um eventuelle größere Regelmäßigkeiten zu entdecken, die bei der beschränkten Größe der Computermonitore möglicherweise übersehen worden wären, komplett ausdrucken, ohne sie auf Magnetbänder zu speichern. Die Printouts sind fast vollständig zerstört worden. Da Pent und Pesh nicht jeden Arbeitsschritt protokollierten – was angesichts des gewaltigen Pensums an Wahnsinn gegrenzt hätte –, können wir daher die Wege, auf denen sie zu ihren Deutungen gelangten, nicht mehr im Detail nachvollziehen.

Ansatzpunkt der Arbeiten waren einige bemerkenswerte Feststellungen, die sich hinsichtlich der äußeren Struktur der Nachricht ergaben. Wie erwähnt bestand sie aus einer Überlagerung von Signalen zahlloser Sender, was zu starken Interferenzverzerrungen führte. Bei dem Versuch, die in der Nachricht enthaltenen Informationen so aufzuschlüsseln, daß die Informationen der einzelnen Sender wieder getrennt voneinander vorlagen – eine Arbeit, die übrigens mindestens ein Drittel der gesamten Arbeitszeit beanspruchte –, stellte man fest, daß alle Sender nahezu die gleichen Signale ausgestrahlt hatten. Wie aufgrund einiger Unachtsamkeiten leider erst später festgestellt wurde, waren die maßgeblichen Informationen nicht in den Signalen selbst enthalten, sondern den Dezimeterwellen in Form von Amplitudenmodulationen aufgeprägt (in ähnlicher Form wurden übrigens auch die Meldungen der Besatzung nach RUBIKON-3 verschlüsselt). Dieser Entdeckung folgte eine detailgetreue Umsetzung der in den Amplitudenmodulationen codierten Nachricht in handhabbare Formen. Aber auch hierbei ergaben sich keinerlei auf den ersten Blick erkennbaren Sinninhalte. Die Nachricht setzte sich aus zahllosen unterschiedlichen »Zeichen« zusammen, bestimmten Konstellationen von Impulshäufigkeiten und Stärken, die immer wieder in unterschiedlicher Kombination auftraten. Darüber hinaus konnten sich keinerlei deutliche Strukturen außer der Tatsache feststellen lassen, daß die Nachricht deutlich zweigeteilt war. Der erste Teil – etwa fünf Stunden Sendezeit – verfügte über ein Repertoire von ca. 4500 verschiedenen Zeichen, die in unterschiedlicher Häufigkeit auftraten. Der zweite Teil – mit einem Umfang von etwa zehn Stunden – bestand dagegen aus rund zehntausend Zeichen von ausgewogener Häufigkeit.

Mit diesen Feststellungen wären die Arbeitsmöglichkeiten der Besatzung schon erschöpft gewesen, wenn Sydney Pesh nicht auf den Gedanken gekommen wäre, die ganze Nachricht einer informationstheoretischen Analyse zu unterziehen. Sie ermittelte dabei einen durchschnittlichen Informationsgehalt von ca. 65 Bits pro Sekunde, wobei auf den ersten Teil der Nachricht durchschnittlich 8 Bits pro Sekunde entfielen (was auf die eingeschränkte Kombinationsvielfalt der Zeichen zurückzuführen ist), auf den zweiten dagegen 122. Nur einer zufälligen Eingebung dürfte es zu verdanken sein, daß Sydney Pesh noch weiterdachte und ihr dabei bemerkenswerte Parallelen zwischen dem ersten Teil der Nachricht und der englischen Sprache auffielen. 4500 Zeichen: die englische Sprache macht schätzungsweise von derselben Anzahl an Silben Gebrauch. 8 Bits: Wie schon klassische informationstheoretische Sprachanalysen ergaben, weist die *gesprochene* englische Sprache durchschnittlich einen Informationsgehalt von 8 Bits pro Sekunde auf. Sydney Pesh zog aus dieser frappanten Übereinstimmung Schlüsse, die sie ihren Kollegen erst mitteilte, als sie sich völlig sicher war. Sie untersuchte die statistische Häufigkeit der verwendeten 4500 Zeichen, verglich sie in mühevoller Kleinarbeit mit der Häufigkeit der englischen Silben und dabei ergaben sich nahezu deckungsgleiche Ergebnisse. Sydney Pesh machte nun den Versuch, die einzelnen Zeichen durch die ihnen entsprechenden englischen Silben zu ersetzen, und ihre Ahnung bestätigte sich: der erste Teil der Nachricht war nichts anderes als eine – wenn auch arg entstellte – Imitation des Wortlauts einer umfangreichen Meldung, die Sydney selbst einige Tage zuvor nach RUBIKON-3 gefunkt hatte.

Die Reaktionen der übrigen Besatzungsmitglieder auf diese Ergebnisse waren einerseits totale Verblüffung, andererseits – was Raymond Jones angeht – ablehnende Skepsis und Ungläubigkeit. Für Sydney Pesh schien sich jedoch eine phantastische Bestätigung all ihrer bislang noch vagen Theorien anzudeuten. Gemeinsam mit Arthur Pent arbeitete sie darauffolgend an einer detaillierten Deutung des Sachverhalts.

Leider kann ich ihre Schlußfolgerung an dieser Stelle nur sehr grob gefaßt wiedergeben. Überraschenderweise bezog sie wesentliche Anregungen aus der Tatsache, daß es sich beim zweiten Teil der Nachricht um eine völlig konfuse Anhäufung von Zeichen handelte, bei der sich weder deutliche Strukturen (wie Phrasierungen und semantische Kopplungen) feststellen ließen, noch sonstwelche Regelmäßigkeiten außer eben jenen immer wiederkehrenden Zeichen. Es blieb deshalb nicht aus, daß daran alle Entschlüsselungsversuche scheiterten. Norma Mitchinson war an dieser Stelle am Ende ihrer Möglichkeiten, Sydney Pesh vertrat hingegen allen Problemen zum Trotz die Überzeugung, daß auch der zweite Teil der Nachricht einen vernünftigen Sinn barg – nur hielt sie diesen für vorläufig noch unzugänglich. Sie vermutete, den Aliens seien jegliche Ordnungprinzipien unbekannt, weshalb sie nicht in der Lage waren, ihre Äußerungen zu strukturieren. Die menschliche Vernunft, so führte sie als Beleg an, sei das Produkt einer Umwelt, deren physikalischen Bedingungen für die Evolution alle Voraussetzungen boten, um eine Intelligenz hervorzubringen, deren geistiges Grundprinzip darin besteht, sich die Umwelt zu unterwerfen, woraus letztlich auch der Drang resultiert, die Umwelt gedanklich zu strukturieren, eine *Ordnung* in die Unordnung der natürlichen Eindrücke zu bringen. Auf Eridanus lagen die Verhältnisse jedoch anders. In einer Umwelt, die sich durch extreme physikalische Bedingungen auszeichnet und deren Hauptprinzipien unbeeinflußbare stetige Veränderung und Unvorhersehbarkeit aller Naturereignisse sind, konnte zwangsläufig nur eine Art vernunftbegabten Lebens entstehen, die sich an völlig anderen Prinzipien orientiert. Die Grundregel einer solchen Intelligenz mußte eine möglichst vollständige Anpassung der eigenen Existenz an die Gegebenheiten der Umwelt sein, ein Sich-selbst-Unterwerfen, nicht – wie beim Menschen – die Umwelt den eigenen Zielen entsprechend umzugestalten.

Aus diesen Überlegungen ergaben sich Konsequenzen ungeahnten Ausmaßes. Die Denk- und Verstehensprozesse der Aliens mußten sich grundlegend von denen des Menschen unterscheiden. Sydney Pesh vermutete neben dem Fehlen eines Ordnungsprinzips ein sogenanntes »simultanes Denken«: die Aliens nehmen komplexe Informationen nicht Stück für Stück auf, wie der Mensch, sondern verinnerlichen sie *in einem einzigen Schritt.* Eine solche Vernunftsstruktur bedingte außerdem, daß die Aliens keine physikalischen, sondern biologische Technologien hervorbrachten, das heißt: ihre Entwicklung lief nicht dahin, die Umwelt mit technologischen Mitteln urbar zu machen, sondern hatte das Ziel, die *eigene* biologische Struktur so zu verändern, daß eine vollkommene und gefahrlose Anpassung an die Umwelt gewährleistet wurde. Sydney Pesh vermutete, daß die Aliens vor einigen tausend Jahren noch krebsartige Wesen mit harter Außenhülle gewesen waren, deren Entwicklung dahin geführt hatte, daß sie ihre Substanz und ihre biologische Struktur beliebig den gegebenen Umweltbedingungen anpassen konnten. Heute waren sie soweit, daß sie auf jeden Störreiz ihrer Umgebung reagierten, indem sie mit ihm quasi verschmolzen und ihn aus sich selbst heraus nachbildeten. Parallel dazu mochte sich im Laufe der Zeit eine eigentümliche Verlagerung des Schwerpunkts ihrer Existenz von der stofflichen hin zur rein geistigen Komponente des Seins ergeben haben. Ihre Körper waren nun völlig der Umwelt unterworfen, erst auf geistiger Ebene gelangten sie zu Freiheit.

An dieser Stelle schloß sich der Kreis von Sydnes Peshs Theorien mit den Überlegungen, die ihr im Zusammenhang mit den rätselhaften Zonen gekommen waren. Ihre Ergebnisse bestätigten tatsächlich die Annahme, daß die Zonen vernunftbegabte Lebewesen waren, die sich ihrer Umwelt vollendet angepaßt hatten und sich nur so in ihr bewegen konnten. Auf die Annäherung der Unterwasserroboter hatten sie mit der Loslösung von Metallatomen von der Außenhülle der Roboter reagiert; auf das ständige Einwirken der Kommunikationsstrahlen hingegen, indem sie Meldungen, die von der Station aus gesendet wurden und aufgrund der Streuung auch das Meer trafen, ganz einfach imitierten. Ein Rätsel bleibt jedoch, warum die Nachricht nur zur Hälfte aus der Imitation eines Funkspruchs bestand und welche Strahlungsquellen die Aliens verwendet hatten, um daraus ihre Nachricht zu formen. Auch hiefür fand Sydney Pesh zwei – allerdings nicht sonderlich überzeugende – Erklärungsmöglichkeiten. Als Strahlungsquellen vermutete sie natürliche Vorkommen radioaktiver Elemente, die von den Aliens aufgenommen und deren elektromagnetische Gammastrahlung entsprechend ummoduliert wurde. Hierbei muß eingewendet werden, daß sich die elektromagnetischen Strahlungen radioaktiver Elemente nicht im Dezimeterwellenbereich bewegen, sondern erheblich kurzwelliger sind. Wie sich solche Strahlungen in Dezimeterwellen umwandeln lassen, wußte auch Sydney Pesh nicht zu erklären.

Zur Beantwortung der zweiten Frage führte Sydney Pesh an, daß die Besatzung unmittelbar nach dem Einsetzen der Nachricht den Funkverkehr abbrach, weshalb die Aliens als direkte Reaktion darauf auch die Nachahmung des Funkspruchs einstellten. Bis zu diesem Zeitpunkt hatten sie die menschlichen Besucher lediglich als eine Veränderung ihrer Umwelt begriffen, auf die sie entsprechend reagierten. Nach Sydneys Auffassung schien ihnen dann jedoch aus irgendeinem Grund klargeworden sein, daß es sich bei den neuesten Veränderungen ihrer Umwelt um die Auswirkungen intelligenten Lebens handelte. Aus diesem Anlaß hatten sie im zweiten Teil der Nachricht versucht, mit den menschlichen Besuchern Kontakt aufzunehmen.

Trotz dieser beiden fragwürdigen Thesen bleibt das Gesamtkonzept von Sydney Peshs Theorien schlüssig. Weitere Konsequenzen, die sich aus ihrer Deutung ergaben – so die Frage, welche soziologische und kulturelle Struktur die Zivilisation der Aliens besäße, da es allem Anschein nach weder Geschlechter noch Individuen im eigentlichen Sinne bei ihnen gab –, konnte sie allerdings kaum noch erörtern, dazu waren die bisherigen Anhaltspunkte doch zu gering.

Es wäre sicher kaum gerechtfertigt, wenn man behauptete, Raymond Jones hätte diesem Deutungskomplex eine brauchbare Gegentheorie entgegengebracht. Seine Hypothesen waren vielmehr durch ein starres Festhalten an den Grundlagen der herkömmlichen Biologie beschränkt, die ihm im vorliegenden Fall verbot, überhaupt die mögliche Existenz vernunftbegabten Lebens mit einzukalkulieren. Seine Folgerungen waren demgemäß fast ausschließlich verneinender Natur. Die Zonen als Lebewesen anzusehen weigerte er sich vor allem deshalb, weil sie kaum eins der Merkmale trugen, mit denen man gewöhnlich Leben definiert. Auf eine solche Bestimmung des Begriffs Leben hatte Sydney Pesh natürlich nicht zurückgegriffen; ihre Überzeugungen stützten sich eher auf die Ansicht, daß die vorliegenden Beobachtungen unbestreitbare Anzeichen vernunftbegabten Handelns im weitesten Sinne waren. Von vernunftbegabtem Handeln schloß sie unweigerlich auch auf vernunftbegabtes Leben, aus der Sicht von Raymond Jones natürlich ein Fehlschuß, denn die Voraussetzungen, die Sydney Pesh annahm, ließen sich nicht auf empirischem Wege untermauern. Für Jones genügte das, um sie zu verwerfen, womit es ihm ebenso leichtfiel, sämtliche anderen Schlußfolgerungen seiner Gegnerin als unrichtig abzuwerten. Eine schlüssige Erklärung der wichtigsten Phänomene – der Zonen, der Nachricht und der zweifelsfrei in ihr enthaltenen Imitation – konnte er jedoch nicht liefern. Seine Deutungen beschränkten sich auf die Vermutung, daß der Funkspruch, den Sydney Pesh vor einigen Tagen nach RUBIKON-3 gesendet hatte, auf irgendeine bislang ungeklärte Weise mit starker Verzögerung vom Meer in verzerrter Form reflektiert worden war. Er setzte das Vorhandensein der Zonen in unmittelbarem Zusammenhang mit dieser Erscheinung und glaubte in ihnen Symptome eines äußerst komplexen Geschehens zu sehen, dessen Ursprung die besonderen physikalischen Verhältnisse auf Eridanus waren. Seine Arbeit, die getrennt von Sydney Pesh und Arthur Pent ablief, konzentrierte sich nun vor allem darauf, weitere Indizien für diese wackelige Theorie zu finden.

Es wundert wenig, daß Raymond Jones bei diesem unsicheren – und wohl nur in seinem Konflikt mit Sydney Pesh begründeten – Ansatz zu keinem greifbaren Ergebnis gelangte. Dennoch ist es wichtig, seine persönliche Entwicklung parallel zur Arbeit von Pesh, Mitchinson und Pent zu betrachten, denn auch hier finden sich wichtige Hinweise für die Aufhellung der letzten Tage. Benjamin Chip, der die Entwicklung seiner Kollegen aufmerksam verfolgte, hat in seinen Tagebuchaufzeichnungen viel Platz für die Beschreibung Jones' verwendet und auch seine Erinnerungen sind diesbezüglich noch erstaunlich klar.

Kollegen von RUBIKON-3, die diesen Bericht lesen werden und Raymond Jones möglicherweise persönlich kannten, werden sich vielleicht schon über die selbst für ihn ungewöhnliche Starrköpfigkeit gewundert haben, die er während dieser Phase des Aufenthalts an den Tag legte. Wenn man Ben Chips Bemerkungen glauben darf, so hatten diese Tage für Jones den Charakter einer Extremsituation, die die Grundlagen, auf denen seine Persönlichkeit und Weltsicht aufbaute, schwersten Belastungen aussetzte. Trotz seines gewöhnlich selbstsicheren Gebarens schien seine Persönlichkeit im Innersten mindestens so labil gewesen zu sein, daß es für ihn eine Notwendigkeit war, seine Weltanschauung auf eine Prämisse zu stützen, der er fest vertrauen konnte. Für ihn war diese Prämisse die Überzeugung, daß man als Naturwissenschaftler Zugang zu objektiven Erkenntnissen besäße, nach denen man in jeder denkbaren Lage sein Handeln verläßlich ausrichten könne. Wie bekannt sein dürfte, ist die moderne Naturwissenschaft über diese allzu optimistische Auffassung bereits eine geraume Zeit hinaus. Für sie gilt es heutzutage lediglich als notwendig, daß Erkenntnisse einen konkreten Nutzwert haben, unabhängig davon, ob man sich ihrer objektiven Gültigkeit sicher sein kann. Damit hat man natürlich noch nicht das Stadium des totalen Relativismus erreicht, nach dem sich Sydney Peshs Auffassungen ausrichten, dennoch war Jones zumindest in dieser Beziehung hinter dem aktuellen Stand der Wissenschaft zurück. Um das Verhalten Raymond Jones' überhaupt begreifen zu können, muß man sich diese Haltung stets vor Augen halten.

Vermutlich sah sich Jones durch die konkrete Situation, an der – wie sich zeigte – rein empirische Erklärungsversuche scheiterten, akut bedroht. Offensichtlich mußte er einen tiefgehenden Vertrauensverlust hinnehmen, was die Grundlagen seiner Weltanschauung angeht. Wenn Sedney Pesh recht hatte – und es ist anzunehmen, daß Jones dies befürchtete –, war damit möglicherweise auch die Unzulänglichkeit von Jones' Einstellung bewiesen – und Jones gewissermaßen seiner Charaktergrundlagen beraubt. Um dieser Gefahr entgegenzuwirken, flüchtete er sich in extreme Handlungsweisen und wollte als Beweise der vorliegenden Phänomene offensichtlich nur noch das gelten lassen, was er selbst für geltenswert hielt. Wie Benjamin Chip mir mehrfach versicherte, gewann er damit tatsächlich wieder eine gewisse oberflächliche Selbstsicherheit zurück. Ich bin jedoch davon überzeugt, daß eine Spur latenten Wahnsinns blieb.

Wie mir scheint, ist es neben der Betrachtung der Arbeitsergebnisse und der Verfassung von Raymond Jones wichtig, die Stimmung der übrigen Besatzungsmitglieder während der arbeitsreichen Phase kurz zu skizzieren.

Norma Mitchinson scheiterte angesichts der äußerst schwierigen und neuartigen Situation kläglich. Ihre Intuition war zu sehr an ihren gewöhnlichen Erfahrungsschatz gebunden, als daß es ihr möglich gewesen wäre, aus der Enge dieser Denkprozesse auszubrechen. Sie konnte Sydney Peshs ausschweifenden Überlegungen keinerlei eigene Ideen beisteuern, denn sie war nicht in der Lage, in dem Maß, wie es Sydney Pesh vermochte, artfremde Theorien miteinander in Beziehung zu bringen und so zu neuen Erklärungsansätzen zu gelangen. Obwohl sie – vergleicht man sie etwa mit Raymond Jones – ihre wissenschaftliche Arbeit nach sehr ungewöhnlichen Auffassungen ausrichtete, indem sie zum Beispiel ihren Eingebungen und Gefühlen einen ebensolchen Raum wie ihrem logischen Sachverstand beimaß, muß man sie als eine in ihren Denkschemata wohl sehr eingeschränkte Persönlichkeit betrachten. Sie war sich dieser Schwäche allerdings voll bewußt und versuchte ständig gegen sie anzukämpfen, was ihr aber nie gelang.

Zwei ihrer Tagebuchaufzeichnungen aus dieser Zeit dürften ihre Situation eindrucksvoll veranschaulichen:

»21. Tag. – Schon seit zwei Tagen habe ich nicht mehr geschlafen. Die Probleme, vor denen wir stehen, lassen uns keine Ruhe. Wir haben mehr als zweiundzwanzig Stunden ununterbrochen gearbeitet und sind noch immer zu keinem klaren Ergebnis gekommen. Sydney scheint eine Idee zu haben und wartet wohl darauf, daß sich die Anzeichen, die sie gesehen zu haben glaubt, endlich bestätigen. Ich selbst dagegen bin völlig ratlos. Mich verwirrt die ungeheure Fülle an Material, der wir uns plötzlich gegenübersehen. Manchmal habe ich das Gefühl, als würde ich davon einfach überrollt. Und nichts an all dem ist mir irgendwie vertraut. Allmählich wird mir alles fremd, sogar die Menschen, mit denen ich zusammenarbeite; ich habe Angst, mich irgendwann nirgends mehr festhalten und aufrichten zu können. Wo führt das alles hin? Ich hatte mehrfach Streit mit Sydney. Sie wirft mir Unfähigkeit vor. Heute hat sie mich sogar mit Jones verglichen. Ich sei genauso starr wie er, meinte sie. Weiß Gott, vielleicht hat sie sogar recht, aber was soll ich denn tun?«

»38. Tag. – Seit heute erfülle ich nur noch Handlangerfunktionen. Sydney hat es aufgegeben, mich in die primären Arbeiten miteinzubeziehen. Ich habe nur noch Übertragungs- und Übersetzungsarbeiten zu erledigen, die keine sonderliche Eigeninitiative mehr erfordern. Mir bleibt deshalb viel mehr Freizeit als den anderen. Ich wollte, ich wüßte, womit ich diese Zeit füllen könnte. Ich muß irgend etwas tun, etwas völlig anderes, völlig sinnloses, sonst kann ich diese Gedanken, die mich so beunruhigen, nicht aus meinem Kopf vertreiben. Offenbar aber ist dies unmöglich für mich. Ich muß immer wieder an die Schwierigkeiten denken, vor denen ich so ratlos resigniert habe. Keiner meiner Entschlüsselungsversuche hatte Erfolg. Ich liege nachts wach, habe schon einige Tage kaum noch geschlafen, nur weil ich nicht glauben kann, daß ich nicht in der Lage bin, eine Lösung zu finden. Ich hoffe immer noch, daß mir irgendwann plötzlich eine Idee kommt, die beweist, daß ich die Fähigkeit zum Ausbrechen in mir trage. Was aber, wenn ich sie nicht habe (und alles deutet darauf hin)? Wird der Prozeß meiner Entfremdung weitergehen? Allmählich gleichen sich die Station und die Menschen in ihr der Fremdartigkeit dieses Planeten an, die mir inzwischen zunehmend Angst macht. Das Gefühl, allein zu sein, wird stärker in mir. Mein Gott, was soll ich tun?«

Entsprechend ihrer in diesen Aufzeichnungen zum Ausdruck kommenden psychischen Verfassung beschreibt Chip sie als sehr introvertiert und verstört, gelegentlich auch als geistesabwesend, als beschäftigten sie Gedanken, die nichts mit ihrer neuen Tätigkeit zu tun hatten. Wie Chip mir ferner berichtete, waren es seine fragmentarischen Erinnerungen an diese Phase in Norma Mitchinsons Entwicklung, die ihm in den Sinn kamen, als er seine wahnsinnig gewordene Kollegin nach meinem Eintreffen auf der Station wiedersah.

Offensichtlich machte auch Arthur Pent eine vergleichbare Entwicklung durch, wenngleich diese selten sichtbar wurde. Seine persönlichen Aufzeichungen aus dieser Zeit spiegeln eine gleichermaßen verzehrende Sorge um die eigene psychische Verfassung wieder. Die Gemeinsamkeit seiner und Norma Mitchinsons Persönlichkeit lag wahrscheinlich darin, daß beide in gewissem Umfang eines Halts an vertrauten Dingen bedurften, um die Situation zu meistern. In der Art, wie sich dieses Bedürfnis äußerte, unterschieden sie sich allerdings voneinander, und das erklärt die Verschiedenartigkeit ihrer Entfremdung von der übrigen Besatzung. Arthur Pent litt gelegentlich unter bohrenden Selbstzweifeln; sein mangelndes Selbstbewußtsein drängte ihn ständig dazu, seiner eigenen Vorgehensweise skeptisch gegenüberzustehen und sich immer wieder bei seinen Kollegen zu vergewissern, ob er einen verantwortbaren Weg beschritt. Seinem eigenen Urteilsvermögen traute er trotz all seiner Fähigkeiten nur wenig. Vielleicht war er sich deshalb nie eindeutig darüber im klaren, ob er in Richtung von Sydney Pesh oder in der von Raymond Jones arbeiten sollte. Wenn ich Ben Chips Erinnerungen glauben darf, tendierte er mal zu den Theorien der einen, mal zu denen der anderen Partei, hielt sie möglicherweise sogar beide für gleichermaßen plausibel. Die schizophrene Haltung, die er so entwickelte – nämlich trotz seiner Zweifel mit Sydney Pesh solch richtungsweisende Erkenntnisse enthüllen zu können –, ist nur zu erklären, wenn man sich seinen Aufzeichnungen widmet. Folgende Eintragung vom 42. Tag faßt in prägnanter Form seine persönliche Situation zusammen:

»In den letzten Tagen fällt mir die Arbeit zunehmend leichter, fliegen mir Ideen und Rückschlüsse förmlich zu, doch ich frage mich, ob ich darüber froh sein kann. In dem Maße, wie unsere Ergebnisse konkreter werden, beginnt sich meine Arbeit von meiner Persönlichkeit abzulösen. Oft muß ich mitten in irgendwelchen komplizierten Tüfteleien bestürzt feststellen, daß mein Denken – wie soll ich es ausdrücken? – wie von allein, ohne emotionalen Antrieb abläuft, daß meine Gefühle dabei ihre Bedeutung verloren haben, sie wie von meinem Denken abgehoben sind und sich mit ihnen die Gegenwart meiner Persönlichkeit zu verflüchtigen beginnt. Fast ist es dann, als funktioniere ich wie ein Computer, der, wenn er einen passenden Impuls von außen erhält, systematisch seinen Informationsschatz durchkämmt und funktionsgerecht die gewünschten Ergebnisse auswirft, ganz einfach so, als müßte es so sein, als wäre eine solche Art von Genialität etwas völlig Normales für einen Menschen. Nur gelegentlich wache ich für wenige Stunden aus dieser Trance der intellektuellen Verblendung wieder auf und bin der routinehaften Sicherheit meiner Gedankengänge beraubt. Manchmal geschieht es inmitten einer Arbeit, dann fällt mir die Konzentration ungeheuer schwer, und ich habe das Gefühl, als sei mein Wissen plötzlich ausgelöscht. Die Intervalle zwischen diesen Phasen werden immer länger, inzwischen dauern sie meist einige Tage. Ich frage mich, wie das weitergeht, wo es endet. Vielleicht wird mein Ich, meine Persönlichkeit, irgendwann völlig verschwunden sein, ohne daß es jemand bemerkt, denn dann werde ich noch immer funktionieren, seelenlos wie eine Maschine. Und mir graut vor dem Gedanken.«

In seinen »wachen Phasen«, wie er es an anderer Stelle nannte, hatte Pent einige Male Streit mit Sydney Pesh, denn in diesen Zeiträumen pflegten sich bei ihm Unsicherheiten einzustellen, die Sydney ihm geradezu als Verrat auslegte. Letztlich beeinträchtigten diese Störungen ihre Zusammenarbeit jedoch kaum, zumal Sydneys energischer Einfluß Pents labile psychische Konstitution ständig in die funktionelle Richtung gedrängt zu haben scheint.

Zusammenfassend muß angemerkt werden, daß die Entwicklung Pents, Mitchinsons und Jones' einige auffallend gemeinsame Züge ausweist. Die extreme Situation, der sie ausgesetzt waren und die sich durch ungeheure Arbeitsfülle und die Fremdartigkeit der Materie auszeichnete, bedrohte das Fundament ihrer Persönlichkeit auf unterschiedliche Weise. Obwohl sich alle drei zu dieser Zeit aus eigener Kraft noch vor einem Zusammenbruch bewahren konnten, deutete ihre Situation bereits auf einen späteren Kollaps hin. Daß Sydney Pesh von einer solchen Entwicklung verschont blieb, liegt wohl darin begründet, daß sie im Gegensatz zu ihren Kollegen auf keinen festen Halt angewiesen war, ja die Veränderlichkeit und Unsicherheit aller Prämissen als einzig feste Größe akzeptierte.

Chip machte hingegen aus anderen Gründen depressive Phasen durch. Da er keine wissenschaftliche Kraft war und als Techniker lediglich Handlangertätigkeiten auszuführen hatte, bekam er keinen Eindruck von der außerordentlichen Komplexität der Probleme, vor denen seine Kollegen standen. Dennoch blieben ihm die wachsenden Anzeichen des Verfalls nicht verborgen, und diese Entwicklung machte ihm Angst. Verstärkt wurde diese Angst noch durch den Umstand, daß er selbst kaum Einflußmöglichkeiten auf das Geschehen hatte und man seinen Bedenken keinerlei Aufmerksamkeit schenkte. Inmitten des ihn umgebenden latenten Wahnsinns muß er sich selbst wie ein menschliches Werkzeug gefühlt haben, dem keine eigenen Gefühlsregungen gestattet waren. Dabei hatte er den wohl ungetrübtesten Blick für das Geschehen, wie mir scheint. Es ist allerdings müßig, zu fragen, ob er das Schlimmste hätte verhindern können, wäre ihm mehr Einfluß beschieden gewesen.

Unter den vielen Fragen, die betreffs dieser Phase noch offen bleiben, scheint mir eine besonders wichtig: Nachweislich hat die Besatzung nach Eintreffen der Nachricht den Funkverkehr mit RUBIKON-3 auf ein Mindestmaß reduziert, was zunächst verständlich ist, denn vermutlich wollte man den Empfang der Nachricht auf keinen Fall stören. Daß der Funkverkehr aber auch später nicht mehr intensiviert wurde und man so auf RUBIKON-3 nichts von der Nachricht und den Ergebnissen der nachfolgenden Arbeiten erfuhr, ist schwer zu erklären. Wenn man einige von Chips bruchstückhaften Erinnerungen in Betracht zieht, kann man jedoch vermuten, daß man den sich mit den Aliens möglicherweise anbahnenden Kontakt nicht dadurch stören wollte, daß man die Besatzung auf RUBIKON-3 verständigte, denn jedes Eintreffen neuer Forschungsmannschaften, was angesichts der Umstände möglich gewesen wäre, hätte eine Veränderung in der Umwelt der Aliens bedeutet, auf die sie unberechenbar reagiert hätten.

Sicher muß man die Einschränkung des Funkverkehrs auch im Hinblick auf die Stimmung der Besatzung sehen. Wahrscheinlich verstärkte diese Maßnahme das Gefühl der Abgeschlossenheit und Hilflosigkeit, von dem allein Sydney Pesh verschont geblieben war. Um spätere Phasen des Geschehens zu verstehen, über die ich noch lückenhafteres Material besitze, könnte dies vielleicht ein wichtiger Hinweis sein.

VI.

Am Nachmittag des 57. Tages nach ihrer Ankunft mußten Sydney Pesh, Norma Mitchinson und Arthur Pent ihre Arbeit, nachdem sie die letzten Protokolle abgeschlossen hatten, vorläufig beenden. Das ungeheure Arbeitspensum war bewältigt, die theoretischen Erörterungen und Berichte abgefaßt; vom wissenschaftlichen Standpunkt schien man dem Problem nähergekommen zu sein, doch spätestens jetzt, da das auszuwertende Material erschöpft war, wurde den Besatzungsmitgliedern klar, daß man das größte Problem noch vor sich hatte, denn nun galt es, die erworbenen Erkenntnisse anzuwenden. Selbst Sydney Pesh, deren Enthusiasmus anfangs kaum zu bremsen gewesen war, mußte zugeben, daß man in dieser Beziehung vor einem Dilemma stand. Zwar hatte man die Meldung so weit wie möglich ausgewertet, doch wie sollte es nun weitergehen? Es waren neue Informationen nötig, vorher würde man den undurchschaubaren zweiten Teil der Nachricht nicht dechiffrieren, geschweige denn in irgendeiner Form darauf antworten können. Menschliche Erkenntnis und deren Fortschritt ist an Information gebunden. Ist ein Informationsfundus einmal erschöpft, erlahmt unweigerlich die intellektuelle Aktivität des damit beschäftigten Menschen.

Das Team diskutierte mehrere Tage diese Schwierigkeit. In den folgenden Arbeitskonferenzen, deren Tonbandprotokolle glücklicherweise zum größten Teil noch erhalten sind und an denen auf Sydney Peshs Aufforderung auch Raymond Jones teilnahm, wurden zahllose Vorschläge für biologische und chemische Experimente geäußert, die jedoch durchweg als unbrauchbar wieder verworfen wurden. Arthur Pent schlug zum Beispiel vor, die Zonen, die sich als labile biochemische Komplexe erwiesen hatten, durch Zufuhr verschiedener organischer Substanzen zu Reaktionen anzuregen und dabei die besonderen physikalischen Bedingungen zu beachten, unter denen diese auftraten. Er erhoffte sich davon detailliertere Erkenntnisse über die biologischen Gesetzmäßigkeiten, denen die Aliens unterworfen waren. Sydney Pesh zweifelte angesichts ihrer Ergebnisse jedoch daran, daß man mit Gesetzmäßigkeiten rechnen konnte, die über das hinausgingen, was sie selbst als die beiden Lebensgesetze des Planeten Eridanus herausgestellt hatte. Den Einfall, den Sydney schließlich als Alternative zu den Vorschlägen ihrer Kollegen einbrachte, konzentrierte sich allerdings ebenfalls darauf, die Zonen anzuregen. Ihr kam es jedoch auf keine biologische oder chemische Reizung an, sie wollte ein intensiveres Verständnis der Fremdwesen dadurch ermöglichen, indem sie ein menschliches Bewußtsein in deren unmittelbare Nähe brachte. Jemand sollte mit einem der kleinen Beiboote eine Expedition durch den Ozean unternehmen.

Verständlicherweise traf dieser Vorschlag nur auf mäßige Zustimmung. Jones, der sich inzwischen in völlig selbständige Untersuchungen vertieft hatte, lehnte ihn ab, weil er Sydneys Absicht, auf mentalem Weg einen Kontakt herzustellen, durchschaute und auch weiterhin – wenngleich er seinen energischen

Standpunkt kaum noch rational rechtfertigen konnte – auf der angeblichen Unmöglichkeit von Leben auf Eridanus (zumindest solcherart Leben, wie Sydney es vermutete) beharrte. Er selbst hatte, als sich die Arbeiten seiner Kontrahenten allmählich ihrem Ende zuneigten, seine ursprüngliche Arbeitsrichtung aufgegeben und damit angefangen, von Grund auf neue Gegentheorien aufzubauen, wobei er seine Aufregung soweit einzudämmen versuchte, daß sie nicht ein zweites Mal seine Fähigkeiten einengte. Seine theoretischen Ansätze schien er etwas weniger dogmatisch gefaßt zu haben, dennoch bewegte er sich noch auf streng empirischen Gleisen.

Leider sind aus dieser Zeit kaum Aufzeichnungen Jones' zurückgeblieben; anscheinend hat er sogar ohne offizielle Arbeitsprotokolle gearbeitet, so daß man nur Vermutungen darüber anstellen kann, welcher Art seine neuen Deutungsversuche waren.

Norma Mitchinson und Arthur Pent müssen bei dem Gedanken an eine mögliche Expedition wohl äußerstes Unbehagen empfunden haben, wenngleich solche Ängste in ihren Aufzeichnungen nur unterschwelligen Ausdruck finden. Norma spricht in einer Tagebucheintragung von »nicht auszuschließenden psychischen und physischen Gefahren«, denen sich ein Mensch bei einer solchen Expedition aussetzen könnte, während Pent auf die »Beschränkungen der menschlichen Erfahrungsmöglichkeiten« hinweist. Konkreter äußerten sie sich jedoch nur zu diversen technischen Schwierigkeiten; sehr ungeschickte Ausflüchte, wie Sydney Pesh ihnen bescheinigte, ohne zu ahnen, wo die wirklichen Sorgen lagen.

Benjamin Chip, der als einziger Techniker eine wesentliche Rolle bei der Durchführung einer Expedition spielen würde, versuchte die gegensätzlichen Meinungen aufeinander abzustimmen, um zu verhindern, daß man Sydneys Plan wieder verwarf, denn wahrscheinlich sah er darin eine Chance, endlich eine einflußreichere Position einzunehmen, bevor sich der drohende Zerfall der menschlichen Beziehungen nicht mehr würde aufhalten lassen. Chip erinnert sich zwar an keine konkreten Situationen mehr, er weiß allerdings noch, wie er zu dieser Zeit in die Rolle eines hilflosen Warners abgerutscht war, dessen schüchterne Versuche, die Ordnung aufrechtzuerhalten, von niemandem wahrgenommen wurden.

Wie man Chips Aufzeichnungen entnehmen kann, erreichte die psychische Entwicklung der Besatzung mit den neuesten Planungen Sydney Peshs einen Kulminations- oder Wendepunkt. Jetzt, nach einer Zeit des Abstands, den die theoretischen Beschäftigungen ihnen zu den Aliens und deren unmittelbarer Nähe gewährleistet hatten, verlangte Sydney durch ihr Vorhaben eine Aufgabe der intellektuellen Isolation und erwartete von jedem, daß man nun zu praktischen Maßnahmen bereit war und die gegebene Situation endlich so akzeptierte, wie sie war: als unmittelbar Handlungsbereitschaft und persönlichen Einsatz fordernd. Wenn auch die Tagebücher in dieser Hinsicht kaum Auskünfte über die Gefühle der Besatzungsmitglieder geben, läßt sich vermuten, daß insbesondere Jones und Mitchinson einen Halt bedroht sahen, den sie bisher nicht einmal als Halt wahrgenommen hatten. Bisher hatten sie in der Tat nur aus einer Beobachtersituation heraus erlebt und gearbeitet, und deshalb waren ihre persönlichen Eindrücke, auch wenn sie noch so starke psychische Veränderungen bewirkt haben mögen, von gelinder Intensität – verglichen mit dem, was ihnen bei einem unmittelbaren Kontakt möglicherweise bevorstand.

Sydney Pesh setzte ihren Plan ungeachtet dieser Ängste durch, vermutlich sogar, obwohl sie sich der Tragweite der Situation voll bewußt war. Daß Arthur Pent ihr dabei unerwarteterweise zu Hilfe kam, gab der gesamten Entwicklung eine neue Wende. Nichts hat mich im Verlauf meiner Recherchen so sehr gewundert wie der Umstand, daß er sich freiwillig für die Expedition zur Verfügung stellte, ungeachtet der Aussicht, daß er sie aufgrund der beschränkten technischen Möglichkeiten ganz allein durchführen mußte. Mir fällt schwer, dieses Verhalten auf plausible Weise zu erklären. Pents Tagebücher bieten in dieser Richtung kaum Hinweise, sie lassen eher gegenteiliges Verhalten vermuten. In den letzten Wochen hatte sich Pents Entfremdungsprozeß zunehmend verstärkt, war der Abstand zwischen seiner Persönlichkeit und seiner Arbeit größer geworden und hielt an, sich auszuweiten. Warum und woher kam dieser plötzliche Umschwung, wenn es ein Umschwung war? Es mag verschwommen klingen, aber vielleicht – und das ist der einzige Gedanke, der mir beim Grübeln über diese Frage gekommen ist – war seine freiwillige Meldung ein Aufbäumen gegen die Entwicklung, die er nahm, eine energische Selbstbehauptung gegen die eigene Unsicherheit. Warum er damit scheiterte, mag jeder beim Betrachten des Expeditionsberichts selbst entscheiden, ich möchte mich dazu nicht festlegen. Wo die Logik versagt und Emotionen die letzte Quelle des Verständnisses bilden, sollte sich ein Chronist davor hüten, mehr als zu berichten. Sicher scheint letztlich nur, daß sich Pents Entfremdung zu einem späteren Zeitpunkt fortsetzte und die Angst, seine Persönlichkeit verliere mehr und mehr an Bedeutung, bald wieder die Oberhand gewann.

Sydney Pesh legte den Zeitpunkt der Expedition auf den 65. Tag fest. Gemeinsam mit Pent, Mitchinson und Chip traf sie in der Zeit, die ihnen bis dahin blieb, die erforderlichen Vorbereitungen. Als Expeditionsfahrzeug stand ein kleines Beiboot zur Verfügung, das nur eine Person fassen konnte, wenn man die Meßaggregate berücksichtigte, auf die mitzunehmen Pent bestand. Um das knapp vier Meter lange und ursprünglich nur für kurze Ausflüge vorgesehene Amphibienfahrzeug seetüchtig zu machen, mußten eine Reihe Aggregate verdoppelt oder verbessert werden, was die Vorbereitungsarbeiten einige Tage länger als erwartet dauern ließ. Arthur Pent blieb deshalb nur wenig Zeit für die psychische Einstimmung und die Sensibilisierungsübungen, die Sydney ihm empfahl. Offensichtlich machte ihm dieser Umstand jedoch weniger zu schaffen als die Hektik, die die letzten Vorbereitungstage gekennzeichnet hatte. Von auffallendem Enthusiasmus erfaßt, beharrte Sydney trotz aller Terminschwierigkeiten, die ihr Eifer provozierte, auf dem festgelegten Zeitpunkt. Die Person, die die Expedition durchzuführen hatte, schien ihr dabei fast gleichgültig zu sein; ihr kam es wieder einmal nur auf die Ergebnisse an, die die Expedition einbringen konnte.

Jones hatte an den Vorbereitungen keinen Anteil. Nach einigen Auseinandersetzungen, die er im Zusammenhang mit dem Projekt mit Sydney Pesh gehabt hatte, zog er es vor, die Aktivitäten seiner Kollegen zu ignorieren. Wie einige seiner undatierten Aufzeichnungen, die vermutlich aus dieser Zeit stammen, jedoch andeuten, beunruhigte ihn die Expedition mehr als er zugeben wollte. Die Gründe für diese Unruhe verschwieg er, aus dem Vorangegangenen kann man jedoch schließen, daß er sich vor Ergebnissen fürchtete, die Sydneys Position weiter stärken würden.

Am 65. Tag verließ das Beiboot nach den letzten Inspektionen

Benjamin Chips in den frühen Morgenstunden die Station. Arthur Pent war vor dem Start auf seinen Gesundheitszustand untersucht und für voll tauglich befunden worden. Während der sieben Stunden, die er den Ozean durchquerte, behielt er sich jeglichen Funkkontakt mit seinen Kollegen an Bord der Station vor. Als er wieder zurück war, machte er laut Benjamin Chip einen beunruhigend verklärten und abwesenden Eindruck, so daß man ihm, bevor er berichten sollte, in seiner Kabine einige Stunden zur Besinnung und Auffrischung ließ. In dieser Zeit verfaßte er einen schriftlichen Bericht über seine Erlebnisse, den durch mündliche Kommentare zu ergänzen er sich auch später entschieden weigerte.

Ich erwähnte eben, daß man die Expedition als einen Wendepunkt in der Entwicklung des Geschehens ansehen kann, daß die Besatzung nun ihre Distanz zu der fremden Welt ablegen mußte und Emotionen die intellektuellen Fähigkeiten als Antriebskräfte der kommenden Ereignisse überflügelten. Diesen Umschwung, scheint mir, muß ich in meinem Bericht reflektieren. Ich kann nicht mehr *nur* berichten, kann nicht versuchen, die Empfindungen der Besatzungsmitglieder zu erklären oder auszulegen. Stattdessen muß ich die Aufzeichnungen der Personen ab jetzt häufiger für sich sprechen lassen. So scheint es mir ratsam, als einzigen Kommentar zur Expedition nur Pents eigene Aufzeichnung zu zitieren. Sydney Peshs Interpretationen zu breiten Raum zu widmen, würde die wahren Eindrücke überlagern und verschwimmen lassen.

Folgender Text ist eine originalgetreue Wiedergabe von Arthur Pents Expeditionsbericht. Zu seinem Verständnis seien mir noch einige Anmerkungen erlaubt: die Eindrücke und Beobachtungen Pents scheinen in einem solchen Maß ungewöhnlich gewesen zu sein, daß er sie vielfach kaum mehr mit normalen Worten wiedergeben konnte. Zu späteren Zeitpunkten schien die Nähe der Fremdwesen sogar sein eigenes Denken zu verändern und offensichtlich nahm er vorübergehend einige der spezifischen geistigen Merkmale der Aliens an. So lassen sich die letzten, unzusammenhängenden Abschnitte vielleicht als Darstellung des »simultanen Denkens« verstehen. Wie man andere Eigentümlichkeiten des Textes erklären will, möchte ich jedem Leser selbst überlassen.

»Die Turbulenzen waren stark und die Nebel dicht, als ich gegen Ende der Dämmerung in die Atmosphäre eintrat. Die Außentemperatur von 71° C ließ mich selbst in der relativen Isolation meines Fahrzeugs schwitzen. Bei meinem Flug über die aufgewühlten, von ineinander verquellenden Farbschwaden durchsetzten Fluten sah ich aus einer unbestimmbaren Richtung den Schein der noch niedrig stehenden Sonne zwischen hellrot und gelborange schwanken. Die unsicheren Farbeindrücke verwirrten sich in den komplexen, unbeständigen Höhlen, Gängen und faserigen Geflechten aus Dunst und Nebel wie in den labyrinthenen Korridoren einer Kathedrale aus Kristallglas, durch die man sich mit schweißgetrübtem Blick langsam voranbewegt. Ich war wie inmitten eines Seitenschiffs einer solchen Kathedrale; lange, geschwungene Flure, die oft vor meinen Augen zusammenstürzten, zweigten rechts und links von mir ab, manchmal fuhren Windstöße durch ihre Wände und schufen so neue Gewölbe, die die alten miteinander verbanden oder zerstörten. Jede Bewegung, jede Veränderung in diesen metamorphen Bauten war vom Durchbrechen flirrender Lichtstrahlen begleitet, die vom Horizont durch sich zufällig auftuende Lücken drangen oder aus Nachbargewölben von der bewegten Meeresoberfläche reflektiert wurden. Das Licht wurde vom Wasser in alle Farben des Spektrums gebrochen, mal tauchte ich für kurze Zeit in gelblich glühende Dunstschwaden ein, dann wieder fuhr ich durch hohe, langgestreckte Hallen, durch deren Seitengänge rotes Leuchten sickerte. Beständig war in dieser unaufhörlichen, mannigfachen Bewegung nur die Veränderung selbst. Es gab nichts, was auch nur den Bruchteil einer Sekunde so blieb, wie es war. Selbst in Höhlen, die kurzzeitig stabil schienen, bemerkte ich bei näherem Hinsehen ein Pulsieren der Wände, so als liefen hinter ihnen dicke, aufgequollene Venen. Gelegentlich senkte sich die Decke rythmisch über mir, um irgendwann plötzlich zusammenzubrechen oder noch im Fall neue Hohlräume zu formen. Schon innerhalb weniger Minuten war ich von dieser dämmerlichtigen Farbfülle fasziniert. Selbst die kühnsten Erwartungen wurden von diesen Eindrücken übertroffen. Damals, als wir mit der Landefähre aus dem Orbit gekommen waren, hatten wir durch die schmalen Seitenfenster nur einen gelinden Eindruck vom Zauber unserer Umgebung erfahren, nun aber, rundum von Panoramafenstern umgeben, so daß ich mich fühlte, als wäre ich mittendrin in diesem traumatischen Naturschauspiel, war ich von allen allzu nüchternen Erklärungen für die Dauer meiner Reise bekehrt.

Ich flog, schätze ich, gut eine Meile von der Station weg, bevor ich ins Meer tauchte. Schon wenige Meter unter der Oberfläche war es völlig finster, weshalb ich die Bordscheinwerfer einschalten mußte. Auch hier bot sich mir ein ähnlicher Anblick. Die Bewegungen und das komplexe, unüberschaubare Entstehen und Wiedervergehen der gewaltigen, scheinbaren Hohlräume wurde hier jedoch von großen, farbigen Schwaden aus Schwebstoffen, organischen Komplexen und Schlamm vollführt, die durch die starke Strömung vom niedrigen Meeresboden hochgetrieben wurden. Ob die Schwaden selbst farbig waren, durch das Scheinwerferlicht nur so erschienen oder ich mir Farben gar nur einbildete, weiß ich nicht zu sagen. Die Fülle der mich überschwemmenden Eindrücke war so groß, daß sie leicht meine Sinne hätten betäuben können.

Es war unmöglich, hier selbständig die Orientierung zu bewahren. Ohne die empfindliche Navigation hätte ich nie zurückgefunden. Als ich tiefer sank, geriet ich zunächst in eine Kaskade aus hohen, turmartigen Höhlungen, die, flexibel wie Schlangenleiber, langsam in westlicher Richtung davontrieben, bevor sie miteinander verschmolzen und zu einer bauchigen Form zusammensanken, die sich schließlich in perlige Blasen auflöste – wie Luft, die unter Wasser der Lunge eines Tauchers entweicht. Ich folgte dieser Formation bis zu ihrem Ende und erlebte das Entstehen neuer phantastischer Grotten und Hallen, die – vom Licht meines Fahrzeugs stets nur zum Teil der Dunkelheit entrissen – nach und nach ihre wechselhafte Geometrie offenbarten. Je mehr ich davon sah, je länger ich dem Einfluß dieser Eindrücke ausgesetzt war, desto intensiver machte ich seltsame Prozesse der Sensibilisierung durch. Meine Augen wurden ständig empfindlicher für Details, doch gleichzeitig wuchs mein Aufnahmevermögen – die Fähigkeit, größere Zusammenhänge zu überblicken und zu verfolgen – stetig an. Ich gab dieser Entwicklung nach, indem ich mein Fahrzeug zu engen Wendungen manövrierte, um möglichst viel von der Umgebung zu erkennen, bevor sie sich wieder völlig veränderte. Auf diese Weise bewegte ich in ständigen Rundum-Bewegungen mein Sichtfeld. Die engen Kreise, die ich zog, fügte ich zu einem größeren Kreis zusammen, dieser wiederum dehnte sich zu einem noch größeren, bogenförmigen Kurs, der mich langsam in westlicher Richtung von der Station wegführte.

Während der Zeit, die ich brauchte, um mir diese Art der Fortbewegung anzueignen, verstärkte sich in mir der Eindruck, nicht allein zu sein. Es war nicht das Gefühl der Nähe der Menschen, die auf der Station meine Expedition verfolgten, sondern der vage Eindruck einer völlig fremden Bewußtseinsform. Ich spürte, wie Gedanken, die nicht von mir stammten, quasi meinen Geist umstreiften, so veränderlich wie die Gebilde meiner Umgebung, in unsicheren, kaum zu verfolgenden Regungen, als werde sich irgendwer oder irgend etwas meiner Anwesenheit bewußt und taste sich langsam an mich heran. Als ich tiefere Zonen des Meeres erreichte, wurde dieses Gefühl stärker. Die fremden Regungen begannen sich allmählich plastisch abzuzeichnen, ich konnte Gedankengänge, Gefühlsaufwallungen und unsichtbare Überlegungen spüren, doch all dies war inhaltlich nicht zu verfolgen; ja, diese Gedanken waren nicht einmal in Sprache irgendwelcher Art gekleidet. Es waren mentale Ausstrahlungen, Gedanken in reinster Form, pure Ideen ohne mediales Gerüst. Dennoch deckte sich ihre Natur nicht mit dem, was sich in meinen eigenen Gedanken als pure Ideen verbarg. Diese Eindrücke eines anderen Bewußtseins waren allem, was ich je gekannt hatte, völlig fremd. Sie waren so grundlegend anders, so vollkommen anderer vernünftiger Struktur, daß es mir unmöglich war, sie mehr als nur zu spüren.

Als ich unmittelbar über dem rauhen Meeresboden war, glaubte ich Einzelheiten der fremden Gedanken und Unterschiede zwischen verschiedenen Individuen zu spüren. Es gab unterschiedliche mentale Komplexe, die sich mir näherten und wieder entfernten, in einiger geistiger Entfernung zu einer einheitlichen Front zusammenrückten, aus der sich immer wieder individuelle Konstellationen lösten, um für kurze Zeit näherzukommen. Es fällt mir schwer, zu erklären, *wie* ich all dies wahrnahm. Es war kein rein gefühlsmäßiges Ertasten, nicht eine rein geistige Nähe, vielmehr verschmolzen sinnliche und mentale Wahrnehmung zusehends, so daß ich bald nicht mehr wußte, ob ich etwas tatsächlich sah oder mir nur einbildete, es zu sehen. Ein Zeichen dieser Verschmelzung waren die Beobachtungen, die ich nunmehr machen konnte. Aus dem Formenspiel um mein Fahrzeug – einer deutlichen Entsprechung jenes fremden Gedankengefüges, von dem ich eben sprach – lösten sich irgendwann selbständige Formationen ab; transparente, amöbenhafte Farbwolken, die ungeachtet der Veränderungen um sie herum eigene Bewegungen vollführten. Die Wandlungen der Muster ihrer Umwelt gingen über sie hinweg, ohne ihre Bewegungen zu beeinträchtigen. Zwar fügten sie sich gelegentlich, wenn die unterseeischen Turbulenzen zu stark wurden, für einige Zeit wieder in die Umgebung ein, doch sie gingen unmittelbar erneut daraus hervor, wenn diese nachließen. Sie behielten eine merkwürdige Schwebe zwischen völliger Anpassungsfähigkeit an die Bedingungen ihrer Umwelt und einer relativen Selbständigkeit aufrecht. Um Eigenständigkeit überhaupt zu ermöglichen, mußten sie diese unter Umständen völlig aufgeben. So konnte ich mitunter bemerken, wie mehrere dieser Formationen miteinander verschmolzen oder wie sich einzelne von ihnen auflösten und danach nicht wieder erschienen.

Meine mentalen Wahrnehmungen waren ähnlicher Art. Die fremden Gedanken hatten sich zu einem komplexen Geflecht aufgeklärt, das sich von mir ertasten ließ und auch nach mir tastete. Sehr oft lösten sich individuelle Komplexe aus ihrem Gefüge und näherten sich mir in ähnlicher Selbständigkeit wie die physischen Formationen, von denen ich eben sprach, doch ebenso wie diese waren sie letztlich den Einflüssen des ihnen zugrundeliegenden Gefüges unterworfen. Ich hatte oft das Gefühl, als näherten sich mir einzelne Individuen, deren geistige Merkmale unterscheidbar waren. Versuchte ich ihnen aber auf ihrem Weg zurück in das Gefüge zu folgen, verloren sich diese Eindrücke bald zugunsten eines übergeordneten Ganzen. Wenn ich eben noch erwähnte, daß sich diese Wesen auf irgendeine Weise grundsätzlich vom Menschen unterschieden, so glaube ich hierin die Erklärung dafür gefunden zu haben: auf sie ließ sich der Begriff des Individuums überhaupt nicht anwenden. Sie waren einzeln und doch nur Teile eines ganzheitlichen Organismus, eines symbiotischen Geistes. Es bestand zwar die Möglichkeit, daß sich Individuen im weitesten Sinne bildeten, doch diese konnten wieder völlig von der Ganzheit aufgenommen werden, in ihr vergehen, sich auflösen wie Salzkristalle in einem Glas Wasser.

Mit der Zeit bekam ich Angst. Bestürzt mußte ich feststellen, daß ich bewußte Kontrolle über mein Fahrzeug verlor, daß sich meine Bewegungen, mit denen ich die Bedienungselemente steuerte, verselbständigten und von allein das Boot auf dem gewählten Kurs weiterbewegten. Mein Geist, meine Persönlichkeit hatte sich von ihnen abgehoben und widmete sich letztlich nur noch der Aufnahme von Eindrücken. Wie ein Drogensüchtiger im Rausch schwebte ich in Sphären paranoider Klarheit. Ich sah Farben und hörte Töne, wie ich sie noch nie zuvor gesehen und gehört hatte, atemberaubende Vexierbilder einer mir völlig fremden geistigen Welt. Das Erstaunlichste war dabei jedoch, daß ich mir meines Zustandes und der Entwicklung, die ich durchmachte, bewußt war. Mein Bedürfnis, mich an etwas Vertrautem aufzurichten, wuchs; ich sträubte mich gegen die zunehmende Gefahr, der Anonymität der Fremdwesen einverleibt zu werden. Der Prozeß schien dennoch unaufhaltsam. In dem Maße, wie sich meine Persönlichkeit auflöste, verminderte sich mein Aufbäumen.

Schließlich verlor ich mein Zeitgefühl. Es gab keine Kontinuität mehr für mich; alles, was ich sah, geschah gleichzeitig oder nebeneinander. Entwicklungen und Bewegungen waren an kein festes Zeitgefüge mehr gebunden, manchmal wurde die Zukunft vorweggenommen oder wieder auf die Vergangenheit zurückgegriffen. Ich konnte kaum mehr chronologisch denken, folgte mitunter mehreren Gedankengängen oder Beobachtungen gleichzeitig und völlig unabhängig voneinander. Wenn ich an dieser Stelle trotzdem versuche, Eindrücke chronologisch zu schildern, so kann ich nicht versichern, ob ich auf diese Weise nicht völlig falsche Bilder entwerfe.

Während ich mich weiter von der Station wegbewegte, konnte ich beobachten, wie sich die seltsamen Formationen zunehmend um mein Fahrzeug scharten. Sie folgten mir und reagierten auf jede Bewegung, die ich tat. Später verschmolzen einige von ihnen zu größeren Komplexen, die mein Boot mitunter umschlossen, sich dann wieder von ihm lösten und die so ertasteten Formen nachahmten. Schließlich umgaben mich die Gebilde als authentische Abbilder meines Fahrzeugs, trieben auf parallelem Kurs, so daß ich, wenn sie ganz nah waren, mich selbst deutlich am Steuer dieser Abbilder sitzen sehen konnte; ja, sogar meine angestrengte Haltung wurde imitiert, jede Bewegung, die ich ausführte, fand in den Abbildern ihre Entsprechung. Dann aber setzte die Verfremdung ein. Als sich mein Geist den fremden Gedankenmustern anglich, verschwammen die flüssigen Spiegelbilder, dehnten sie sich zu verzerrten Karikaturen, sah ich mich selbst zu einer amöbenhaften Kreatur werden, deren instabile Umrisse im Bewegungstaumel der Umgebung aufgingen. Ich verlor die Kontrolle über das Boot. Die Fremdwesen nahmen mir das Steuer aus der Hand, webten meinen Geist in das symbiotische Geflecht ihrer Gedanken ein und ließen mich an ihrer eigenen geistigen Natur teilhaben. Wenn auch mein Ich letztlich integriert blieb, ich trotz meiner fremdartigen Gedankengänge vertraute menschliche Emotionen verspürte, war ich doch für kurze Zeit Teil ihres Komplexes anonymer, wandelbarer Individuen. Ich kann diesen Zustand nicht erklären, nicht einmal beschreiben. Es übersteigt das gesunde menschliche Vorstellungsvermögen, in den geistigen Strukturen anderer Wesen zu denken. Ich war ein Teil von ihnen, sie ein Teil von mir. Sie übernahmen die Kontrolle meines Bootes und mein Aufbäumen gegen diesen Prozeß war ohne Sinn. Ich wurde eins mit ihnen, ein Fremdkörper zwar, doch völlig absorbiert, seiner Persönlichkeit enthoben, ein Nichts, ein Moment unendlicher Variabilität, zeitloser Gefüge wandelhafter Formkonstellationen, eins und nichts und ewig und ...

(Hier bricht der Text ab, es folgen einige unzusammenhängende Fragmente)

Zurück durch Turbulenzen atemlos bewegter, schwingend zwischen heiß und kalt verwirrter Ströme, entlang liquider Schluchten, auf Graten quirlend sich umwindend strudelnder Arme, ragend aus vibrierenden Wänden über unruhigem Dunkel, verloren haltlos in infernalisch brütender Lautlosigkeit. Verschlungen in Geflechten zerfließender Ordnung, eingebunden ich inmitten wir brodelnd zerstörender, ekstatisch errichtender Bilder endlos unaufhörlicher Ungreifbarkeit, durchdringend, doch verzehrend, entgleitend mir uns meinem unsern in sich gefügten, festvertäut erträumten Halt ...

(einige unlesbare Zeilen)

... wie uns begegnet schien sich ihrem Ende nahend auch wie ich war längst vergessen trieb uns unsere Odyssee geboren wieder neu aus Mutterleibern stetig sich verjüngender Unsichtigkeit zurück zum Ort an dem eintrat ich in wir in neues Licht von über mir und wurd ich eins mit allem uns Bestimmenden Licht ohne dingliche Quelle wieder um sich abzulösen neues Licht von über mir und schien auch ich wie längst vergessen ...

(einige unlesbare Zeilen)

... sehe ich neuen Horizont, spüre ich wieder meine Hände, daß ich einen Körper habe, der bleibt, wenn Wellen über ihn hinweggehen, der das Boot steuert, mich zurückbringt. Nach Endlosigkeiten inmitten der entbundenen Labyrinthe fühlte ich mich wieder auftreiben, verwirrt und voll Angst, beraubt der Gewißheit um eine Bedeutung meiner Selbst ...

(Lücke)

Irgendwann tauchte mein Gefährt wieder aus den Fluten auf, und ich fühlte, wie das natürliche Licht mich als ein Eisschauer überfloß. Ich wußte nicht mehr, wie ich zurückgekommen war, wann ich das Steuer zurückgenommen hatte und dem fremden Einfluß entkommen war. Vielleicht hatten die Anderen es aufgegeben, hatte etwas unserer Symbiose im Weg gestanden. Ich weiß es nicht mehr und werde es wohl nie erfahren. Vermutlich hatten zu große Abgründe zwischen uns gelegen. So blieb ich in atemloser Betroffenheit zurück und fuhr in die Station, die Enklave einer Welt, die mir Halt bietet, die mich selbst nicht zu zerstören drohte. Gelernt, wirklich gelernt, hatte ich bei all dem wenig, nur schwach war ich geworden.«

Es wundert wenig, daß dieser »Bericht« und Pents rätselhaftes Verhalten die übrigen Besatzungsmitglieder in einige Verwirrung versetzte. Während Pent sich in seiner Kabine von den Strapazen seines Unternehmens erholte, saßen die anderen – mit Ausnahme von Raymond Jones – im Konferenzraum beieinander und verbrachten einige Stunden in betretenem Schweigen. Pent hatte, als man ihm aus dem Boot geholfen hatte, darum gebeten, möglichst bald alleingelassen zu werden, ansonsten nur wenige wirre Satzfetzen von sich gegeben. Trotz seiner offensichtlichen psychischen Angeschlagenheit schien sein körperlicher Zustand der vorangegangenen Belastung angemessen, weshalb sich die Bedenken, ihn allein zu lassen, rasch zerschlagen hatten. Bis in die späte Nacht saß Pent, ohne ein Lebenszeichen von sich zu geben, hinter der verschlossenen Tür seiner Kabine, während seine Kollegen allmählich begannen, die angespannte Stimmung mit vorsichtig spekulierenden Dialogen aufzulockern. Erst nach Mitternacht kam er kurz mit unsicheren Schritten in den Konferenzraum, händigte seinen Bericht aus und verschwand wieder. Er schien zwar etwas gefaßter, Benjaman Chip war jedoch, nachdem er den Bericht das erste Mal gelesen hatte, aufs Äußerste beunruhigt, weshalb er die nächsten zwei Stunden damit verbrachte, Pent durch die verschlossene Tür seiner Kabine zur Aussprache zu bewegen. In der Zwischenzeit beschäftigte sich Sydney Pesh, nachdem sich Norma Mitchinson mit der hörbar nur als Ausrede gebrauchten Entschuldigung, sie sei müde, zurückgezogen hatte, mit dem in wirrer, unregelmäßiger Handschrift abgefaßten Manuskript von Pents Expeditionsbericht. Am frühen Morgen, als Chip seine Bemühungen aufgab, saß sie noch immer im Konferenzraum und war bereits in eine Deutung der vorliegenden Aufzeichnungen vertieft, wozu sie die in den Archiven gespeicherten Daten ihrer eigenen Arbeitsergebnisse zu Rate zog. Offenbar hatte sie die ganze Nacht nicht geschlafen. Etwas schien sie beunruhigt oder – wenn man Chips Erinnerungen glauben darf – sogar entmutigt zu haben. Chip und Norma Mitchinson gewannen den Eindruck, als verfolge sie in ihren Arbeiten nach anfänglich erfolgversprechenden Kursen keine klare Linie mehr, als habe etwas den Bereich ihrer Möglichkeiten gesprengt. Bestätigt wurde dieser Eindruck, als sie einige Tage später ihre Bemühungen vorerst einstellte.

Sieht man sich ihre Aufzeichnungen aus dieser Phase an, so wird einem klar, weshalb sie keine rechte Linie fand. Sie verfaßte lediglich einige kurze Arbeitsprotokolle mit Deutungen und Verweisen auf die Ergebnisse der vorangegangenen Untersuchungen, in ihren persönlichen Aufzeichnungen sparte sie größere Zusammenhänge jedoch aus. Dabei war Pents Bericht aus dem Blickwinkel der bisherigen Arbeiten nur eine Bestätigung und Detaillierung der gewonnenen Erkenntnisse. Sydney Peshs vage Ahnung, bei den Aliens stünde aufgrund ihrer instabilen physischen Konstitution die rein geistige Komponente im Vordergrund ihres Erlebens, fand ihre Entsprechung in Pents Erlebnissen und rechtfertigte letztlich auch das Risiko der Expedition. Die Aliens hatten offenbar auf telepathischem Wege Kontakt mit Pent zu knüpfen versucht, als sie seiner mentalen Nähe bewußt geworden waren, und ihn ihrer Natur entsprechend als Fremdkörper in das Netz ihrer geistigen Strukturen einverleibt. Sie waren auf geistiger Ebene quasi mit ihm verschmolzen, weshalb Pent wohl auch den Eindruck hatte, daß die anderen sein Boot gesteuert und ihn bis fast zurück gebracht hatten. Dennoch hatte dieser Schritt zu keiner Verständigung geführt. Obwohl Pents Gedankengänge einige Stunden in *formaler* Hinsicht denen der Aliens ähnelten – so nahm er das von Sydney Pesh bereits an früherer Stelle vermutete »simultane Denken« an, entsagte gedanklicher Ordnung und wurde in seiner Aktivität von der Zufälligkeit und ständigen Veränderung der Umwelt diktiert –, lag zwischen ihm und den Fremdwesen eine unüberbrückbar erscheinende Kluft. Einerseits zeigte sein Denken zwar fremdartige Strukturen, *inhaltlich* war es jedoch eindeutig menschlicher Herkunft (wie eine detaillierte Auslegung der rätselhaften Schlußpassagen durch Sydney Pesh beweisen sollte); andererseits konnte er, obwohl er mit den Aliens verschmolzen war, deren Gedankengänge und Versuche zur Kontaktaufnahme nicht begreifen. Sie waren völlig fremdartigen Inhalts, vermittelten Gedanken, die sich mit menschlichem Begriffs- und Vorstellungsvermögen nicht erfassen ließen. Pent war unweigerlich an seine menschlichen Erlebnisschemata gebunden. Sein Denkvermögen war durch seine Existenz als Mensch bereits konditioniert. Die Aliens dagegen waren von ihrem eigenen Erlebnishorizont beschränkt, ihre formalen Denkprinzipien, ihre vom Menschen völlig verschiedene physische Struktur und die spezifischen Bedingungen ihrer Umwelt waren Ursache andersgearteten Erlebens und Verstehens. Eine gegenseitige Verständigung schien, selbst wenn man sich *formal* anglich, ausgeschlossen.

Doch auch darin lag Sydney Peshs Dilemma noch nicht begründet. Über diese deprimierenden Feststellungen hinausgehend verdankte sie Pents Bericht einige neue Erkenntnisse über die Aliens. Ihre psychische Struktur war ihrer physischen in gewisser Weise ähnlich. In beiderlei Hinsicht waren sie weder eine Gesellschaft von vielen Einzelindividuen noch ein großer Gesamtorganismus, sondern hielten zwischen beiden Möglichkeiten die Schwebe; ein »symbiotischer Geist«, wie es Pent ausgedrückt hatte. So wie ihre physischen »Körper« jederzeit in der Lage waren, ihre Individualität aufzugeben, um sich den Umweltbedingungen anzugleichen, waren sie auch geistig keine festgefügten Individuen. Wie Pents Beschreibung zu entnehmen ist, konnte er zwar mitunter die Annäherung von Individuen spüren, doch gingen diese stets wieder in einem einheitlichen Gefüge auf, gaben ihre individuellen Merkmale und Gedanken an den ganzheitlichen Komplex ab, aus dem jederzeit von einem Augenblick zum andern wieder vollkommen neue Individuen hervorgehen konnten, die keinerlei Reifungs- oder Wachstumsprozesse durchmachen mußten, bevor sie zu geistigen Leistungen auf höchstmöglichem Niveau fähig waren. Und mit diesen Feststellungen oder Vermutungen fangen die Schwierigkeiten an.

Welche Konsequenzen sich aus obigen Ausführungen ergeben, wird einem erst deutlich, wenn man versucht, sich die Erlebnis- und Verstehensschemata der Aliens konkret vorzustellen. Wie soll man sich intelligentes Leben vorstellen, für das es den Begriff des Individuums in unserem Sinne nicht gibt, wo ein einzelnes Wesen, eine geistige Persönlichkeit mit dem dazugehörigen Spektrum individueller Eigenschaften unmittelbar aus einem großen Komplex hervorgehen und wieder darin verschwinden kann? Wie soll man ohne Begriffe des *Ich*, des *Wir* und des *Du* überhaupt denken? Wie sich Leben vorstellen, das in unserem Sinne niemals geboren wird und in demselben, menschlichen Sinne niemals stirbt? Kann man sich Denken unter der ständig gegenwärtigen Möglichkeit vorstellen, von einem ganzheitlichen, symbiotischen Geist aufgesogen zu werden? Was für ein Leben muß es sein, keine Vorfahren zu haben, keine Nachfahren hervorzubringen oder mit irgendwem in unmittelbarer oder besonderer biologischer Verwandschaft zu stehen? Was bleibt übrig, wenn wir uns all das wegdenken, was wir gewöhnlich an Vorstellungen mit dem Leben, Denken und Fühlen verbinden? Welch ein Denken und Fühlen gibt es jenseits unserer unabänderlichen Lebensumstände? Und zuletzt – bedenkt man all diese Fragen –: Ist es uns überhaupt möglich, auf irgendeine Weise mit Wesen zu kommunizieren, die sich so grundlegend von uns unterscheiden?

Sydney Pesh verbrachte einige Tage mit einsamen Überlegungen darüber, ob man angesichts dessen aufgeben sollte oder ob es noch Möglichkeiten gäbe, in irgendeiner Form weiterzuarbeiten. Die anderen Besatzungsmitglieder hatten währenddessen ihre eigenen Schwierigkeiten, mit diesem wohl nicht in solcher Stärke erwarteten Schock der Konfrontation fertigzuwerden. Norma Mitchinson zog sich für die Dauer der arbeitslosen Periode, in der man sich befand, von ihren Kollegen zurück, und Arthur Pent brauchte eine geraume Weile, bis er seine Fassung wenigstens zum Teil zurückgewonnen hatte und sich wieder aus der Isolation seiner Zurückgezogenheit herauswagte.

Es wundert wenig, daß diese Ergebnisse auch an Raymond Jones nicht spurlos vorbeigingen. Es mag sein, daß ich in den vorangegangenen Schilderungen den Eindruck erweckte, er habe in seiner oppositionellen Ignoranz den aktuellen Aktivitäten seiner Kollegen keine Beachtung geschenkt. Dem war jedoch nicht so. Benjamin Chip berichtet in seinen Tagebüchern, daß Jones' demonstratives Desinteresse an der Expedition offenbar nur geheuchelt war, denn aus unterschwellig bedeutsamen Randbemerkungen und scheinbar belanglosen Fragen am Rande war eine gewisse beunruhigte Erwartungshaltung herauszuhören. In den Tagen nach der Expedition wurde dies offenkundig, wenngleich sich lediglich Benjamin Chip dessen bewußt war. Raymond Jones bemühte sich fieberhaft, zu erfahren, welche Geschehnisse im Zusammenhang mit der Expedition für die bedrückte Stimmung der übrigen Besatzung verantwortlich waren. Er versuchte Chip auszufragen, ohne es diesen merkenzulassen, forschte nachweislich in den Archiven nach den benötigten Informationen und verfolgte aufmerksam die weitere Entwicklung der Situation. Vermutlich geriet er auch an Arthur Pents Expeditionsbericht, der ebenfalls in den Archiven gespeichert war. Wie er reagierte, welche Auswirkungen all dies auf ihn hatte, läßt sich bestenfalls vermuten. Leider hinterließ er keinerlei persönliche Aufzeichnungen, er war der einzige der fünfköpfigen Besatzung, der kein Tagebuch führte. Aus seinem Verhalten läßt sich allerdings schließen, daß er keineswegs so unberührt war, wie er sich gab. Benjamin Chip gewann beim persönlichen Umgang mit Jones – trotz dessen Ablenkungsversuchen – denselben Eindruck.

Benjamin Chip kümmerte sich in den folgenden Tagen vor allem um Arthur Pent und gab seine Bemühungen, das Vertrauen seines Kollegen wiederherzustellen, nicht auf. Chip war sich dabei durchaus über die Probleme im klaren, die Pent bewegten, und dementsprechend vorsichtig waren seine Kontaktversuche. In den ersten Tagen, die Pent noch hinter geschlossener Tür verbrachte, wechselten sie nur spärliche Dialoge; Belanglosigkeiten, die das brisante Thema stets umgingen. Später, als Pent ihn in seine Kabine einließ, sprach Chip einige Male den Expeditionsbericht an, jedoch mit der Folge, daß Pent in solchen Fällen das

Gespräch rasch wieder abbrach. Sie verbrachten ohnehin nur wenige Stunden miteinander. Pent beharrte darauf, den Großteil des Tages alleingelassen zu werden. An den gemeinsamen Abenden und Routinekonferenzen nahm er nicht teil; er wurde nur gelegentlich auf den Gängen des Wohnflügels gesehen, wo er sich offenbar – vorsichtig und zurückhaltend – wieder an seine Umgebung zu gewöhnen versuchte. Später fand er auf irgendeine Weise zu einem Zustand zurück, der dem vor der Expedition ähnelte. Er wagte sich wieder unter seine Kollegen und lebte sich allmählich wieder in den routinemäßigen Alltag ein, doch seine unterschwellige Entfremdung von der Station und ihrer Besatzung, seine Neigung zu innerer Vereinsamung, setzte sich fort und bestimmte sein Handeln. Er versuchte dem entgegenzuwirken, indem er neuen Halt suchte, sich in geradezu hündischer Unterwürfigkeit den Interessen der Allgemeinheit unterordnete und jedem Ratschlag, den Chip ihm gab, folgte, als sei es ein Befehl. Die Kollegen schienen ihm in seiner Empfindsamkeit – seinem bei der Expedition verlorengegangenen Selbstbewußtsein – als einzig greifbare Fixpunkte, als Konstanten, an denen er sich aufzurichten hoffte, denen er blindlings vertraute, wie ein Patient seinem Arzt.

Ein solches Vertrauen war jedoch kaum gerechtfertigt. Die übrigen Besatzungsmitglieder machten ebensolche, wenn auch weniger schwere und subtilere, Krisen durch. Hinzu kam ein ständig wachsendes Gefühl der Bedrohung. Um dies wiederzugeben, seien folgende Tagebuchauszüge zitiert:

75. Tag

Benjamin Chip. Die Expedition hatte Folgen und wird weitere Folgen haben. Ich fühle oder ahne, daß in der nächsten Zeit etwas geschehen wird, das wir alle noch nicht absehen können. Etwas belastet uns, eine Bedrohung oder Vorahnung, ich weiß es nicht. Vielleicht bilde ich mir auch nur etwas ein. Ich hoffe, daß es so ist. Trotzdem frage ich mich oft, ob die anderen, diese Wesen dort draußen, nicht ihrerseits einen weiteren Versuch machen werden, mit uns in Kontakt zu treten. Schließlich muß Pents Nähe etwas unvorstellbar Fremdartiges für sie gewesen sein, und es ist zu erwarten, daß sie darauf reagieren. Wie sie reagieren werden – für uns kann das möglicherweise sehr erschreckende Dimensionen annehmen. Besser ist, ich denke nicht daran. Vielleicht grüble ich zuviel.

Sydney Pesh. Es wäre sinnlos, mir etwas vorzumachen. Ich bin am Ende meiner Möglichkeiten angelangt. So sehr ich mich auch um die Aufdeckung neuer Aspekte bemühe, es scheint sinnlos, weil ich das Gefühl habe, an eine Grenze gestoßen zu sein, vielleicht an die Begrenzung, der der Mensch überhaupt unterworfen ist. Die Lebensform, auf die wir gestoßen sind, sprengt all unsere Vorstellungskraft, es gibt keine Möglichkeit, diesen Wesen auf irgendeine Weise näherzukommen, als es Pent gelungen ist. Er war in unmittelbarem geistigen Kontakt mit den Aliens, ohne daß dies zu einer Verständigung geführt hätte. Gibt es Wege, die über eine solche Oberflächlichkeit des Kontakts hinausführen? Obwohl ich meine Hoffnungen allmählich aufgebe, arbeite ich weiter. Es mag sein, daß ich noch zu einer Lösung komme, obwohl ich kaum noch daran glaube. Die Atmosphäre in der Station verwirrt mich dabei. Etwas ist anders geworden, seit Pent draußen war. Auf eine merkwürdige Weise fühle ich mich beobachtet. Vielleicht sind *sie* uns nähergekommen.

Norma Mitchinson. Heute ist es mir gelungen, daß mich einen ganzen Tag lang niemand zu Gesicht bekommen hat. Wenn ich es geschickt anfange, werden sie es mit der Zeit akzeptieren, daß ich mich von ihnen zurückgezogen habe. Nur dürfen sie nicht merken, warum. Meine Angst könnte sie mißtrauisch machen. Es ist furchtbar. Seit einigen Tagen fühle ich mich verfolgt, so als beobachte mich ständig irgendwer. Sind meine Kollegen nicht schon längst unter der Kontrolle der Aliens? Sind Pesh, Chip, Jones und Pent überhaupt noch die, wofür sie sich halten? Es ist verrückt, aber meine Umgebung wird mir immer fremder. Selbst meine Kabine, die mir eine Zeitlang das Gefühl eines Zuhauses gab, beginnt sich von mir loszulösen.

Ich lese viel, habe die Fenster meiner Kabine verschlossen, lese und suche Sicherheit, gleich welcher Art. Der Bereich menschlicher Erfahrungsmöglichkeiten ist abgesteckt, dessen bin ich mir sicher. Wer sich jenseits seiner Grenzen wagt, gerät in einen Strudel, der ihn unweigerlich verschlingen wird. Niemand kann von mir verlangen, meine Grenzen zu überschreiten. Doch so sehr ich mich auch wehre, es scheint vergeblich. Ich habe Angst, bereits im Sog dieses Strudels zu sein. Ich habe nicht mehr genügend Macht über mich selbst. Etwas zwingt mich zu Handlungen, vor denen ich mich fürchte. So habe ich es gestern abend während der Dämmerung gewagt, die Vorhänge von den Fenstern zu ziehen und hinauszustarren, in atemloser Faszination, über Stunden, in denen ich mir die Antwort auf die Frage schuldig blieb, warum ich dies tat. Irgendwann verlor ich schließlich das Bewußtsein und fand mich heute morgen auf meiner Schlafliege wieder, beunruhigt von der fragmentarischen Erinnerung an einen Traum. Welchen Inhalt er hatte, weiß ich nicht mehr. Ich erinnere mich nur an einen Abgrund, an den Rand einer endlos tiefen Klippe vielleicht, über den ich hinabstarrte. Es blieb ein unangenehmes Gefühl von dieser Vision zurück, ein Schwindel, der einige Stunden lang meine Gedanken durcheinanderbrachte.

Ich muß mich zusammennehmen, dagegen ankämpfen. Vielleicht ist das *alles* nur ein Traum. Vielleicht gehöre ich gar nicht zu diesen Verrückten, die auf Eridanus ihren sinnlosen Forschungen nachgehen. Vielleicht werde ich irgendwann plötzlich an Bord von RUBIKON-3 erwachen und feststellen, daß ich mir etwas eingebildet habe. Und weiß Gott, diese Hoffnung ist nicht irrationaler als das, was sich hier zur Zeit abspielt.

76. Tag

Benjamin Chip. Arthur Pent gibt mir Grund zur Hoffnung. Seine Verfassung scheint sich zu bessern, auch wenn er das, was ihn wohl noch immer beunruhigt, nicht aussprechen will. Er redet nun wieder mehr. Heute habe ich mehrere Stunden über belanglose Dinge mit ihm geplaudert. Später hat er mich auf meiner Routineinspektion durch das untere Stockwerk begleitet. Heute mußte ich zum ersten Mal einen Defekt in den Wasserfilteranlagen ausbessern. Es ist Schlamm durch die Filter gedrungen, der das Trinkwasser ein wenig verschmutzte. Ich habe die Filter überprüft und das Ionenaustauschmaterial gewechselt. Anscheinend hat das genügt, um die Fehlfunktion zu beheben. Ich frage mich allerdings, wie es überhaupt dazu hat kommen können.

Trotz einiger positiver Aussichten ist die Stimmung nicht besser geworden. Noch immer sind wir mit diesen seltsamen Gefühlen beschäftigt, die uns schwächen. Das, was uns zu bedrohen scheint, mag es eingebildet sein oder nicht, ist nähergekommen. Ich kann nur hoffen, daß alles nur Hysterie ist, denn Hysterie kann man abbauen. Was aber sollen wir gegen eine wirkliche Bedrohung tun? Was wissen wir, welche Fähigkeiten die Aliens haben? Aber woher sollen wir wissen, ob sie uns wirklich bedrohen? Welche Gründe hätten sie dafür? Was fremd und schwer begreiflich ist, erscheint immer auf eine Weise bedrohlich. Vielleicht ist das unser Fehler oder überhaupt eine grundlegende menschliche Schwäche. Wir können zur richtigen Zeit nicht nüchtern genug sein. Diese Annäherung: vielleicht sind es nur Verständigungsversuche, sind die Aliens nicht telepathische Wesen? Was soll ich bei all dem glauben?

Sydney Pesh. Meine Arbeit gönnt mir wenig Schlaf. Die heutige Nacht verbrachte ich wieder mit endlosen Grübeleien über das letzte Problem. Der Gedanke beunruhigt mich, jetzt aufzugeben, wo wir zumindest ein wenig mehr als zu Beginn über die Aliens wissen. In gewissem Sinne befinden wir uns in einer historischen Situation. Zum ersten Mal sind Menschen auf fremdes, vernunftbegabtes Leben gestoßen. Wie lange hat man darauf gewartet? Welche Hoffnungen hat man in eine solche Begegnung gesetzt? Und soll dieser von zahllosen Menschen erträumte Augenblick nur dazu dienen, uns unsere eigene Begrenzung zu demonstrieren? Immer wieder fallen mir die Worte jener Skeptiker ein, von denen die Menschheit seit ihren ersten Vorstößen in die Räume jenseits des vertrauten Sonnensystems begleitet wurden. Wir wollen erkenntnismäßig in neue Bereiche vorstoßen, ohne uns selbst völlig verstanden zu haben, hieß es oft. Vielleicht ist es richtig, obwohl ich Zweifel daran habe. Vermittelt uns diese neue Situation nicht auch neue Erkenntnisse über uns selbst? Mit jedem Schritt in das Fremde dringen wir einen Schritt weiter in unser Inneres vor. Doch es ist denkbar, daß unsere Kraft nicht ausreicht, in dieser Richtung weiterzugehen. Vielleicht werden wir schlicht an uns selbst scheitern. Trotz dieser Befürchtungen suche ich nach neuen Wegen, es muß eine Möglichkeit geben. Gelegentlich frage ich mich nur, was mich überhaupt dazu drängt. Wozu dieser unbezähmbare Drang nach neuen Ufern? Zur Zeit weiß ich keine Antwort darauf. Vielleicht wird mein weiterer Weg mir eine geben, und vielleicht ist diese Antwort der einzige Sinn des Ganzen.

Norma Mitchinson. Ich muß etwas tun, sonst verliere ich allen Einfluß auf das, was mit mir geschieht. Ab heute werde ich Schlafmittel nehmen, um zu verhindern, daß ähnliches mit mir vorgeht wie vergangene Nacht. Es muß ein Dämmerzustand gewesen sein, in den ich geriet, ähnlich, aber intensiver als während der Stunden, die ich gebannt am Kabinenfenster verbrachte. Gestern nacht hatte ich Schwierigkeiten einzuschlafen, statt dessen zog es mich aus meiner Kabine, irgendwann stand ich auf, halbnackt wie ich war, und ging in den Konferenzraum. Es war so verrückt, daß ich Hemmungen habe, es aufzuschreiben. Ich starrte dort zum Panoramafenster hinaus, obwohl ich in der nächtlichen Dunkelheit kaum etwas erkennen konnte. Ich bilde mir ohnehin den Großteil meiner Sinneseindrücke nur ein. Als ich durch die Korridore ging, fühlte ich mich nicht wie an Bord der Station, sondern – wie soll ich Worte dafür finden? – wie inmitten des Meeres, als wäre ich dort draußen und ginge wie eine schwerelose Fee über die aufgewühlte Wasseroberfläche. Das Parkett pulsierte unter meinen nackten Sohlen, die Wände bebten, und die Decke senkte sich in gewellten Bewegungen rhythmisch über mich. Im Konferenzraum verstärkte sich dieser Eindruck noch. Ich war wieder am Rand der Klippe aus meinem ersten Traum, doch der Abgrund unter mir war klarer geworden. Unten trieben tote, zerfließende Körper, undeutlich erkennbar in einer strudelartig zentrierten, plasmatischen Masse, deren Fluoreszenz gespenstisch flackerte. Irgendwann aber verschwand dieses Bild plötzlich wieder, und ich erwachte mit verkrampften Gliedern, an die Scheibe des Panoramafensters gelehnt, überrascht von der scheinbar so plötzlich eingesetzten Dämmerung. Was geschieht mit mir? Wie soll ich es erklären? Dieser seltsame, mir zuwiderlaufende Drang kann nicht aus mir selbst kommen, es muß einen externen Einfluß geben, der mich so verändert. Niemand darf davon erfahren, dies könnte alles nur verschlimmern. Es dürfte keine Schwierigkeit sein, diese befremdlichen Ausflüge durch Psychopharmaka einzudämmen. Schon heute nacht werde ich es versuchen, mit allen Mitteln, die mir zur Verfügung stehen.

Mir bleibt an dieser Stelle nichts übrig, als in derselben Ratlosigkeit wie Norma Mitchinson meine Fragen zu stellen. Was geschah in diesen Tagen tatsächlich? Was ging mit Norma und der übrigen

Besatzung vor? Was hatte es mit jener »Annäherung«, von der Chip sprach, auf sich? Konnte von Bedrohung die Rede sein? Was war überhaupt noch sicher an den Gedanken, die man sich machte? Denkt man länger darüber nach, so scheint es schon fragwürdig, den Aliens irgendwelche Absichten – wie bedrohliche oder freundschaftliche Annäherung – zuzusprechen. Ist Bedrohung denn nicht ein spezifisch menschlicher Begriff, Ausdruck einer spezifisch menschlichen Emotion? Und sind Emotionen für sich nicht schon spezifisch menschliche Phänomene? Wenn man jede Voraussetzung, von der man in diesem Zusammenhang ausgehen könnte, auf eine solche Weise hinterfragt, so bleibt nichts Greifbares zurück. Und spätestens dabei beginne ich an meinen eigenen Schlußfolgerungen und der Wahrheit meiner Rekonstruktion zu zweifeln. Beides scheint mir jetzt nur noch oberflächlich und vergröbernd, über inhaltliche Hohlräume ausgebreitete Phrasen. Doch diese Zweifel dürften keine hinreichenden Gründe sein, nicht wenigstens diesen unzulänglichen Bericht zu Ende zu führen. Auf welche Weise ich auch weiterberichte, ich wäre zufrieden, wenn es mir gelänge, wenigstens die Gründe für *meine eigene* Unsicherheit verständlich zu machen. Ob ich mehr erreichen kann, dessen bin ich mir nicht sicher.

VII.

Fast schien es so, als gäbe es tatsächlich kein Weiterkommen mehr, da berief Sydney Pesh entgegen aller Erwartungen am 81. Tag, zu einem Zeitpunkt, als die übrige Besatzung teils aus Angst und teils aus Resignation bereits mit dem Gedanken spielte, das Projekt aufzugeben, doch noch eine neue Arbeitskonferenz ein, zu der sie ausnahmslos alle Besatzungsmitglieder anwesend zu sein wünschte. In den letzten Tagen war man sich, abgesehen von den wenigen routinemäßigen Zusammenkünften, zunehmend aus dem Weg gegangen, so daß niemand wußte, in welcher Form Sydneys Arbeit sich weiterentwickelt hatte. Sie hatte ihre aufkeimenden Selbstzweifel rasch überwunden und unter Aufbietung all ihrer Fähigkeiten waren ihr neue Ideen gekommen, die sie im Verlaufe weniger Tage zu einem ganzen Arbeitskonzept ausgearbeitet hatte. Offenbar stand sie selbst diesem Konzept zunächst noch skeptisch gegenüber, schließlich entschloß sie sich jedoch, es ihren Kollegen darzulegen. Am Nachmittag des 81. Tages hielt man dann eine mehr als vierstündige Konferenz ab, in der Sydney die theoretischen Hintergründe ihrer Idee in einem langen Vortrag erläuterte, worauf eine ausgiebige Diskussion folgte, in deren Verlauf Sydney Pesh ihr Konzept trotz aller Bedenken und Hinweise auf mögliche Schwierigkeiten letztlich doch durchsetzte. Auf RUBIKON-3 hatte man bis zu diesem Zeitpunkt so gut wie nichts von den zurückliegenden Aktivitäten der Besatzung erfahren; die spärlichen Funksprüche blieben gleichermaßen lapidar, und auch von den neuen Vorhaben erfuhr die Mannschaft auf der Raumstation nichts. Worin diese strikte Geheimhaltung durch die Besatzung begründet lag, ist mir nach wie vor unklar, möglich ist allerdings, daß Sydney Pesh, die in Folgendem die Aktivitäten ihrer Kollegen vollends dirigierte, aus Gründen, die ich schon einmal ansprach, detaillierte Funkmeldungen unterband: sie wollte vermutlich verhindern, daß weitere Forschungsmannschaften folgten; wozu ihr Egoismus und die Befürchtung, die Arbeitsbedingungen könnten dadurch unberechenbar beeinträchtigt werden, gleichermaßen Anlaß gewesen sein können.

Wie Chip sich erinnert, krankte die langatmige Konferenz sehr zum Ärger Sydney Peshs an der Lethargie und dem Unwillen der übrigen Besatzung. Norma Mitchinson hatte Konzentrationsschwierigkeiten, Arthur Pent mangelte es an Eigeninitiative – und Raymond Jones unterlag dem beinahe schon pathologischen Drang, jeden Gedanken seiner Kontrahentin in Frage zu stellen. Die Stimmung war angesichts der Hoffnung, die man im Hinblick auf eine Rückkehr nach RUBIKON-3 bereits pflegte, von Desinteresse an weiteren Unternehmungen geprägt, was durch den Umstand, daß die seltsame, unfaßbare Bedrohung, von der Chip so oft in seinen Aufzeichnungen gesprochen hatte, unmerklich weiter angewachsen war, nur verstärkt wurde. Etwas lastete über der Besatzung; wie Norma litten auch die anderen gelegentlich unter mehr oder minder intensiven traumatischen Zuständen, die ihr Handeln lähmten und ihre Angst verstärkten. Und wie Norma suchte jeder diese Zustände durch medikamentöse Behandlung zu mildern, was der allgemeinen Lethargie nur Vorschub leistete. Vor allem Arthur Pent schien sich bisweilen schon einer Abhängigkeit von den Psychopharmaka zu nähern, denen er zwar eine nach außen hin zumindest halbwegs solide Verfassung verdankte, die seine Entscheidungskraft jedoch nachhaltig dämpften. Sydney hatte angesichts dessen einige Schwierigkeiten, ihren Kollegen das neue Konzept begreiflich zu machen, was ihr wohl die Hoffnung nahm, von den anderen mehr Unterstützung als die Durchführung von Handlangertätigkeiten erwarten zu können. Sie blieb jedoch unbeirrt und setzte ihre Pläne mit der Dickköpfigkeit eines Menschen durch, dessen Ziele ihm über alles gehen – mit enormer, mitunter befremdlich scharfer Autorität.

Sydney Peshs Darlegungen gingen von einem Resümee der bisher gewonnenen Erkenntnisse aus, rafften das, was man über die Aliens hatte erfahren können, auf einige Formeln zusammen und mündeten dabei in eine Erörterung der grundlegenden Schwierigkeiten, die einer Kommunikation mit den Fremdwesen scheinbar unüberwindlich gegenüberstanden. Sydney Pesh reduzierte das Hauptproblem auf eine allgemeine Feststellung: Es ist die Umwelt, es sind die Evolutionsbedingungen, die für die elementaren Unterschiede zwischen zwei intelligenten Rassen verantwortlich sind. Die Erkenntnis- und Verständigungsmöglichkeiten einer Rasse sind an die Beschaffenheit ihres Bewußtseinsapparats gebunden, an die spezifische Konstellation ihrer Vorstellungs- und Denkprinzipien, und diese sind abhängig von der evolutionären Entwicklung einer Rasse. Unterschiedliche Umweltbedingungen bewirken die Ausbildung unterschiedlicher Denkprinzipien. Diese Prinzipien können sich bei verschiedenen Rassen, je nachdem, wie ähnlich oder unähnlich sich ihre Umweltbedingungen sind, mehr oder minder stark voneinander unterscheiden; die Menschen und die Lebewesen von Eridanus standen sich dabei offensichtlich in Form zweier Extreme gegenüber.

Um diese Kluft zu überwinden, war es kaum möglich, daß sich eine Rasse der anderen anzugleichen versuchte, denn einmal erworbene geistige Prinzipien lassen sich nicht ohne weiteres mit anderen austauschen. Man mußte sich also auf einer dritten Ebene entgegenkommen. Und eine der beiden Seiten mußte dazu den ersten Schritt tun. Sydney Pesh glaubte zu wissen, wie sie das bewerkstelligen konnte. Wie sie behauptete, hätten alle intelligenten Lebewesen, welcher Art sie auch seien, eines gemeinsam: dadurch, daß ihre Erkenntnisse durch die Beschaffenheit ihres Bewußtseinsapparats chiffriert sind, können sie nie ein objektives

Bild der Wirklichkeit gewinnen. Das heißt: ihre Eindrücke, das, was ihnen als Wirklichkeit erscheint, ist nur Schein, ein Abbild der tatsächlichen Wirklichkeit, projiziert durch die Filter ihrer sinnlichen und geistigen Möglichkeiten auf die Leinwand ihres Bewußtseinsapparats. Eine Verständigung zwischen stark voneinander abweichenden Intelligenzen ist deshalb so schwierig, weil auch die Informationen, die ein intelligentes Bewußtsein an seine Umwelt abgibt, in spezifischer Weise verschleiert (oder besser: verschlüsselt) sind und nur von Wesen gleicher oder ähnlicher geistiger Struktur dechiffriert werden können. Es galt also, so etwas wie »objektive«, unverschleierte Informationen abzugeben. Dazu mußte man zunächst Möglichkeiten schaffen, einen Einblick in die objektive Wirklichkeit zu gewinnen. Sydney Peshs Überlegungen setzten dabei mit einer – ich nenne es einmal so – »humanen« Erkenntnistheorie an.

Menschliche Erkenntnis, menschliches Wissen beginnt mit der sinnlichen Erfahrung, doch schon die sinnliche Erfahrung vermittelt nur ein ausschnitthaftes Bild der Wirklichkeit. Wie wir von der Reiz- und Sinnesphysiologie wissen, sind die Möglichkeiten der menschlichen Sinnesorgane stark beschränkt. Der Lichtsinn vermittelt uns nur einen geringen Ausschnitt aus dem breiten Spektrum der elektromagnetischen Strahlung, und schon Ultraviolett- oder Infrarotbereiche können wir nicht mehr wahrnehmen. Ähnlich sind das Gehör, der Tast- und der chemische Sinn in ihrer Empfindlichkeit und ihrem Umfang eingeschränkt. Die menschliche Erfahrung besteht also nur aus selektierten Eindrükken der Wirklichkeit. Diese werden im menschlichen Bewußtseinsapparat auf spezifisch menschliche Weise verarbeitet, Prinzipien unterworfen, mittels derer sich dem Menschen eine scheinbare Wirklichkeit eröffnet, in der er sich deshalb auch nur scheinbar frei und sich selbstbestimmend bewegen kann. Eines der grundlegenden dieser Prinzipien ist der spezifisch menschliche Drang nach geistiger Ordnung: der Mensch versucht die ungeordnete Fülle der Eindrücke zu strukturieren, sie in Kategorien einzuteilen, ihnen übergeordnete Begriffe zuzuteilen. Und so ist die *menschliche* Sprache das wichtigste Mittel, eine solche Ordnung zu schaffen; ja, man kann sogar soweit gehen und vermuten, daß die Sprache vielleicht selbst nur ein Prinzip des menschlichen Geistes darstellt, daß die Begriffe, die man für eine bestimmte Erfahrung oder einen bestimmten Eindruck hat, im menschlichen Geist für diese Erfahrung oder diesen Eindruck stehen, daß all die Vorstellungen, die man mit einer Erfahrung verbindet, an den Begriff gebunden sind, den man dafür hat. Hat man keinen Begriff für etwas, kann man auch die Vorstellung davon nicht handhaben.

Wenn man Sydney Pesh bis hierhin zustimmt, so scheint es doch erst recht unmöglich, das menschliche Bewußtsein der objektiven Wirklichkeit nahezubringen. In dieser Beziehung hegte sie allerdings eine Hoffnung, die sich nur durch entsprechende Experimente würde klären lassen: es mußte eine Möglichkeit geben, die Grundprinzipien des menschlichen Denkens, die Ordnung und die Sprache, zu überwinden; es mußte möglich sein, einen Menschen ohne Ordnung und Sprache, nur mit den reinen, auf sich selbst reduzierten Vorstellungen denken und so zu einer neuen Erfahrungsdimension gelangen zu lassen. Sydney Pesh sah eine Möglichkeit im Gebrauch psychedelischer Drogen. Sie hielt die merkwürdigen Wirkungen von Meskalin, LSD und dergleichen schlicht für Auflösungserscheinungen der menschlichen Denkprinzipien. Es ist bekannt, zu welchen Dingen Menschen im Extremfall im Rausch fähig sind, in der Fachliteratur wird in dieser Beziehung gelegentlich sogar der Begriff der »Rauschlogik« angewandt, als arbeite das menschliche Bewußtsein im Rausch nach ganz anderen Prinzipien. Sydney Pesh glaubte, daß man bei entsprechender psychologischer Vorbereitung durchaus in der Lage sein könnte, die Wirkungen der Psychedelika so zu nutzen, daß man durch sie die dem menschlichen Geist anhaftenden Prinzipien abschütteln und ihm so einen ungetrübten Umgang mit den sinnlichen Erfahrungen verschaffen würde. Zwar würden die Sinne dann immer noch lediglich selektierte Eindrücke vermitteln, doch man könnte mit ihnen zumindest ausschnitthaft ein objektives Bild der tatsächlichen Wirklichkeit gewinnen. Sydney hoffte, daß dies genügen würde, um darauf aufzubauen. Wie es dann konkret weitergehen sollte, wußte sie derzeit noch nicht. Vielleicht würden die Aliens auf mentaler Ebene eine Annäherung der Menschen spüren, falls dies überhaupt eine Annäherung war.

Die von Sydney Pesh geplanten Experimente sollten konkret mit psychologischen Vorbereitungen beginnen, autogenen Übungen und Meditationen, deren Sinn es war, sich zunächst einmal der Verbindung zwischen den Begriffen, die man benutzt, und der damit verbundenen Vorstellungen bewußt zu werden; außerdem das geistige Ordnungsprinzip nicht mehr unbewußt anzuwenden, sondern sich bei jedem Gedanken, den man durchführt, über seine Gegenwart klarzusein. Mit diesen Voraussetzungen, hoffte sie, würde man unter dem Einfluß der Drogen in der Lage sein, sich jener geistigen Prinzipien zu entledigen. Die Drogeneinnahme sollte periodisch, in immer enger werdenden Intervallen und ständig steigenden Dosen erfolgen, wobei die Personen in den unberauschten Phasen von ihren Erfahrungen berichten sollten. Ziel war es, die Fähigkeit zu erwerben, mit Hilfe der Psychedelika in höhere, ungetrübte Dimensionen der Wahrnehmung aufsteigen zu können, um von dort jederzeit wieder auf die normale menschliche Bewußtseinsebene zurückzukehren.

Dieses fragwürdige und möglicherweise auch gefahrenträchtige Konzept forderte Raymond Jones zu einem Konflikt heraus, in den er all seinen angestauten Unmut und seine Unsicherheit dem Projekt gegenüber entlud. Er sprach Sydney Peshs Idee jegliche Konstruktivität ab, ohne zu akzeptablen Gegenargumenten fähig zu sein, bezeichnete sie als selbstversessen, engstirnig und unfähig, ihre Niederlage einzugestehen. In seinen Augen hatten die vorangegangenen Ereignisse nur eines bewiesen: daß die Besatzung unter Sydneys besessenem Drang, unüberbrückbare Grenzen niederreißen zu wollen, derart gelitten hatte, daß niemand mehr zu klarem wissenschaftlichen Arbeiten fähig war, daß jeder, statt logische Gedanken zu fassen, mystifizierenden Schwärmereien erlegen war, deren Einfluß dazu geführt hatte, daß man sich Dinge einbildete, die überhaupt nicht existierten, und die Nähe fremden Lebens zu spüren glaubte, dessen Existenz nicht einmal hinreichend bewiesen war. Jones plädierte dafür, das Projekt aufzugeben und nach RUBIKON-3 zurückzukehren, bevor Sydney Pesh die Oberhand über die labile Mannschaft gewinnen und die Stimmung für ihre egoistischen Zwecke ausnutzen würde. Seine eigene Labilität, die Tatsache, daß er sich selbst seiner angeblichen Erkenntnisse längst nicht mehr sicher war, versuchte er zu überspielen, dennoch blieb unübersehbar, daß er schlicht Angst davor hatte, Sydney Peshs Idee könne die intendierten Erfolge haben. Durch sein Gebaren hoffte er die Ängste der übrigen Besatzungsmitglieder gegen Sydney Pesh, deren ungewöhnliche Gefaßtheit ihr enormen Respekt verschafft hatte, zu mobilisieren, doch scheiterte er an der mangelnden Entschlußkraft seiner Kollegen. Der Streit blieb auf ihn und Sydney beschränkt. Er mußte *sie* von dem Plan abbringen, anders würde er die Durchführung der Experimente nicht verhindern können.

Sydney Pesh durchschaute Jones' Lage, hatte seine Reaktion vermutlich schon vorausgesehen und war entsprechend gewappnet. Sein Verhalten war unehrlich und irrational. Er versuchte seine Ängste zu verdrängen, indem er vernünftige Gründe anzuführen vorgab, und auf diese Weise belog er letztlich nur sich selbst. Es bleibt zu fragen, ob Sydney Pesh ihm nachgegeben hätte, wenn er ganz einfach seine Angst zugegeben und von den Folgen gesprochen hätte, die er bei den psychologischen Experimenten befürchtete. Wie die Dinge liegen, glaube ich allerdings nicht daran. Sydney Pesh hatte bis zu diesem Zeitpunkt einen ungeheuren Arbeitsaufwand in das Projekt gesteckt, und vorausgesetzt, ihr neues Konzept wäre durchführbar – wessen sie sich selbst jedoch nicht vollends sicher schien –, hätte sie die vor sich liegende Chance, endlich ihr lang angestrebtes Ziel zu erreichen, wohl kaum zugunsten der möglicherweise bedrohten psychischen Festigkeit ihrer Kollegen aufgegeben, selbst wenn Gefahren einzukalkulieren waren.

Wie sich Raymond Jones' Aufbäumen zerschlug, dürfte folgender Auszug aus dem Tonbandprotokoll der Konferenz besser verdeutlichen als jeglicher Kommentar:

JONES: ... ich appeliere an eure Vernunft. Wir sollten unsere Interessen nicht dem Willen einer Person unterordnen, die in den hinter uns liegenden achtzig Tagen keine Gelegenheit ausgelassen hat, die Arbeitskraft anderer für ihre ausschließlich eigenen Ziele einzusetzen, und die bis heute keinen handfesten Beweis für die Theorien geliefert hat, die sie uns als plausibel darlegt. Was sollen wir mit Experimenten erreichen, deren Ergebnisse sich vermutlich je nach Belieben auslegen lassen? Auf abstrakter Ebene kann man viel über die Bedingungen menschlicher Erkenntnisse spekulieren, aber all das ist fadenscheinig, solange sich nicht beweisen läßt, ob wir auf üblichem Wege tatsächlich kein objektives Bild der Wirklichkeit gewinnen können. Sydney widerlegt sich selbst. Sie gebraucht doch in ihrer Arbeit und in ihrer Argumentation immer wieder *selbst* unsere *menschliche* Logik. Und wenn uns diese Logik keinen Zugang zur Realität verschaffen würde, wie könnten wir dann hier sein? Wie wäre uns dann interstellare Raumfahrt möglich? Wie hätte der Mensch dann jemals natürliche Gegebenheiten für seine Zwecke nutzbar machen können?

PESH: Man kann sich darüber streiten, ob solche Einwände überhaupt Gewicht haben, denn auf derselben empirischen Ebene könnte ich dir zahllose Beispiele nennen, die genau das in Frage stellen, was du behauptest. Denke an die Mikrophysik etwa. Wie oft hat es – in den letzten Jahrzehnten vermehrt – Versuchsergebnisse gegeben, die dem, was wir für unumstößliche Naturgesetze halten, klar widersprechen; ja, die sogar vermuten lassen, daß diese Naturgesetze gar keine Gegebenheiten der uns umgebenden Welt sind, sondern daß wie sie quasi in die Dinge »hineingedacht« haben. Und wenn wir weitergehen: die menschliche Logik. Hast du dir einmal Gedanken darüber gemacht, wie angreifbar diese Logik schon in ihren Grundlagen ist? Seit Jahrzehnten, seit Jahrhunderten ist man bei der Analyse des menschlichen Denkens und der menschlichen Logik immer wieder auf Paradoxa gestoßen. Selbst die Mathematik, auf die du dich als die logischste aller Wissenschaften so gern berufst, kommt nicht ohne Axiome aus, die sich aus nichts anderem herleiten lassen. Wie viele mathematische Modelle müßten verworfen werden, wenn du zum Beispiel die Grundregel nicht akzeptieren würdest, daß die Wurzel aus Null immer eins ist? Aber wo kommen solche Grundsätze, solche Axiome her? Sie sind zwangsläufig vom menschlichen Geist als gegeben *gesetzt*, weil ihn die Unzulänglichkeit seines Denkens immer wieder in die Sackgasse treibt, Dinge vorauszusetzen, die sich nicht beweisen lassen. Unsere Logik ist voll von solchen Grundlagen, die man beliebig auch anders fassen könnte. Warum können Sätze nur wahr oder falsch, nicht aber beides zugleich oder keins von beiden sein? Es gibt zahllose Alternativen zu einer zweiwertigen Logik. Ist das – als ein Beispiel von vielen – nicht zumindest ein Anlaß für die Vermutung, daß zwischen menschlichem Denken und der Wirklichkeit ein Abgrund klafft? Müßtest du nicht selbst zugeben, daß unser Denken, wenn es die

Wirklichkeit tatsächlich abbildet, was du ja anscheinend glaubst, frei von solchen Unklarheiten sein müßte? Darf die Wahrheit widersprüchlich sein?

JONES: Das sind nichts als Haarspaltereien, gegen die es einen wesentlichen Einwand gibt: diese sogenannten Unklarheiten sind nichts als Verfälschungen und Irrtümer, aber keine stichhaltigen Argumente. Daß der menschliche Geist auch Fehler macht, habe ich nie bestritten. Er ist jedoch fähig, die Fehler auszusortieren, um Tatsachen zu erkennen.

PESH: Wenn du dir dessen so sicher bist, wovor fürchtest du dich dann?

JONES: Wie kommst du darauf, daß ich mich fürchte?

PESH: Du versuchst ganz offensichtlich, die von mir vorgeschlagenen Experimente zu verhindern. Warum eigentlich? Wenn ich Unrecht hätte, müßten wir die Experimente schon nach wenigen Tagen wieder abbrechen, weil die erhofften Ergebnisse ausblieben. Dann müßte ich meine Irrtümer eingestehen. Warum läßt du dir diese Gelegenheit entgehen? Glaubst du, mich könnte etwas anderes als mein eigenes Scheitern belehren, wo ich doch so extrem selbstherrlich bin? Wenn du so logisch denken würdest, wie du vorgibst, wäre mein Scheitern doch dein Erfolg. Das wäre einfacher, als mich auf verbalem Weg überzeugen zu wollen.

JONES: Was willst du damit sagen?

PESH: Ich möchte einfach wissen, ob du auch konsequent zu deiner ablehnenden Haltung stehen kannst. Du hast dich von Anfang an gegen meine Arbeitseinstellung gesträubt. Ich habe zumindest versucht, meine Anschauungen zu untermauern; lassen wir einmal dahingestellt, inwiefern es mir gelang. Du verlierst mit deinem Gerede an Glaubwürdigkeit. Ich verlange von dir, daß du ordnungsgemäß an den Experimenten teilnimmst. Es ist für uns beide eine Chance, diese Streitereien aus der Welt zu schaffen. Es kann nur einer von uns recht behalten. Wenn du dir tatsächlich so sicher bist, dann beweise es. Die anderen erwarten es von dir, nicht nur ich.

Auf solche Weise in die Enge gedrängt, blieb Jones keine andere Wahl, als zuzustimmen. Chip erinnert sich, daß dieser Entschluß die allgemeine Spannung der Konferenz ein wenig herabsetzte.

Auch Arthur Pent und Norma Mitchinson willigten in die Experimente ein, ebenso Benjamin Chip, wenngleich sie es wohl in erster Linie taten, um den durchgehenden Konflikt zwischen Jones und Pesh endlich zu beseitigen. Den Experimenten selbst stand man eher ängstlich und skeptisch gegenüber, was man angesichts der Situation jedoch zu verbergen suchte. Dennoch waren die nächsten Tage deutlich von einer Stimmung geprägt, in der die Enttäuschung über den beängstigenden Fortgang der Ereignisse zum Ausdruck kam. Niemand wußte, was der Besatzung konkret bevorstand, und die psychische Entwicklung durchlief dementsprechend düstere Phasen. Jene geheimnisvolle Annäherung, mochte sie nun eingebildet oder tatsächlich empfunden sein, verstärkte sich. Was man sich als vordergründige Entspannung des Hauptkonflikts erhofft hatte, verkehrte sich ins Gegenteil. Statt zu einer allgemeinen Ausgeglichenheit zurückzufinden, war man nur tiefer in die Irrationalität hinabgesunken, und die traumatische Atmosphäre der Station intensivierte sich zunehmend, doch nicht nur nachts.

Allein Sydney Pesh schien davon unberührt. In den nächsten Tagen arbeitete sie eine genaue Aufgabenverteilung und einen Zeitplan aus, der den Verlauf der Experimente regeln sollte. Um den anderen ihre Ängste zu nehmen, entschloß sie sich, die einzelnen Personen nacheinander in die Experimente eintreten zu lassen. Den Anfang wollte sie selbst machen, dann sollten die anderen in täglichen Abständen folgen. Benjamin Chip würde als einziger nicht teilnehmen, ihm kam die Durchführung der Experimente zu. Er sollte gemäß dem Zeitplan den einzelnen Personen die entsprechenden Dosen injizieren, die Auswirkungen – sofern sie sichtbar waren – protokollieren und außerdem in den unberauschten Phasen die Berichte der Versuchsteilnehmer aufzeichnen. Damit geriet er in eine Position, von der er sich endlich größere Einflußmöglichkeiten auf das Geschehen erhoffte, denn er allein hätte nach Beginn der Experimente noch die Möglichkeit, sie abzubrechen, würden sich unerwartete Folgen abzeichnen. Sydney Pesh führte ihn einige Tage detailliert in die Funktionen der Diagnosegeräte in der Krankenstation ein, erläuterte ihm die physiologischen und psychologischen Auswirkungen der Drogen, die sie anwenden wollte, und verschaffte ihm einen Überblick über die Gegenmittel, die bei unerwarteten Folgen anzuwenden wären. Raymond Jones arbeitete in der Zwischenzeit trotz seines Widerwillens an der optimalen Anwendungsmöglichkeit und dem physiologisch günstigsten Kombinationsverhältnis der zur Verfügung stehenden Drogen. Er entschloß sich letztlich zur Anwendung einiger schwach wirkender Lysergsäurederivate, denen geringe Mengen LSD und Psylocybin beigemischt waren. Die Wirkung dieser Mischung ließ sich bei zu geringer Intensität durch Erhöhung des LSD-Anteils beliebig intensivieren. Als Anwendungsmethode schlug er computergesteuerte, intravenöse Injektion vor.

Benjamin Chip und Sydney Pesh richteten einige Räume der Krankenstation für die Durchführung der Experimente her. Jeder Person wurde ein eigener Raum zugeteilt, in dem Medikamente, Diagnoseapparate und Geräte zur Überwachung der Körperfunktionen für alle Eventualitäten zur Verfügung standen. Ben Chip testete alle Anlagen durch und überprüfte schließlich sogar die Energiesysteme im Untergeschoß, bevor er sich mit den technischen Vorbereitungen endgültig zufrieden gab.

In der Zwischenzeit beschäftigten sich Arthur Pent und Norma Mitchinson auf Anweisung Sydney Peshs bereits mit den psychologischen Vorübungen, womit Sydney der unterschwellig geäußerten Befürchtung nachgab, daß Pent und Norma größere Schwierigkeiten beim Einstieg haben würden als sie selbst. Sie schlug beiden ein intensives psychologisches Training vor, von dem sie sich die Lösung innerer Verkrampfungen und den stufenfreien Abbau tiefsitzender Ängste erhoffte. Pent und Norma sollten versuchen, ihrer Umgebung möglichst gleichgültig gegenüberzustehen und sich nur noch auf sich selbst konzentrieren, ihr eigenes Ich durchleuchten, sich über dessen Natur klarzuwerden versuchen, um so zu völliger Ruhe und Entspannung zu gelangen. Sydney versuchte diese introspektiven Prozesse durch geringe Dosen beruhigend wirkender Psychopharmaka zu unterstützen.

Leider führte lediglich Norma Mitchinson in diesen Tagen ihr Tagebuch weiter, weshalb ich an dieser Stelle nur sie zitieren kann:

»87. Tag. – Heute habe ich mit einer Übung begonnen, die mir Sydney gestern nahelegte. Sie sagte, ich sollte einfach einmal durch die Station gehen, möglichst dort, wo mir niemand begegnen kann, und dabei versuchen, meine Gedanken von den Experimenten und allem, was damit zusammenhängt, zu lösen, mich ganz allein meiner Umgebung widmen und mich selbst dabei beobachten, wie ich diese Eindrücke aufnehme. Nichts dürfte ich in mich aufnehmen, ohne mir dessen bewußt zu sein. Das war alles. Einfach nur bewußt hören, sehen und fühlen; ja, sie sagte, ich solle ruhig Dinge, die ich sehe, auch betasten, solle alle meine Sinne arbeiten lassen, nur bewußt müsse mir das alles sein. Ich habe dergleichen noch nie versucht, und es erwies sich als ungeheuer schwer, sich auf solche Weise der Tätigkeit seiner Sinne bewußt zu sein. Als ich am heutigen Nachmittag durch das Maschinengeschoß, über die schmalen Stege zwischen den vielen Kesseln, Rohrleitungen und Gasbehältern spazierte, hielt ich es im ersten Moment schlicht für ausgeschlossen, mir all dieser Eindrücke bewußt werden zu können. Dann aber wurde mir klar, wie Sydney es gemeint hatte. Es ging einfach darum, alle unbewußten Eindrücke auszuschalten. Man kann es schwer beschreiben. Es ist beinahe so, als würde man träumen oder schlafwandeln. Und in diesem Zustand kann man ganz gezielt irgendwo hinblicken, hinhören oder irgend etwas berühren – und dann auch nur das sehen, hören oder fühlen, was man will. Mit ein wenig Übung lassen sich dann viele Eindrücke aufnehmen, ohne daß irgendeiner davon in der Fülle untergeht. Leider habe ich einige Male den Fehler gemacht, zuviel aufnehmen zu wollen. Wenn man eine bestimmte Grenze, die ich nur schwer abschätzen kann, überschreitet, geht einem dieser Zustand von einem Moment zum andern wieder verloren, und man muß von vorn beginnen. Diese neuen Erfahrungen verwirrten mich, doch sie machten mich auch neugierig. Ich hoffe, bald einen Sinn für das rechte Maß zu gewinnen, dann werde ich weit weniger Angst vor den Experimenten haben. Doch was sagte mir Sydney? Im Augenblick soll ich noch nicht daran denken. Ja, ich glaube, es ist tatsächlich besser, wenn ich nicht daran denke. Jetzt, in diesen Tagen gibt es nur noch mich, alles kommt aus mir selbst, es ist wie eine Verjüngungskur. Nach allem, was geschehen ist, tut mir nichts wohler als das.

90. Tag. – In den letzten Tagen ist es mir gelungen, meine Fähigkeiten für diese Übung zu vervollkommnen. Ich kann nun ganz bewußt und kontrolliert Eindrücke meiner Umgebung selektie-

rend aufnehmen. Sydney meint, daß ich nun für den nächsten Schritt reif sei. Sie forderte mich auf, nicht mehr nur die bloßen Eindrücke in mich aufzunehmen, sondern mit ihnen zu denken, ihnen die üblichen Begriffe, die man dafür hat, beizulegen und die Verbindung zwischen einem Wort, das ich festhalte, und einer damit verbundenen Vorstellung zu erkennen. Ich sollte meine ganze Sprache durchdenken, mir ihre Strukturen und Gesetzmäßigkeiten vergegenwärtigen, mir meine Sprache neu erschließen, indem ich sie wie ein Baumaterial anwende, aus dem sich meine Gedanken zusammensetzen. Wieder habe ich versucht, diesen Zustand bei einem Rundgang durch das Maschinengeschoß zu erreichen. Ich habe dabei ein Höchstmaß an Eindrücken aufgenommen, doch ihre unmittelbare Verbindung mit der Sprache war ein völlig neues Gefühl, das ich nur schlecht beschreiben kann. Es war, als wäre jedes Wort ein Bild, ein stilisiertes Bild, ein Symbol für einen sinnlichen Eindruck. Jedes Wort, das ich mir aus der Erinnerung wieder ins Bewußtsein rief, schien den Eindruck neu zu erzeugen. Schließlich hatte ich das Gefühl, mein Denken setzte sich nur noch aus komplexen Konstellationen solcher Bilder zusammen. Diese Konstellationen erstreckten sich über zwei Ebenen: die eine umfaßte die Fülle der unmittelbar gehörten, gesehenen oder gefühlten Eindrücke, die zweite beinhaltete all das, was mir im Gedächtnis war. Das Schwierigste dabei war nicht die Übung selbst, sondern die Vorbedingungen, die sie erst möglich machten. Ich mußte alles, was ich sonst im Gedächtnis hatte, weit zurückdrängen, bis ich das Gefühl hatte, aus einer Amnesie erwacht zu sein. Dann mußte ich ein neues Gefühl für meine Sprache gewinnen, sie nicht mehr als Medium, sondern als Instrumentarium meiner Gedanken ansehen. Damit habe ich die Sprache auf ein neues, eigentlich übersprachliches Niveau gehoben. Sie ist zu einer direkten Verkörperung der Vorstellungen geworden, sie hat ihren mittelbaren, abstrakten Charakter verloren. Trotzdem ist sie immer noch ein notwendiges Mittel für mich, noch immer sind die Eindrücke, mit denen ich denke, in Sprache transformiert, auch wenn die Sprache schon andere Dimensionen erreicht hat. Ich ahne nun, worauf es Sydney ankommt. Im nächsten Schritt soll ich die Sprache völlig abschütteln, das heißt: *ohne Sprache denken.* Dies wird mir erst während der Experimente möglich sein. Insofern scheine ich, was das sprachliche Prinzip angeht, hinreichend vorbereitet. Es ist schwer, dieses neuartige Erleben zu beschreiben. Vielleicht hat das, was ich eben schrieb, meine tatsächlichen Erlebnisse gar nicht in Worte fassen können; möglicherweise ist es unmöglich, solche Eindrücke in adäquater Form zu beschreiben, in herkömmlicher Sprache diese neuen Wahrnehmungsdimensionen zu schildern. Vielleicht reicht es, wenn ich sage, daß mir mein Denken, wenn ich mich in diesem Zustand befinde, viel transparenter erscheint, ich mich selbst viel mehr durchschaue. Das ist wohl auch Sydneys Ziel: daß wir uns selbst erkennen lernen. Dennoch, ich habe den Eindruck, als habe sie in ihren Überlegungen etwas übersehen. In welchem Zusammenhang stehen Emotionen und Denken? Sie ist in ihrem Vortrag während der Konferenz mit keiner Silbe auf diese Frage eingegangen. Wenn sie vom menschlichen Denken geredet hat, ging es ihr nur um vernünftiges Denken. Wo bleiben Gefühle? Sind Gefühle denn nicht so etwas wie außervernünftige Inhalte unseres Denkens? Es gibt nicht nur Logik, Erkenntnis und Einsicht. *Das* ist es, was ich an den Experimenten fürchte. Unsere Emotionen werden nicht mit einkalkuliert. Was geschieht mit unseren Gefühlen, wenn unser Denken im Umgang mit der tatsächlichen Wirklichkeit in höhere Dimensionen aufsteigt, wenn wir uns vom Ballast unserer Denkprinzipien befreit haben? Ist es nicht denkbar, daß uns Gefühle die Sicht auf die tatsächliche Wirklichkeit verstellen könnten? Aus irgendeinem Grund habe ich keinen Mut, Sydney darauf anzusprechen. Es bleibt nur zu hoffen, daß meine unklaren Befürchtungen unbegründet sind.

91. Tag. – So wie es in den letzten Tagen darum ging, mir der Strukturen meiner Sprache bewußt zu werden, hat die Übung, die mir Sydney für die nächsten Tage geraten hat, das Ziel, daß ich das Prinzip der Ordnung (im eigentlichen Sinne, denn auch die Natur der Sprache ist von Ordnung nicht zu trennen) in meinen Gedanken zu durchschauen lerne. Sydney sagt, ich solle mich nun, wenn ich auf meinem Spaziergang durch das Maschinengeschoß sei, bemühen, die Zusammenhänge, die ich zwischen den einzelnen Eindrücken denke, nicht mehr als selbstverständlich hinzunehmen, sondern stets zu bedenken, ob diese Zusammenhänge tatsächlich bestehen oder ob sie vom menschlichen Bewußtsein nur dazugedacht werden. Auch diesmal fiel es mir vor-

her schwer, mir den Verlauf einer solchen Übung vorzustellen, doch durch die Relativierung meines Sprachempfindens war ich so gut vorbereitet, daß mir dieser Schritt leichter als erwartet fiel. Nach einigen Stunden, die ich allein im Maschinengeschoß verbrachte, hatte ich mir ein gewisses Mißtrauen angeeignet, was die Gültigkeit all der mehr oder minder willkürlichen Zusammenhänge anbelangt, die einem durch den Kopf gehen, wenn man vertraute Gegenstände erblickt, ihnen diese oder jene Funktionen zuordnet, sie in diesen oder jenen gedanklichen Komplex einfügt. Mir war klargeworden, daß viele Zusammenhänge (Ordnungszusammenhänge, sollte ich sagen) die einem banal und selbstverständlich erscheinen, nur dem menschlichen Ordnungsdrang und nicht einer naturbedingten Gesetzmäßigkeit entspringen. All die Kategorien, nach denen wir Gegenstände einordnen, sind die nicht willkürlich und genausogut in anderer Form denkbar? Als ich mich von den Stegen in der Maschinenhalle aus umblickte, schien es mir zum Beispiel fragwürdig, ob es berechtigt ist, all die hohlen, bauchigen Gebilde, die ich um mich herum sah, unter dem Sammelbegriff »Behälter« zusammenzufassen, einer Oberbezeichnung, die nur der Übereinstimmung einiger Äußerlichkeiten aufgrund funktioneller Gemeinsamkeiten entstammt. Wären nicht ganz andere Kriterien denkbar, nach denen sich Gegenstände ordnen und im Zusammenhang denken ließen? Und ist es nicht denkbar, ganz ohne Ordnung zu denken? Ich nehme an, Sydney wollte mich soweit bringen, daß ich mir diese Fragen von allein stellte, das heißt, mir einfach nur der Allgegenwärtigkeit des menschlichen Ordnungsprinzips bewußt werde und es damit schon entkräfte. Trotzdem, so bewußt ich mir der Tatsache geworden bin, daß ich dem Prinzip unterliege, so schwer fällt es doch, mir dazu eine konkrete Alternative vorzustellen. Sicher, die klarste und einfachste Alternative wäre es, ohne Ordnung zu denken, aber wie soll ein solches Denken ablaufen? In dieser Beziehung stehe ich wohl vor einer Schwelle, die ich derzeit nicht überschreiten kann. Man kann sich gewiß seiner geistigen Prinzipien bewußt werden, ohne dabei unüberwindlichen Hindernissen gegenüberzustehen, doch sich ihrer zu entledigen führt in Dimensionen, die uns ungeheuer fremd sind. Sydney hofft, daß uns der Weg dorthin trotz unserer Natur nicht versperrt sein wird. Ich selbst empfinde Unbehagen bei jedem Gedanken daran.

95. Tag. – Heute ist mir klargeworden, daß ich in den letzten Tagen einer Illusion erlegen war. Die ganze Zeit über haben mir die Übungen ein gewisses Wohlbefinden verschafft, weil ich den Eindruck hatte, daß diese neuen Erfahrungen, so ungewohnt sie auch sein mochten, nur der intensiven Beschäftigung mit mir selbst zu verdanken seien. Irgendwie hoffte ich, auf diesem Weg mit dem anhaltend auf uns lastenden Druck der Fremdartigkeit fertigzuwerden. Doch genau das Gegenteil ist der Fall. Statt neuen Halt in mir selbst gefunden zu haben, bin ich eher eines Halts beraubt, den ich schon immer, wenn auch ohne es zu wissen, aus mir selbst bezogen habe. Das Gefühl, wohin man auch kommt, doch wenigstens in sich selbst auf etwas Vertrautes zu stoßen, wird schwächer in mir, vermutlich, weil ich mir erstmals bewußt geworden bin, daß ich ein solches Gefühl überhaupt in mir trage. *Bewußt geworden bin!* Ich habe mir diese Wendung schon derart angewöhnt, daß ich sie verfluchen könnte. Wo führt das hin, sich selbst durchschauen zu wollen, wie sehr wird man davon verändert? Ich weiß nicht, warum ich es glaube, aber irgend etwas *muß* im Verborgenen bleiben, man darf nicht alles verstehen, analysieren wollen. Es war töricht, wie ich mich habe überrumpeln lassen. Ich habe meinen Zweifeln nicht vertraut, mich von einem vordergründigen Anschein täuschen lassen.

Ich glaube, ich lag die ganze Nacht wach und dachte darüber nach. In den frühen Morgenstunden glitt ich dabei in einen Zustand zurück, den ich entsetzlich gut kenne. Ich spüre diesen Strudel wieder, der mir die Macht über mich selbst nimmt, mich ans Fenster treten und der Ausstrahlung dieser fremden Welt unterwerfen läßt. Ich weiß nicht mehr, ob ich nur davon träumte, wieder am Fenster zu stehen und in den imaginären Abgrund hinabzublicken; zumindest kam mir heute morgen, als ich wieder klar im Kopf wurde, die Erinnerung an eine solche Vision. Und wieder muß ich mich fragen, was mit mir geschieht. Ist mein Weg in diesen Abgrund nicht schon vorgezeichnet? Wieviel Macht habe ich noch über mich selbst? Ist mein Wille nicht schon längst gebrochen, ohne daß ich jemals die Chance gehabt hätte, dies zu verhindern? Es kommt mir vor, als wüßte ich nichts mehr mit Sicherheit. Ich muß dieses Trauma überwinden, etwas muß geschehen. Doch was riskiere ich, wenn ich mich wehre? Laufe ich nicht Gefahr, mich selbst nur oberflächlich zu beruhigen und dabei völlig den Blick für das zu verlieren, was mit mir geschieht? Wenn ich nur Gewißheit hätte . . .«

Etwa zum selben Zeitpunkt, als Norma Mitchinson diese letzte Tagebucheintragung vor Beginn der Experimente schrieb, hatte auch Sydney Pesh die psychologischen Vorbereitungen hinter sich, während Raymond Jones und Arthur Pent, der offensichtlich einige Schwierigkeiten hatte, noch mit der Erweiterung ihres sprachlichen Empfindens beschäftigt waren. Daß ich über Arthur Pents Entwicklung in dieser Phase kaum mehr als das sagen kann, ist wohl eine der schwerwiegendsten Lücken in meiner Rekonstruktion. Leider sparte Sydney Pesh in ihren Aufzeichnungen Bemerkungen zu seiner Person beinahe völlig aus und wies nur gelegentlich auf die Schwierigkeiten hin, die er aufgrund seiner mangelnden Eigeninitiative bei den Übungen zu überwinden hatte. Letztlich bleibt ungeklärt, inwiefern er die Übungen bewältigte und ob die damit verbundene mangelnde Vorbereitung auf die Experimente sein Ende nicht schon vorprogrammierte. Ich sollte mich hüten, über diese Bemerkungen hinaus zu spekulieren.

Die technischen und organisatorischen Vorbereitungen waren am 92. Tag abgeschlossen und der Einstieg in die Experimente für den 98. Tag festgelegt worden. An dem Vorhaben, daß Sydney Pesh den Anfang machen sollte, um den anderen den entscheidenden Schritt zu erleichtern, wurde festgehalten; Jones bestand jedoch darauf, daß er selbst zuletzt beginnen würde. Um nicht neue Konflikte mit ihm herauszufordern, gab Sydney Pesh ihm nach, wobei allerdings die unbehagliche Vorahnung blieb, Jones könne sich auf unerwartete Weise noch gegen die Experimente stellen. Sydney ging das Risiko ein und ließ ihm die Bewegungsfreiheit, ohne die er seine Streitsucht wohl nicht hätte eindämmen können. So verliefen die letzten Tage der Vorbereitung ohne nennenswerte Zwischenfälle.

In diesen Tagen sah man sich kaum. Norma Mitchinson verbrachte sie meist pausenlos in der Zurückgezogenheit ihrer Kabine und traf andere nur, wenn sie die Abgeschiedenheit des Untergeschosses für ihre psychologischen Vorbereitungen aufsuchte und dabei gelegentlich Benjamin Chip begegnete, der in nie erlahmender Aufregung die Anlagen testete, leichte Defekte ausbesserte, den täglichen Routinearbeiten mit ungleich größerer Sorgfalt nachging als zuvor, und bei all dem tat, als wäre es selbstverständlich. Ihre Begegnungen verliefen meist wortlos, denn Chip wollte die Konzentration seiner Kollegin nicht stören. Angesichts ihres seltsamen Habitus, der in diesen Tagen an ihr auffiel, war er dennoch oft so besorgt, daß er versucht war, sie anzusprechen. Arthur Pent hielt sich in ebensolchem Maße von den anderen zurück. Er erhielt lediglich von Sydney Pesh einige Male Besuch, als sie den Stand seiner psychologischen Vorübungen überprüfen wollte, die anscheinend noch weit hinter den anderen herhinkten. Es fehlte ihm der Mut, sich auf seine eigenen Möglichkeiten zu verlassen, und so mußte ihm Sydney enorme Hilfestellungen anbieten, deren Erfolg sich jedoch nur widerstrebend einstellte. Schritte, für die Norma Mitchinson nur Stunden gebraucht hatte, zogen sich bei ihm mitunter über mehrere Tage hin, und ohne Sydneys erstaunliche Geduld wäre er nie in der Lage gewesen, zu späteren Zeitpunkten die letzten Vorbereitungen selbständig durchzuführen. Mit welchem Erfolg dies alles geschah, bleibt fraglich. Jones wandte sich in diesen Tagen bemerkenswert oft mit diversen technischen Problemen an Chip, was er jedoch wohl nur tat, um bei belanglosen Gesprächen nebenher Hinweise darüber zu bekommen, wie weit die Vorbereitungen der anderen gediehen waren. So sehr Chip auch von anderen Dingen eingenommen war, so übersah er diese unterschwelligen Absichten nicht und gab ihnen so weit wie möglich nach, um Jones' nur mühsam unterdrückte Hektik ein wenig zu mildern. Offenbar fieberte Jones den bevorstehenden Ereignissen mit enormer Vorerwartung entgegen. Er versuchte dies mit möglichst kühlem Gesprächston zu überspielen und verhielt sich so, als seien seine Begegnungen mit Chip nicht mehr als ein Teil der täglichen Routine. Er konnte dabei jedoch nicht verhindern, daß die Gesamtheit all der für ihn untypischen Gesten, die er unbewußt mit zunehmender Häufigkeit verwendete, unabsichtlich durchblicken ließ, was hinter der mühsam gewahrten Fassade tatsächlich vorging.

Spätestens mit dem 94. Tag trat Sydney Pesh im Verlauf ihrer psychologischen Vorbereitungen in Dimensionen ein, deren Einsichten in die Struktur des eigenen Denkens an Intensität wohl alles übertrafen, was ihre Kollegen in zumeist größeren Zeitpunkten erreicht hatten. In ihren persönlichen Aufzeichnungen vermerkte sie für den besagten Tag:

94. Tag. – Die letzten Tage haben mir gezeigt, daß ich auf dem richtigen Weg bin. Es ist mir gelungen, die verkrusteten Denkprinzipien, denen ich verhaftet bin, in einem Maße aufzuweichen, das ich mir kaum erhofft habe. Meine Augen haben sich neu geöffnet, mein Gehör ist feiner geworden und mein Tastsinn empfindlicher; und all das nur, weil ich gelernt habe, meine Sinne bewußt zu nutzen, den Umfang der Abwandlungen, die meine sinnlichen Eindrücke durch das sprachliche und das Ordnungsprinzip erfahren, abzuschätzen und so zumindest erahnen kann, welcher Art die objektiven Eindrücke der Wirklichkeit sein müssen. Parallel dazu hat sich meine Sprache auf ein Niveau gehoben, das Sprache beinahe überflüssig macht. Und überhaupt ist die *Form* der Sprache, in die ich während meiner Trance-Zustände meine Gedanken kleide (oder besser: aus denen ich meine Gedanken aufbaue), völlig von der Form verschieden, die ich etwa in meinen Aufzeichnungen benutze. Ich sollte den Versuch machen, einmal während der Trance zu schreiben, meine Gedanken unmittelbar schriftlich in eine Sprache umzusetzen, die schon mehr als Sprache ist, die eher ein komplexes, aber lockeres Gefüge bildhaft-symbolischer Gedanken *abbildet*, ein Geflecht von Bildern, deren Sinn man außerhalb der Trance kaum entschlüsseln kann. Schon letztere Tatsache, und meine Fähigkeit, jedesmal wieder aus der Trance aufwachen zu können, beweist, daß meine Hoffnung, die periodischen Rauschzustände könnten uns Schritt für Schritt der tatsächlichen Wirklichkeit näherbringen, ohne uns vollends an sie zu ketten, nicht unbegründet ist. Es wird gelingen, dessen bin ich mir sicher, nur ist noch immer nicht abzusehen, welche Formen unsere Einsichten in die objektive Wirklichkeit annehmen könnten. Doch mir dies vorstellen zu wollen, geht derzeit wohl noch einen Schritt zu weit.«

Leider kann ich nicht mit Sicherheit sagen, ob Sydney ihren Plan verwirklichte und tatsächlich während des Trancezustandes Aufzeichnungen machte. Ich habe lange nach solchen gesucht, bin dabei aber nur auf einige Fragmente gestoßen, deren Eigenheiten es zulassen, sie noch vor Beginn der Experimente einzuordnen, denn sie unterscheiden sich in einigen wesentlichen Punkten von den Tonbandprotokollen, die später während der Experimente entstanden. Es handelt sich hierbei um einige wirr bekritzelte Papierfetzen, die möglicherweise zu einem gemeinsamen Text gehörten, den irgendwer später in Stücke gerissen hat. Die Handschrift darauf stammt unbestreitbar von Sydney Pesh, ist jedoch beinahe bis zur Unleserlichkeit entstellt, weshalb es mir unmöglich war, den ursprünglichen Text zu rekonstruieren. Ich kann mich für die Richtigkeit der Reihenfolge, in der ich diese Fragmente nachfolgend zitiere, genausowenig verbürgen wie für den angegebenen Wortlaut, denn der überwiegende Teil des Textes ließe sich durchaus auch anders interpretieren, als ich es tat. Obwohl man aus diesen Gründen kaum hoffen kann, ein verläßliches Bild von den Fähigkeiten Sydney Peshs zu gewinnen, möchte ich die Fragmente dennoch der Vollständigkeit halber hier wiedergeben:

... eine Hand greift schimmernd feucht wie Fluten, fünf Finger schließen sich scharnierend sich um ausgeschmolzne Griffe, Schlaufen, Schlingen aus Metall, im Guß mit einem Stück der Tür, die, eingefügt in Schienen, gleitend schließt den Ausschnitt in der Wand, mehrlagige Haut, unter der Adern von Gas und Strom pulsieren – zieht sich die Tür beiseite, öffnet einen Schlund, der gähnend vor Dunkelheit hell mittagszeitlich entflammt von miniaturisiertem Sonnenlicht erstrahlt von Strom, der pulsiert in Adern durch Wände wie Haut, umschließt den Thorax der Station, Räume gestützt von Rippen aus Metall, längs T-Profil, im Schnitt wie Buchstaben über gleitend weichenden Türen, die sich schieben sich in ...

... führen Schritte Füße über Parkett, das klingt wie Schlagen harter Wellen an die Bordwand, sich echoend fortpflanzend durch den Raum wie Schall durch mein Mittelohr, der auftritt, wo Gleichgewicht bestimmt, daß aufrecht gehe über das Parkett, Blick aufwärts vorgerichtet, gradlinig wie Strahlen aus dem Meer uns erreichen, längs Wellenberge, Täler, die rauhen Meeresspiegeln gleichen, die reflektieren, wie das Glas der Scheiben spiegelt mein Gesicht ...

... verharre zurückgelehnt, ein Stein auf weichem Meeresboden, umwühlt von aufgewühltem Sand, der wellengleich schwingt, wie das Licht und der Schall mich hier umfluten ...

der Rest besteht aus einigen völlig unlesbaren Zusammenstellungen zumeist sehr langer Worte).

Trotz der zunehmend düsteren Stimmung ließ sich Sydney ihren aus diesem Stand resultierenden Optimismus nicht nehmen. Vermutlich hatte sie eine derart eigenwillige Beziehung zum Fortgang des Geschehens entwickelt, daß es ihr inzwischen kaum mehr möglich war, die Ängste und Unsicherheiten ihrer Kollegen zu begreifen. Benjamin Chip beobachtete die übrige Besatzung, sofern ihm dafür Zeit blieb, mit ständig anwachsender Besorgnis, die sich markant in folgender Tagebucheintragung niederschlug:

»96. Tag. – So ruhig wie in den vergangenen Tagen war es hier noch nie. Es finden keine Konferenzen, keinerlei Besprechungen und gemeinsame Abende mehr statt. Jeder verbringt seine Zeit allein in seiner Kabine, ist mit den Vorbereitungen beschäftigt und scheut sich davor, mit den anderen zusammenzutreffen. Trotzdem ist es nicht so, als wären wir völlig in unsere Arbeit vertieft. Im Gegenteil. Mir selbst fällt es immer schwerer, mich zu konzentrieren. Da ist ein Gefühl, das besonders nachts, wenn ich mich ausruhen sollte, sehr stark wird und mich wachhält. Etwas beunruhigt mich, auch wenn ich nicht konkret sagen kann, was. Vermutlich habe ich einfach Angst. Ich glaube, Sydney geht zu weit. Sie denkt nicht daran, daß die Experimente auch andere als die gewünschten Folgen haben könnten. Dabei hätte Pents Expedition sie warnen müssen. Sie muß doch spüren, wie verändert er seitdem ist. Er zeigt keine eigene Initiative mehr, alles muß an ihn herangetragen werden. Es ist, als hätte der Kontakt mit den Aliens ihm jegliches Selbstvertrauen genommen. Sydney sollte sich bemühen, festzustellen, in welcher Weise uns die Berührung mit neuartigen Erfahrungen und Erlebnissen belastet oder schadet. Dazu kommt, wieviel wir uns schon seit Wochen einbilden. Ich habe mit den anderen noch nicht darüber geredet, doch ich bin mir sicher, daß es ihnen ähnlich geht. Man hat das Gefühl, sie seien wieder nähergekommen. Selbst wenn es Einbildung ist, Sydney sollte es zur Kenntnis nehmen. So wenig Kontakt wir auch bisher zur Außenwelt hatten, war uns doch immer bewußt, daß wir uns auf einer anderen Welt befinden und das eine Situation ist, die Auswirkungen auf uns hat und hatte, die man nicht einfach nüchtern überspielen kann. Wir sind mit ganz anderen Empfindungen konfrontiert, einer Mischung aus Angst, Neugier und Erwartung – ich weiß nicht, wie ich es beschreiben soll. Die Stimmung ist grundlegend anders als auf RUBIKON-3, sie beeinflußt alles, was wir tun. Sydney sollte Rücksicht darauf nehmen. Ich hoffe, daß sich meine schlimmsten Befürchtungen nicht bewahrheiten werden.«

Aus irgendeinem Grund fehlt es Chip trotz seiner Bedenken an Courage, zu diesem Zeitpunkt noch Einwände gegen die Experimente zu erheben und sie möglicherweise hinauszuzögern. Vielleicht mäßigte die Hoffnung, daß er selbst, träfen seine Befürchtungen ein, die Experimente jederzeit wieder abbrechen könnte, seine Ängste soweit, daß er sie wortlos überwand.

So berief Sydney Pesh wie geplant am Vorabend des 98. Tages die letzte Arbeitskonferenz vor Beginn der Experimente ein, in der sie den Zeitplan und die technischen Hilfsmittel erläuterte und letzte Hinweise gab, um den Anwesenden ihre Absichten noch einmal prägnant darzustellen. Von diesem Zeitpunkt an lag alle weitere organisatorische Verantwortung in den Händen von Benjamin Chip, denn schon am nächsten Morgen würde Sydney Pesh die erste Dosis injiziert bekommen. In Tagesabständen sollten dann Pent, Norma Mitchinson und Jones folgen. Die Drogenmengen waren so dosiert, daß die Länge und Intensität der Rauschzustände täglich zunehmen und letztlich in etwa zehnstündiger Länge stagnieren würde, was die genaue Kontrolle der Injektionseinrichtungen durch die medizinischen Computer sicherstellen sollte.

Benjamin Chip schreibt in seiner Aufzeichnung vom nächsten Tag:

»98. Tag. – Nur Jones und ich waren heute früh dabei, als wir Sydney an die Anlagen anschlossen, die ihre Gehirnströme aufzeichneten, den Blutdruck und Puls maßen und die Injektion des Rauschdrogengemisches steuerten. Ihr körperlicher Zustand war ausgeglichen und psychologisch schien sie ausgezeichnet vorbereitet zu sein. Als ich sie festgeschnallt auf dem Stuhl im Krankenzimmer sitzen sah, über zahllose Elektroden, Bandagen um Arme und Beine und eine Haube auf dem Kopf mit den Geräten verbunden, fragte ich mich, ob sie die Drogen überhaupt benötige. In den letzten Wochen hat sie sich so weit von uns entfernt, daß wir sie noch weniger verstehen als sie uns. Schon die psychologischen Vorübungen haben sie in Bereiche eindringen lassen, scheint mir, in die keiner von uns ihr folgen könnte, außer Norma vielleicht, doch beide unterscheiden sich in ihrem Wesen so grundlegend voneinander, daß sie während der Experimente wahrscheinlich völlig andere Wege gehen werden. Sydney ließ sich die Augen verbinden und die Ohren verschließen, um möglichst wenig abgelenkt zu werden. Erst wenn es ihr gelungen sei, bis zu objektiver Wahrnehmungsfähigkeit durchzudringen, sagte sie, wolle sie ihre Umgebung neu sehen und hören. Wir ließen ihr einige Minuten völliger Ruhe und Entspannung, bevor wir ihr die Injektion gaben. Der Rausch trat rasch ein und zog sich über knapp zwei Stunden hin. Als sie schließlich wieder erwachte, brauchte sie einige Minuten, um wenigstens wieder oberflächlich zur Besinnung zu kommen. Was mit ihr geschehen war, welchen Erfolg sie gehabt hatte, verriet sie uns nicht. Sie zog sich kurz danach in ihre Kabine zurück und blieb dort den restlichen Tag. Leider hat mich das ein wenig entmutigt. Wenn es mir nicht gelingt, Einblick in das zu bekommen, was mit den Menschen hier vorgeht, wie soll ich dann entscheiden, was zu tun ist, falls unerwartete Zwischenfälle eintreten? Glücklicherweise ist es noch nicht zu spät, mit Sydney darüber zu sprechen. Vielleicht wird es nicht einmal nötig sein. Ab morgen werden wir unmittelbar nach dem Rausch ein Tonbandprotokoll aufnehmen, wie es geplant war.«

Wenn sich Sydney auch anfangs weigerte, Tonbandprotokolle anfertigen zu lassen, gibt ihr Tagebuch detailliert über ihre Erlebnisse während des ersten Experiments Auskunft:

»98. Tag. – Heute, nachdem ich das erste Mal unter dem Einfluß der Drogen stand, weiß ich, daß ein Weiterkommen doch schwieriger sein wird, als ich es mir ursprünglich erhoffte. Ich stand heute vor dem Problem, die unerwünschten von den gewünschten Wirkungen der Psychedelika zu trennen, und bin trotz enormer Willensanstrengung vorerst daran gescheitert. Als die Injektion einsetzte, galt es eine Schwelle zu überbrücken, die sich mir in Form verwirrender Halluzinationen entgegenstellte. Ich sah Farben, wie ich sie nie zuvor gesehen habe, schwebte zwischen abartigen surrealen Szenen und Bildern, die mir wie Alptraumfragmente erschienen. Leider kann ich mich an keine Details dieser Phantasien mehr erinnern, ich weiß nur noch, wie schwer es unter ihrem Einfluß wurde, mein eigentliches Ziel nicht aus den Augen zu verlieren. Als ich mich letztlich mit aller Kraft auf meine in den letzten Tagen erworbenen Fähigkeiten konzentrierte, überwandt ich diese Phase und trat in absolute Dunkelheit ein. Ich hörte und sah nichts mehr, mein Denken war wie gelähmt. In mir war nichts als ein inhaltsloses Gefühl persönlicher Identität zurückgeblieben, beraubt der Dimensionen des Handelns und Denkens, ein Zustand der Schwerelosigkeit, als wäre mein Geist von all seiner Erfahrung und seinem Wissen losgelöst, als reduziere sich mein persönliches Universum ohne Gebundenheit an eine Außenwelt nur auf mein Ich. Es gab keine Möglichkeit, aus diesem Zustand wieder freizukommen, denn ich war völlig ohne Erinnerungen, Absichten und Wille, ich hatte kein Ziel mehr, kein Vorausdenken nahm mich mehr ein, die Dynamik meiner Existenz war erlahmt, mein Geist stagnierte.

Ich weiß noch nicht, was ich heute falsch gemacht habe. Es muß andere Wege geben. Es müssen Möglichkeiten bestehen, auch diesen Zustand zu überwinden oder gar nicht in ihn zu geraten. Vielleicht habe ich Fehler gemacht. Es wird wohl unumgänglich sein, zunächst eine Weile zu experimentieren, sonst werde ich mich in diesen neuen Bereichen wohl kaum zurechtfinden. Vielleicht weiß ich morgen schon mehr.«

Unverständlicherweise teilte Sydney Pesh ihren Kollegen nichts von diesen Schwierigkeiten mit. Sie ließ nicht einmal andeutungsweise anklingen, daß sie überhaupt Schwierigkeiten hatte. Chips Drängen, sie solle ihm ständig ihre Eindrücke berichten, lehnte sie mit der Begründung ab, daß sie durchaus selbst in der Lage sei, die Kontrolle über sich zu bewahren. Sie wies ihn an, sich statt dessen stärker auf die anderen zu konzentrieren. Aus dem selben Grund, weshalb Chip seine Befürchtungen hinsichtlich der Experimente zurückgehalten hatte, entschied er sich auch, diesen Ratschlag zu befolgen. Sydneys Motivationen zu begreifen war für ihn ohnehin schon unmöglich geworden.

Über den Fortgang der Ereignisse in den nächsten drei Tagen berichten die entsprechenden Aufzeichnungen Benjamin Chips:

»99. Tag. – In den frühen Morgenstunden erhielt Sydney die zweite Injektion. Während sie mit verbundenen Augen im Rausch lag, prüfte ich ihre physiologischen Daten, doch es gab keinen Anlaß zur Beunruhigung. Alles verlief ähnlich wie am gestrigen Tag. Dennoch machte mir Sydney Sorgen, obwohl ich ihr wieder einmal nachgegeben habe. Natürlich hat sie recht, sie ist unbestreitbar in der Lage, sich selbst zu kontrollieren, womöglich besser als irgendwer sonst von uns, doch gerade darin sehe ich die Gefahr. Sie geht so sehr in sich, daß sie sich bald – wenn nichts geschieht, um es aufzuhalten – völlig von ihren Bindungen an uns lösen und sich verselbständigen wird. Sie konzentriert sich mehr und mehr auf sich selbst, beschäftigt sich nicht mehr mit Pent oder Mitchinson, und zeigte auch kein Interesse, dabei zu sein, wenn die anderen das erste Mal unter dem Einfluß der Drogen stehen. Für sie zählen nur noch ihre eigenen Erfahrungen, die Ergebnisse ihrer persönlichen Experimente. Wohin das führt, weiß ich nicht, ich ahne nur, daß es furchtbare Folgen haben kann, wenn ich den Kontakt zu ihr endgültig verliere. Es könnten Dinge geschehen, die ich zwar nicht begreifen, mir aber erklären könnte. Psychologisch sind die Experimente ein großes Risiko, das sich nur verringern läßt, wenn ich ständig einen vollständigen Überblick über die Ereignisse habe und die Reaktionen der Versuchspersonen beurteilen kann. Ich fürchte allerdings, daß die Informationen, die ich von Sydney vor Beginn der Experimente erhielt, in dieser Beziehung nicht ausreichen könnten.

Auch das erste Experiment mit Arthur Pent bestätigte diesen Pessimismus. Als er zu uns kam, hatte ich ernstliche Bedenken, ihm die Drogen zu injizieren, denn er machte einen schwächlichen Eindruck, war verstockt, sprach wenig und ließ alles mit sich geschehen, als wäre er an all dem nicht willentlich beteiligt. Irgendwie schien er mir sogar ängstlich und mißtrauisch. Sein Gesichtsausdruck hatte etwas Hintergründiges, er schien alles, was wir taten, zu beobachten, als wolle er herausfinden, was wir tatsächlich mit ihm vorhatten. Da wir zur Zeit noch mit geringen Dosen arbeiten, führte ich den Versuch dennoch durch. Wie zu befürchten war, konnten wir auch von ihm nicht erfahren, was während des Rauschzustandes mit ihm geschehen ist. Als er wieder erwachte und wir das Tonbandprotokoll aufnehmen wollten, redete er nur wirres Zeug. Anscheinend hat er Halluzinationen gehabt, gegen die er noch immer anzukämpfen versucht. Diese Halluzinationen verblaßten offenbar erst, als wir ihm ein Beruhigungsmittel gaben und ihn in seine Kabine brachten. Alles, was ich seinem verrückten Gefasel entnehmen konnte, war, daß es ihm völlig mißlungen ist, seine Fähigkeiten aus den psychologischen Vorübungen in geplanter Weise einzusetzen. Alles deutet darauf hin, daß er einfach nicht von den herkömmlichen Wirkungen der Psychedelika loskam. Das Experiment war nichts anderes als ein gewöhnlicher Drogenrausch. Etwas behindert ihn. Ich sollte mit ihm reden.

Auch heute war Sydney zu keinem Tonbandprotokoll bereit. Vielleicht sollte ich mir tatsächlich weniger Sorgen um sie machen und mich in erster Linie auf die anderen konzentrieren. Sie wird mir nicht mehr helfen.

100. Tag. – Sydney muß vergangenen Abend bei Pent gewesen sein. Er ging heute anders an die Versuche heran. Zwar hat er seine Verstocktheit noch nicht überwunden, doch er überstand den Drogenrausch besser als gestern. Nach dem Experiment wurde er überraschend schnell wieder klar und benötigte keine weitere Hilfe. Leider verriet er mir noch immer nichts über seine Erlebnisse. Er weigert sich, ein Tonbandprotokoll aufzunehmen, weil er angeblich keine klaren Erinnerungen mehr hat und Ruhe braucht, um morgen für den nächsten Versuch wieder ausgeruht zu sein. Was er sagte, klang nicht sehr ehrlich. Ich bin sicher, daß er gern mit mir reden will, aber irgendwie fehlt ihm das Vertrauen. In letzter Zeit redet er meist nur noch widerwillig und zögernd; überhaupt: bei allem, was er tut, hat es den Anschein, als würde er dazu gezwungen, als käme nichts mehr aus ihm selbst. Was er tatsächlich denkt und fühlt, hält er vor den anderen verborgen. Eigentlich dürfte er unter diesen Bedingungen kaum Erfolg bei den Experimenten haben. Ich bin mir allerdings nicht sicher, ob man dies wirklich befürchten muß. Immer wenn Sydney mit ihm redet, scheint es ihm für einige Tage besserzugehen. Vielleicht orientiert er sich an ihr und versucht, indem er ihre Ratschläge strikt befolgt, ein wenig Sicherheit zu finden. Ich weiß es nicht und verstehe ihn auch nicht mehr. Er hat sich ebenso wie Sydney von mir entfernt, nur in anderer Form.

Das wichtigste Ereignis heute war Normas Einstieg in die Experimente. Für mich war es zugleich das beunruhigendste Ereignis seit Wochen. Etwas ist während des Drogenrausches mit ihr vorgegangen, was völlig unerwartet für mich kam. Während des Experimentes verschlechterte sich ihr anfangs normaler körperlicher Zustand so sehr, daß ich mit dem Gedanken spielte, ihr ein Gegenmittel zu injizieren. Zuerst erhöhte sich der Puls, dann stieg die Körpertemperatur bis zu einem mittleren Fieber an, und schließlich hatte sie offenbar Wahnvorstellungen. Sie schrie, versuchte sich vom Stuhl loszureißen, und zitterte am ganzen Leib. Bevor ich zum letzten Mittel griff, verständigte ich Sydney. Sie äußerte nach einer kurzen Untersuchung die Vermutung, Normas Zustand sei ein psychosomatisches Symptom. Bewußt oder unbewußt versuchte sich Norma gegen die Wirkungen zu sträuben, die die Psychedelika im Zusammenhang mit ihren neuen psychologischen Fähigkeiten hervorriefen. Ihr Körper reagierte unmittelbar auf diese Angstzustände. Wir injizierten ihr ein Gegenmittel und untersuchten sie nach ihrem Aufwachen, ob sie keine dauerhaften Schäden zurückbehalten hatte. Später gab es einen heftigen Streit zwischen ihr und Sydney, die ihr vorwarf, sie hätte sich bewußt gegen die Experimente gesträubt. Norma gab darauf keine konkrete Antwort, sie wich immer nur aus und schloß sich schließlich in ihre Kabine ein, wo sie den Rest des Tages blieb. Auch mit mir wollte sie nicht sprechen.

Ich fürchte, daß nichts wie geplant ablaufen wird. Sydney hat, wie ich glaube, einige wichtige Dinge bei ihrer Planung unbeachtet gelassen. Sie hat sich kaum Gedanken darüber gemacht, wie die Personen gefühlsmäßig auf die Experimente reagieren könnten. Ich weiß nicht, wie es weitergehen wird, doch ich hoffe, daß ich mir bald darüber klarwerde. Wenn ich es nicht schaffe – über diese Möglichkeit mache ich mir erst gar keine Gedanken.

101. Tag. – Es wäre beinahe ein Wunder gewesen, wäre mit Raymond Jones heute alles nach Plan verlaufen. Nachdem die Experimente mit Sydney, Norma und Arthur Pent für heute abgeschlossen waren, entschied sich Sydney, bei Jones' erster Sitzung anwesend zu sein. Sie schien sehr gereizt, anscheinend hat sie der Vorfall von gestern aus ihrer Selbstversessenheit gerissen. Einmal sagte sie sogar ganz offen, wie ihr die weitere Arbeit am liebsten

wäre, hinterher bereute sie diese Offenheit jedoch wieder. Sie möchte gerne, daß die Experimente ohne ihr Dazutun ablaufen, daß alles, was zu tun ist, von mir erledigt werden kann und sich jeder mit aller Kraft auf seine Aufgabe und das vor uns liegende Ziel konzentriert. Offensichtlich hält sie es doch für möglich, daß sich irgendwer noch gegen die Durchführung der Experimente stellen wird. Für diesen Fall, versprach sie, werde sie mit ganz neuen Mitteln durchgreifen.

Leider bot ihr das Verhalten von Raymond Jones neuen Anlaß für ihren Verdacht. Er brachte den ersten Rausch nur sehr widerwillig hinter sich, und das Ergebnis war dementsprechend völlig enttäuschend. Für die wenigen Sätze, in die er seine Eindrücke zusammenfaßte, konnte ich mir ein Protokoll ersparen. Er habe, sagte er, einfach nichts weiter als die üblichen psychedelischen Wirkungen unter dem Drogeneinfluß gespürt. Sydney konnte ihren Ärger darüber nur mühsam zurückhalten. Sie hielt ihm vor, daß er psychologisch nicht richtig vorbereitet sei oder er mit Absicht seine Fähigkeiten nicht in der intendierten Richtung eingesetzt habe. Trotzdem vermied sie einen Streit und versprach, sie werde morgen bei Jones' zweitem Versuch wiederum dabei sein und auf andere Weise seine Fähigkeiten mobilisieren. Jones gab vor, er wisse nicht, warum sie *ihm* die Schuld an seinem Scheitern gäbe.

Ich bin mir nicht sicher, ob tatsächlich so etwas wie eine Verschwörung gegen Sydney im Gange ist. Ich zweifle allerdings daran. Wir sind zu sehr von den vorangegangenen Ereignissen bedrückt, daß jetzt sicher niemand mehr mutwillig größeren Streit anstiften würde. Denkbar ist, daß Jones in der Tat bewußt nicht mitmacht, einfach, weil er nicht will, weil er Angst hat. Wie es bei den anderen ist, kann ich nicht sagen. Ich habe heute versucht, mit Norma darüber zu reden. Zu mehr als ein paar Nebensächlichkeiten sind wir jedoch nicht gekommen. Ich glaube, meine Chance liegt ausschließlich darin, daß ich so aufmerksam bleibe, wie es mir nur eben möglich ist.«

VIII.

ad acta: bert traven, code nr. 24 56 978 X, der zweite teil von travens rekonstruktion, der zu einem großteil aus von ihm in dieser reihenfolge zusammengestellten, überarbeiteten und kommentierten dokumenten besteht planetare forschungsstation eridanus
RUBIKON-3

Für das, was am folgenden Tag geschah, fanden Benjamin Chip und ich, während wir für die Rekonstruktion recherchierten, erst eine Erklärung, als wir die technischen Anlagen überprüften und dabei auf einige bemerkenswerte Manipulationen stießen. Sydney Peshs Absicht war in den vergangenen Tagen klargeworden, sie wollte den Unwillen oder das Unvermögen ihrer Kollegen um jeden Preis zerschlagen. Norma Mitchinson, Arthur Pent und Raymond Jones sollten ihr aus eigenem Antrieb auf ihrem Weg in die neuen Wahrnehmungsdimensionen folgen, ohne sich selbst dabei zu behindern. Um dies zu erreichen, verlangte sie nichts weiter, als die Experimente aller vier Personen fortan parallel durchzuführen. Niemand begriff, welchen Sinn das haben sollte, weshalb man ihr auch unbekümmert nachgab. Die Folgen der Umstellung waren jedoch frappierender, als man erwartet hatte.

Benjamin Chip schreibt in seinem Tagebuch:

»102. Tag. – Heute geschah etwas ganz Eigenartiges und Unerwartetes. Dadurch, daß Sydney zur selben Zeit wie alle anderen unter dem Drogeneinfluß stand, hat sie auf irgendeine Weise Macht über die anderen gewonnen. Nach dem Erwachen zeigten die Experimente bei allen vier Personen ähnliche Auswirkungen. Selbst Raymond Jones, der angeblich gestern nichts Außergewöhnliches gespürt hat, war völlig verstört, als hätte er einen Einblick in die Bereiche gewonnen, zu denen Sydney durchdringen will. Mit Norma und Pent war es genauso. Allen fehlte nach dem Aufwachen Kraft und Aufmerksamkeit, sie waren wie durch irgend etwas abgelenkt, als beschäftigten sie Gedanken, von denen sie nicht loskämen. Um die Kontrolle über sie zu bewahren, bat ich sie aufzuschreiben, was mit ihnen geschehen ist, mir ihre Tagebücher oder Aufzeichnungen zu zeigen, damit ich ihnen helfen kann. Von Jones erhielt ich darauf keine Antwort. Norma weigerte sich. Nur Arthur Pent versprach mir, sein Tagebuch ab heute weiterzuführen und es für mich zugänglich aufzubewahren.

Es ist mir ein Rätsel, wie es Sydney gelungen ist, die anderen förmlich mit sich zu reißen. Was hat sie getan, um ihren Willen zu brechen? Allmählich wird sie mir unheimlich.«

Heute kennen wir die Lösung dieses Rätsels. Offenbar hatte Sydney Pesh die vorangegangene Nacht dazu genutzt, an den technischen Anlagen in den Versuchsräumen einige Manipulationen vorzunehmen. Sie änderte die Programme, über die die Diagnosegeräte von den Computern gesteuert wurden, dahingehend ab, daß ihre eigenen Hirnströme am kommenden Tag den anderen Personen übermittelt wurden, indem sie durch die Kopfelektroden, die normalerweise die Hirnströme der Versuchspersonen aufzeichneten, deren Hirnrinde mit Impulsen reizte, denen ihre entsprechenden eigenen Hirnströme aufmoduliert waren. Auf diese Weise wollte sie das Erleben der anderen unmittelbar mit ihren eigenen geistigen Aktivitäten koppeln.

Wie es scheint, ist ihr dies gelungen. Was mit den Personen beim ersten gemeinsamen Versuch vorging, sollen folgende Aufzeichnungen dokumentieren:

102. Tag

Sydney Pesh. Den einzigen Erfolg, den die letzten Tage der sich stetig steigernden Intensität des Drogenrausches mit sich brachten, ist meine Fähigkeit, den Einstieg problemloser zu bewältigen. Ich brauche nun kaum mehr eine Minute, um die Halluzinationen zu verdrängen, und die Willenskraft, die ich dazu aufbringen muß, ist ungleich geringer als zu Beginn. Über den schwerelosen Zustand, der darauf folgt, bin ich jedoch erst heute hinweggekommen. Das Phänomen, das mir dazu verhalf, deutete sich schon in den vergangenen Tagen an. Der Grund für die Lähmung meiner geistigen Aktivität in dieser Phase ist mir endlich klargeworden: es war die gedankliche Substanz, die mir fehlte, um weiterzukommen. Befreit von den Erinnerungen und dem Wissen, das mich sonst stets (wenn auch meist unbewußt) begleitet, war mein Denken einer Stütze beraubt, die durch eine neue ersetzt werden mußte. Da ich mich bislang noch keinen sinnlichen Eindrücken aussetze, weil mir noch nicht klar ist, inwieweit ich meine Denkprinzipien schon zu überwinden gelernt habe, fehlen mir im Rausch die gedanklichen Inhalte. Doch heute konnte ich mir gerade diese Tatsache zunutze machen. In der völligen Dunkelheit beschränkt sich mein Universum nur auf meinen eigenen Geist, das heißt, in diesen Phasen kann auch nur mein eigener Geist Inhalt meines Denkens sein. Und dazu habe ich ihn heute gemacht.

Abermals verschwanden nach einer kurzen Zeit angestrengter Konzentration die üppigen Halluzinationen und entließen mich in den genannten Zustand, mit ihnen wichen aber auch meine Erinnerungen (oder besser: sie wurden soweit zurückgedrängt, daß sie für mich nicht mehr verfügbar waren). Doch anders als zuvor ist mir heute ein Gedanke erhalten geblieben, an dem ich mich wie an einer Rettungsleine über dem nahen Abgrund der Dunkelheit festhielt, um daran meine Willenskraft aufzurichten. Ohne viel dazutun zu müssen, beinahe von selbst, wurde ich wieder aktiv und begann mich selbst zu durchdringen und die Struktur meines Ichs zu durchforschen, das sich mir als einzig verfügbares Objekt darbot. Dieser Prozeß läßt sich zwar nur schwer beschreiben, aber ich möchte es dennoch versuchen, indem ich Bilder dafür benutze. Es war, als böte sich mir mein eigenes Ich als komplexes Gebilde dar, dessen Substanz nicht faßbar war; ja, das überhaupt aus keiner Substanz im eigentlichen Sinne bestand. Es waren verschiedene Wellenfronten aus unidentifizierbaren Quellen, die sich in mir überschnitten und deren Interferenzen geschwungene Linien, Flächen und ineinander verschränkte, mehrdimensionale Gebilde formten, in denen ständige Bewegung herrschte, die sich mit den Fronten verschoben, ausgelöscht wurden oder voneinander wichen, um neu entstehenden Formationen Platz zu machen. Bei all dem blieb ein grob definierter Umriß des Gesamtgefüges stets erhalten; all die Veränderung trug zur Stabilität des Ganzen bei.

Wie ich mich selbst erforschte, erlebte ich das Auftreten einiger Feedback- Phänomene, deren Zirkulation sich ewig hätte fortsetzen können, hätte ich sie nicht stets durch bewußtes Eingreifen wieder aufgehalten. Als ich die oben geschilderten Eindrücke meines Ichs aufnahm, konnte ich mich quasi selbst dabei beobachten, sah ich, wie diese Eindrücke Veränderungen in meiner geistigen Struktur bewirkten. Dies zu beobachten bewirkte wieder neue Veränderungen. Vollständige Induktion: das Ausgangssignal eines Systems, wieder in seinen Eingang gebracht, verändert wiederum das Ausgangssignal. Ich war ein geschlossenes System kybernetischer Strukturen.

Diese Einblicke in mich selbst geschahen in einer Form, die indirekt bereits das andeutete, was ich mir von den Experimenten erhoffte. Wenn ich meine Eindrücke richtig interpretiere, habe ich heute in keinerlei Weise mehr von Sprache oder herkömmlicher Ordnung Gebrauch gemacht. Jeder meiner Gedanken war auf die Verflechtung seiner bloßen Inhalte reduziert, nichts geschah mehr auf einer abstrahierenden Ebene; die Vorstellungen selbst waren die Substanz meines Denkens. Und die Gedanken entwickelten sich nach keinem übergeordneten Plan, sie entstanden aus den unmittelbaren Gegebenheiten des Moments, wucherten – ohne von logischen Begrenzungen aufgehalten zu werden – labyrinthisch in alle Richtungen weiter. Ein Gedanke war nichts weiter als die Interferenz mehrerer inhaltlicher Partikel meines Denkens. Ständig überschnitten sich solche wellenhaften Partikel und ließen neue Feinstrukturen meines Geistes entstehen. Es mag allerdings sein, daß ich die Ergebnisse des heutigen Tages noch überbewerte, denn ich kann sie deshalb noch nicht exakt beurteilen, weil ich mir selbst Inhalt meines Denkens war. Das Feedback mag dabei vieles verzerrt und Dinge, die vorher nicht bestanden, hinzugefügt haben. Morgen werde ich mich den sinnlichen Eindrücken meiner Umgebung eröffnen. Dann werde ich mehr, vielleicht alles wissen.

Norma Mitchinson. Ich habe es seit langem befürchtet, wenn auch nie ernsthaft für möglich gehalten, doch heute sind all meine Ängste Wirklichkeit geworden. Was heute mit mir geschehen ist, kann nicht aus mir selbst kommen, etwas anderes muß endgültig Macht über mich gewonnen haben. Drei Tage habe ich mich vergeblich bemüht, die Wirkungen der Psychedelika für die angestrebten Ziele auszunutzen, doch es ist mir bei aller Anstrengung nicht gelungen. Sydney meint, ich hätte mich bewußt oder unbewußt doch dagegen gewehrt. Es ist möglich, daß sie recht hat. Um so erschreckender ist es, daß eine unbegreifliche Macht diesmal meine psychosomatischen Reaktionen unterdrückte. Wie Chip mir später berichtete, blieben die Symptome, die mir in den vergangenen Tagen zu schaffen gemacht haben, beinahe gänzlich aus. Statt dessen hatte ich kurz nach Beginn der Injektion das Gefühl, als würden die Fähigkeiten, die ich den vorangegangenen psychologischen Übungen verdanke, durch einen kaum zu lokalisierenden Einfluß mobilisiert. Etwas hielt mich während des Rauschzustandes wach, der für mich vorher stets nach kurzer Zeit in Bewußtlosigkeit endete, und schwächte mein Aufbäumen ab. Es zog mich mit sich und verlor, als eine Fülle von Halluzinationen über mich einbrach, den Kontakt zu mir. Von nun an gab es kein Zurück mehr für mich, ich mußte eigenen Willen aufbringen, um mich zu behaupten oder diesen Zustand zu überwinden. Letzteres gelang mir nicht. Die psychedelischen Phantastereien hatten die Ungeordnetheit zügelloser Assoziationen, sie bestanden aus verzerrten Ansichten diverser Räumlichkeiten der Station, aus weit zurückliegenden Erinnerungen und zuletzt aus zunehmend konkreter werdenden Bruchstücken des Traumes, der mich immer häufiger heimsucht. Da war wieder dieser Abgrund, über dem ich unsicher schwebte und dessen Grund unendlich weit weg von mir erschien, aber doch so deutlich war, als befände er sich nur wenig unter mir. Der Strudel, den ich schon einmal gesehen hatte, war angeschwollen und zum Mittelpunkt eines gewaltigen plasmatischen Ozeans geworden, dessen fahle Lumineszens dort kräftiger pulsierte, wo die schweren Spiralarme des Strudels um dessen Zentrum kreisten. Von diesem Zentrum ging ein gewaltiger Sog aus. Ich selbst wurde irgendwie festgehalten und hing mit dem Kopf nach unten über dem Abgrund, in meinem Rücken die Klippe, auf der ich neulich noch gestanden hatte, und über mir nichts als völlige Schwärze. Der Sog zerrte an meinen Armen und Schultern und riß mir die Kleider vom Leib. Allmählich zog mich der Strudel hinab. Unterbrochen von gelegentlichen anderen Visionen schwebte ich in den Abgrund hinein, und je näher ich kam, desto stärker schien der Sog zu werden und schwächer meine Widerstandskraft. Doch irgendwann war diese fremde Kraft wieder da und befreite mich scheinbar mühelos aus dem Einflußbereich des Strudels, überließ mich dann, nachdem sie mich eine Zeitlang durch neue Halluzinationen (meist fragmentarische, verzerrte Bilder der Station) hatte irren lassen, einer absoluten Dunkelheit. Später weckte mich jemand, und ich fand mich auf dem Stuhl meines Zimmers in der Krankenstation wieder. Ben Chip stand neben mir. Der Rausch war vorbei.

Ich weiß nicht, was ich von diesem Erlebnis halten soll. Ich weiß nur, daß etwas mehr und mehr Macht über mich zu gewinnen versucht; ja, daß vielleicht sogar zwei Kräfte um die Macht über mich streiten: der Sog des Strudels im Abgrund der Traumvision und jener Einfluß, der mich von ihm befreite. Vielleicht sind sogar jene Kräfte, die ich heute noch in mir selbst zu finden glaubte und die aus den psychologischen Vorübungen stammen, auch nicht meine eigenen, sondern lediglich Kräfte, die Sydney mir übertragen hat. Was bleibt von mir? Und ist das, was bleibt, nicht mehr als nur ein Objekt des Wettstreits fremder Kräfte?

Arthur Pent. Ben Chip bat mich, mein Tagebuch weiterzuführen. So sehr sich alles in mir auch dagegen sträubt und so sehr ich daran zweifle, ob ich in den nächsten Wochen überhaupt noch die Kraft dazu haben werde, möchte ich ihm den Gefallen tun. Dabei fällt es mir schon ungeheuer schwer, Worte für das zu finden, was ich heute unter dem Einfluß der Psychedelika erlebte. Bis heute war es mir noch kein einziges Mal gelungen, den übermächtigen halluzinogenen Wirkungen der Drogen etwas entgegenzubringen. Die psychologischen Übungen sind wohl nicht erfolgreich genug gewesen, um mich genügend vorzubereiten. Zwar gab mir Sydney einige Hinweise, wie ich meine geistigen Kräfte besser auf mein Ziel konzentrieren könne, doch dies half mir bestenfalls dabei, die verwirrenden Eindrücke während des Rausches besser zu verkraften. Ich hatte allen Grund zu befürchten, daß ich nicht zu dem in der Lage bin, was sich Sydney vorstellt.

Heute jedoch war alles anders. Schon in den ersten Minuten, die meine sinnlose Gegenwehr meist sofort ersticken, spürte ich, wie mich eine stabilisierende Kraft mit sich zog und unbeirrt von den apokalyptisch anwachsenden Trugbildern meine Erfahrungen aus den Vorübungen mit neuer Energie versah. Leider hielt dieser Einfluß nur kurze Zeit an. Nach einigen Minuten, als ich schon glaubte, ich sei auf dem richtigen Weg und würde noch heute in jene Phase eintreten, von der mir Sydney berichtet hat, verließ mich der fremde Einfluß wieder – und mit ihm verschwand auch meine neugewonnene Energie. Von da an begann ich durch ein Meer von Wahnvorstellungen zu treiben. Hier vermischten sich Bruchstücke aus all meinen Erinnerungen und allen Phantasien, die mir je durch den Kopf gegangen sind. Wie soll ich es beschreiben? Ich sah mich selbst unzählige Tode sterben, erlebte meine Odyssee durch den Ozean aufs neue aus meiner und der Sicht, die die Aliens von mir gehabt haben müssen. Ich trieb haltlos in diesem Ozean davon, schwamm im planetenumspannenden Meer von Eridanus, und diese Vision war mit ihren sinnlichen und geistigen Eindrücken so erschreckend real, daß es bald unmöglich wurde, mir einzureden, es seien nur Halluzinationen. Mein Körper, seiner Festigkeit beraubt, fast gallertartig, wurde von den Fluten umspült, von meterhohen Wellen in den Dunst geworfen, unter die Wasseroberfläche gepreßt und schließlich von den Kräften des Meeres zerrissen. Meine Kleider wurden fortgespült, meine Haut weggewischt, als sei ich nur noch ein Gefüge sich überlagernder dünner Schichten, dem eine Schicht nach der anderen abgetragen wurde. So schrumpfte ich bald zu einem unförmigen, zerfließenden Ding, das aber noch immer sehen und hören konnte, kraftvolle Wellen durch seinen Leib schlagen spürte und immer, wenn sein Kopf über die Wasseroberfläche gehoben wurde, etwas neues aus den Fluten auftauchen sah, das ihm vertraut und doch in diesem Moment unendlich fremd war. Da tauchten Bruchstücke der Station auf, wurden halbverweste, menschliche Körper an mir vorbeigetrieben, legten die Täler zwischen sich auftürmenden Wellen für Sekunden Landschaften bloß, karges Gelände, übersät von metallenen Trümmerteilen zwischen großen Felsbrocken und zertrümmerten Gerätschaften, deren aufgerissene Hüllen Blicke ins ausgeräumte Innere erlaubten. Alles, was ich je gekannt hatte, tauchte nur in Form von Artefakten auf, alles war zerstört, kein Ding war so geblieben, wie ich es gekannt hatte – ich trieb zwischen Resten aus dem Trümmerhaufen, zu dem mein Leben hier zerschlagen war. Und mein Schrekken schien kein Ende zu nehmen.

Erst das Ende des Rausches erlöste mich. Es war wie eine zweite Geburt, als ich erwachte, die Stimmen der andern hören und sie verstehen konnte, doch meine Visionen hatten eine Betäubung zurückgelassen, die auch die Kraft lähmte, die ich aus dieser Wiedergeburt hätte schöpfen können. Mehr kann ich nicht sagen.

Ich habe Angst, selbst wenn ich nur daran denke. Ich hoffe, Chip wird mir verzeihen, daß ich nicht zuviel darüber schreiben möchte.

Selbst wenn Chip Einblick in Sydneys Tagebuch gehabt und Jones dazu gebracht hätte, Aufzeichnungen niederzulegen, wäre es ihm vermutlich kaum möglich gewesen, die Tragweite und Komplexität des weiteren Geschehens in vollem Umfang zu überblikken oder gar noch irgendwelche unvorhergesehenen Ereignisse abzuwenden, denn seine Einflußmöglichkeiten wurden zunehmend geringer. Selbst mir fällt es nach der Fertigstellung der Rekonstruktion schwer, zu begreifen, was mit den Personen vor sich ging, denn die Tagebucheintragungen von Norma Mitchinson, Sydney Pesh und Arthur Pent verwirren sich in Metaphern, während Chips Hilflosigkeit mehr und mehr evident wird. So bleibt mir keine andere Möglichkeit, als die zurückgebliebenen Aufzeichnungen so zu zitieren, wie ich sie auffasse, und was Raymond Jones angeht, mich auf das zu verlassen, was Chip über ihn schrieb.

103. Tag

Benjamin Chip. Der heutige Tag war ein weiterer Beweis dafür, daß Sydney nicht einmal andeutungsweise einen Begriff davon hat, wohin die Experimente führen. Wie sich heute zeigte, wird es vielleicht in Kürze schon nicht mehr möglich sein, die Personen je wieder aus dem Rausch aufzuwecken. Inzwischen dauert er über sechs Stunden, und nach Beendigung der Drogeninjektion kamen sie heute nur sehr langsam wieder zu Bewußtsein. Es dauerte über drei Stunden. Wirklich klar bei Sinnen waren sie erst am frühen Abend. Es scheint mir, als spielten die Drogen keine so große Rolle mehr. Sie dienen in erster Linie wohl nur dazu, diesen Trancezustand herbeizuführen, während sie für dessen Aufrechterhaltung längst nicht mehr so wichtig sind. Das ist der Grund dafür, warum ich mit den anderen kaum noch reden kann. Pent ist zwar noch in der Lage, sein Tagebuch zu führen, doch Norma und Sydney sind völlig unzugänglich geworden. Sydney, weil sie völlig in sich selbst vertieft ist, und Norma, weil ihr scheinbar alles Angst macht. Sie zuckt bei jedem Wort zusammen, das man an sie richtet. Doch am meisten mache ich mir um Jones Sorgen. Er ist nicht nur verstört und unzugänglich, er ist außerdem aggressiv. Als ich ihn heute einige Male ansprach, griff er mich geradezu an, stieß mich beiseite oder schlug nach mir. Soweit ich ihn beobachten konnte, hält er sich nur nachts in seiner Kabine auf und irrt nachmittags meist in den stillen Trakten der Station umher. Ich sollte in den nächsten Tagen verstärkt auf ihn achtgeben.

Vielleicht hat Sydneys Anweisung, daß die Personen ab heute während des Rausches sehen und hören sollten, all dem nur einen Vorschub gegeben. Was sie dabei erlebt haben, wie weit wir also mit den Experimenten überhaupt sind, kann ich nur vermuten, denn Pents Tagebucheintragung war nicht viel zu entnehmen, was mir weitergeholfen hätte. Manchmal denke ich daran, die Experimente abzubrechen, doch ich kann nicht abschätzen, ob sich Sydney dem noch widersetzen könnte.

Sydney Pesh. Ich habe es geschafft. Ich bin sicher, daß ich es geschafft habe. Meine heutigen Erlebnisse waren eine einzige Bestätigung der Theorien, auf die ich die Experimente aufbaute. Ich habe einen ersten Einblick in die tatsächliche Wirklichkeit bekommen, habe zum ersten Mal ungetrübte sinnliche Eindrücke in mich aufnehmen und auf eine Weise verarbeiten können, die von den üblichen Einengungen menschlichen Erkenntnisvermögens unberührt blieb.

Der Einstieg war übliche Routine: zunächst die Überwindung der ersten, halluzinatorischen Phase, dann der Eintritt in die absolute Dunkelheit, und schließlich das Sichtbarwerden meiner eigenen geistigen Strukturen. In der Zeit, die mir blieb, bis mich Chip den sinnlichen Eindrücken meiner Umgebung zugänglich machte, versuchte ich zu völliger Entspannung zu gelangen und alle Anspannung von mir zu schütteln. Es gibt kein Maß, um zu beurteilen, inwiefern mir dies eigentlich gelang. Wenn ich meinen Eindrücken vertrauen darf, hatte ich mich jedoch tatsächlich von allen mir anhaftenden Unzulänglichkeiten der Wahrnehmung befreit. Ich kann kaum beschreiben, was ich empfand, als ich zum ersten Mal auf diese neue Weise sehen konnte. Der Raum, in dem ich mich befand, bot ein völlig anderes Bild. Zum einen assoziierte ich zu keinem Gegenstand mehr eine Funktion, ich nahm nur noch seine äußere Form, seine spezifischen Eigenschaften wahr, ohne ihn irgendwo einzuordnen oder in Beziehung zu anderen Gegenständen zu bringen. Zum anderen war der Überblick, den ich über den Raum gewann, kein ordentlicher mehr, kein geschlossenes Gesamtbild, in dem jeder Gegenstand seinen genau definierten Platz hatte, sondern die Summe aus einer Fülle von Einzeleindrücken. Die Proportionen waren relativ, ich ordnete nicht mehr nach nah und fern, nach klein und groß; nein, jedes Detail war jedem anderen gleichberechtigt: die hinteren Wände schienen ebenso nah wie mein Haar, das mir von der Stirn ins Gesicht hing. Ich ordnete keinem Gegenstand mehr einen festen Platz zu, alles war überall. Ben Chip stand neben mir, an der hinteren und an den Seitenwänden, hockte an der Decke oder auf dem Boden, sah mich an oder starrte zur Seite. Nichts war definitiv vorgegeben. Das Bild wäre erst stabil geworden, hätte ich den Willen gehabt, ihm eine Ordnung aufzuprägen. Doch davon war ich entfernt.

Als ich aufstand und einige Schritte durch den Raum ging, intensivierten sich meine Eindrücke um ein Vielfaches. Ich konnte nicht mit Sicherheit sagen, ob ich über den Boden oder über die Decke ging, die Seitenwände entlangschritt, durch den Raum schwebte oder mich im Kreise drehte. Der Raum paßte sich dieser Dynamik an: mal war er ein langer, weißer Tunnel, an dessen Wänden die Gegenstände als dünne, formlose Gebilde hingen, dann war er so groß wie eine Halle, wichen seine Wände so weit von mir, daß ich sie kaum noch wahrnahm. Die Perspektiven des Augenblicks diktierten meine Eindrücke und wandelten sie mit jedem Schritt und jeder Sekunde. Die Wirklichkeit ist relativ, sie bietet Material für endlos viele Auslegungen, wurde mir klar. Was wir für die Wirklichkeit halten, ist letztlich nichts weiter als eine Interpretation dieser Relativität, die die einzig beständige Konstante der tatsächlichen Wirklichkeit darstellt. Dabei habe ich selbst heute nur einen Ausschnitt dieser alles umfassenden Relativität erfahren, denn schließlich ist die Leistungsfähigkeit meiner Sinne beschränkt, woran auch nichts zu ändern ist. Doch dieser Ausschnitt, dieser objektive Ausschnitt muß ich wohl sagen, eröffnet mir den Weg zu völlig neuen Erkenntnissen über die Natur des Seins und des menschlichen Geistes. Ich hoffe schon in wenigen Tagen Dinge zu wissen, die dem Menschen ohne unsere Experimente auf ewig verborgen geblieben wären.

Norma Mitchinson. Die Kraft des fremden Einflusses, der gestern meine Fähigkeiten dahingehend mobilisierte, daß ich überhaupt in den Rauschzustand eintreten konnte, war heute ungleich größer. Er riß mich aus der Fülle der Halluzinationen, denen ich zu erliegen drohte und führte mich durch die Dunkelheit, aus der ich gestern erwachte, in eine Phase völliger Ruhe und Bewegungslosigkeit, in der sich meine Verwirrung aufklärte und ich mir der Ziele wieder bewußt wurde, die ich mit den Experimenten anstreben sollte und mich ohne Anstrengung auf meine Fähigkeiten besinnen konnte. In dieser Phase hatte ich bemerkenswert wenig Angst vor dem, was vor mir liegen mochte. Dann jedoch, als gemäß der Planung für den heutigen Tag unvermittelt sinnliche Eindrücke hinzukamen, schlug meine Ruhe und Besonnenheit augenblicklich in Panik um. Ich kann nur *beschreiben*, was ich sah oder zu sehen glaubte, *erklären* kann ich es nicht. Vielleicht hatte ich das Ziel der Experimente erreicht und meine Sprache und meinen Ordnungssinn eingebüßt, vielleicht war all das, was ich sah, nichts weiter als die Wirklichkeit. Ich hoffe es nicht; es wäre mir lieber, wenn es eine Wahnvorstellung gewesen ist, eine Halluzination, die keinen Sinn birgt.

Ich sah das Zimmer, in dem ich die Stunden während der Experimente immer zubringe. Gewiß, es war unzweifelhaft dasselbe Zimmer, nichts war verschwunden, nichts hinzugekommen. Schrecklich war nur, *wie* ich dieses Zimmer sah. Es war mir in diesen Momenten nicht mehr vertraut, nicht so, als hätte ich dieses Zimmer nie betreten, sondern als hätte ich noch nie etwas gesehen, was von Menschenhand stammt. Ich empfand mich selbst zwar noch immer als Mensch, doch zu den menschlichen Schöpfungen hatte ich keine Beziehung mehr. Sie erschienen mir, als stammten sie von völlig fremden Wesen. Benjamin Chip schließlich, der neben mir stand und mich beobachtete, war eine bizarre, abstoßende Gestalt für mich, deren Haltung und Physiognomie ungeahnte Abscheu in mir auslöste – ein Wesen, das sich in jeder nur denkbaren Beziehung von mir zu unterscheiden schien. Ich sah nichts mehr, dem ich einen mir bekannten Sinn zuordnen konnte, die Fremdartigkeit meiner Umgebung war erschreckend.

Ich war vor Angst wie gelähmt und fühlte, daß es keinen Halt an etwas Vertrautem mehr für mich gab, denn selbst über mein eigenes Ich war ich mir nicht mehr im klaren. Keine Kraft kam aus mir selbst, es rangen fremde Einflüsse um mich. Ich selbst war dagegen wehrlos, passiv, unfähig zu eigener Aktivität. Schließlich mischten sich – einer anderen Kraft gehorchend – Halluzinationen unter meine sinnlichen Eindrücke und verzerrten sie. Der Boden des Zimmers begann sich zu verflüssigen, wurde zu einer wabernden Wasseroberfläche, aus der sich ein immer schneller rotierender Strudel bildete, dessen Zentrum stetig größer wurde, um bald den größten Teil des Zimmers einzunehmen; ein rotierender Zylinder aus Wasser, der sich unabsehbar tief nach unten fortsetzte. Sein Sog riß die Einrichtung des Zimmers fort, zertrümmerte die Geräte, an denen ich angeschlossen war, und konvexe Beulen drückten sich in die Metallwände.

Ich kann mich nicht genau erinnern, wie ich dieser Hölle entkam. Irgendwann wachte ich gewissermaßen auf, die Vision verschwand vom einen zum anderen Moment, doch meine veränderliche Sicht der Umwelt hielt in abgeschwächter Form noch Stunden an, bevor sie verschwand und mich einer oberflächlichen Klarheit überließ. Trotzdem konnte ich nicht reden und war erst am frühen Abend wieder in der Lage, klar zu denken. Ich möchte mit den Experimenten aufhören, doch ich habe keine Kraft, diesen Wunsch durchzusetzen. Etwas zwingt mich zum Weitermachen, gleichgültig was mit mir geschieht. Und die Intensität der Trance-Zustände steigert sich von Tag zu Tag. Wenn ich keinen Weg finde, mich zu wehren, bin ich verloren.

Arthur Pent. Ich kann kaum noch sprechen und weiß nicht, ob ich es noch schaffe, über heute zu schreiben. Ich hätte nicht sehen dürfen, ich hätte besser sterben als sehen sollen. Ich bin schon tot und bin doch nie gestorben, existiere nicht mehr. Alles ist Schein, Verblendung, und die Wahrheit zu sehen, ist schlimmer als der Tod. Habe ich sie überhaupt gesehen? Nichts weiß ich mehr. Der Raum war kein Raum, hatte keine Wände und keinen Boden. Ich schwebte, sah die Geräte neben mir, Chip, der vor mir hing, und tief, weit unter mir im Meer dort, die Station. Dann verschwand auch Chip. Ich war allein und ich war nichts. Die Geräte zerbröckelten. Mein Gesicht fiel mir vom Schädel und wurde unten von meinen Händen aufgefangen. Das Fleisch rutschte von meinen Knochen, tropfte in die Tiefe, blutrot ins Meer, und keine Schmerzen. Wellen klatschten höher, durch mich durch. Ein Loch in meiner Brust, durch das Gallerte sickert, in der zwei Augen schwimmen, meine Augen, die sich selbst beobachten. Unten zerbrach die Station, wie in zwei Teile zerschnitten. Sie trieben auseinander, fort zum Horizont, wo sie versanken. Wind blies durch meinen Kopf. Nebelschleier ahmten meinen Körper nach. Die Fluten unter mir öffneten sich zu einem Abgrund. Alles war fort. Wenn ich noch bin, bin ich allein. Nichts ist geblieben. Später, hinterher, glaubte ich dem Schein nicht mehr. Nichts konnte so sein, wie es schien, ich selbst mir nicht. Die anderen Menschen, wenn es welche gibt, sind weit fort von mir. Ich bin allein, immer allein gewesen. Habe zuviel gesehen.

104. Tag.

*Benjamin Chip.*Es ist eingetreten, was ich befürchten mußte. Hätte ich nur die Experimente abgebrochen! Nun ist nichts mehr aufzuhalten. Nur noch Sydney ist bei Sinnen. Norma, Pent und Jones sind heute nicht mehr aus der Trance aufgewacht. Nach Beendigung der Injektion kamen sie nicht wieder zu Bewußtsein. Jones und Pent waren außerdem körperlich zu angeschlagen, als daß ich es hätte riskieren können, ihnen Gegenmittel zu injizieren. Doch auch bei Norma halfen die Psychopharmaka nicht viel. Sie redete nur wenige Sätze, die ich auf Tonband aufzeichnete, nahm mich allerdings nicht wahr und schien nicht zu hören, daß ich mit ihr sprach. Ich versuchte es mehrere Male, doch es hatte keinen Sinn. Sie konnte nicht mehr sprechen.

Ich habe es nur gewagt, Sydney aus ihrem Krankenzimmer zu lassen. Sie kann sich noch immer kontrolliert bewegen und auf ihre Weise wohl auch noch klar denken, wenn ich es auch nicht schaffe, mich mit ihr zu verständigen. Dabei wäre sie die einzige, die mir vielleicht helfen könnte. Ich bin verzweifelt, weiß nicht mehr, was ich tun soll. Es bleibt mir nichts anderes zu tun, als Norma, Pent und Jones zu überwachen und zu versuchen, wenigstens Norma aufzuwecken. Es muß Hoffnung geben, sie alle wieder aufzuwecken. Wenn nicht, was soll ich dann mit ihnen tun? Ich könnte die Crew von RUBIKON-3 verständigen, was das Naheliegenste wäre, doch ich habe Bedenken. Vielleicht sind die anderen längst unter dem Einfluß der Aliens, dies wäre eine von vielen Möglichkeiten, um ihren Zustand zu erklären. Sydney erklärte einmal, der Schwerpunkt in der Existenz dieser Fremdwesen läge nicht auf physischer sondern auf geistiger Ebene. Können wir ihre geistigen Kräfte abschätzen? Was würde mit Norma, Pent und Jones geschehen, wenn Rettungsmannschaften von RUBIKON-3 kämen und damit die derzeitige Situation völlig veränderten? Ich darf RUBIKON-3 erst verständigen, wenn ich mir über die Lage völlig im klaren bin. Bis dahin bin ich ganz auf mich allein gestellt.

Sydney Pesh. Meine geistigen Möglichkeiten intensivieren sich zunehmend. Heute wurde mir klar, was die Natur jener Wirklichkeit ist, die ein Mensch zwangsläufig für die einzige Wirklichkeit hält. Der Vergleich zwischen dem, was ich damals bei meinen sinnlichen Eindrücken empfand und wahrzunehmen glaubte, und dem, was sich mir gestern eröffnet hat, zeigt mir, daß die menschliche Wirklichkeit nur eine individuelle Schöpfung des menschlichen Geistes ist. Die objektive Wirklichkeit liefert eine ungeordnete, strukturlose Vorgabe, die von den Sinnen als variables Rohmaterial weitergegeben wird, welches im Geist den spezifisch geistigen und an sich widernatürlichen oder metaphysischen Prinzipien unterworfen wird. Erst dabei entsteht, was wir für unsere Realität halten.

Heute habe ich versucht, diesen Umformungsprozeß, der sich unbewußt in jedem Moment unseres Daseins in uns abspielt, nachzuvollziehen. Als Ausgangspunkt diente mir dabei jene Sicht auf die Realität, von der ich gestern schrieb; später bemühte ich mich, meine urtümlichen geistigen Prinzipien wieder zurückzugewinnen, um mitzuerleben, wie sich dem Bild der Wirklichkeit Schritt für Schritt meine subjektive, menschliche Sicht überstülpt. Unter dem Einfluß der neuerworbenen objektiven Wahrnehmungsfähigkeit bereitete mir dieser zwischenzeitige Rückschritt enorme Schwierigkeiten, doch für kurze Zeit gelang es mir schließlich dennoch, in groben Zügen unter Verzicht auf zahllose, fein zu differenzierende Details den menschlichen Wahrnehmungsprozeß zu simulieren. Zunächst blieb ich ruhig auf dem Stuhl sitzen, wobei ich eine allmähliche Festigung des Bildes spürte, das sich mir darbot. Die einzelnen Gegenstände konzentrierten sich wieder auf mehrere *fest definierte* Standorte, zwischen denen sie schließlich immer langsamer oszillierten. Parallel dazu versteiften sich die Perspektiven. Die Rückwand des Raumes wich von mir weg und begann ein festes Gefüge mit den Seitenwänden, der Decke und dem Boden zu bilden. Ben Chips Bewegungen neben mir wurden eindeutig und zielgerichtet. Die drei Dimensionen waren wieder unterscheidbar. Die Details ordneten sich hierarchisch. Dann wurden Zusammenhänge zwischen den einzelnen Gegenständen spürbar, die sich bald vernetzten, immer dichter wurden, bis ich Worte, in Sprache überführte Gedanken, in dieses Netz einfügte, was die unmittelbare Verbindung zwischen dem, was ich nun zu sehen glaubte, und meinem Geist auf einzigartige Weise augenfällig werden ließ. Zuletzt erstarrte das Bild in einer festgefügten Ordnung. Dann stand ich auf und ging einige Schritte durch den Raum, wobei sich die Dynamik des Augenblicks in meinen eigenen Bewegungen und den proportional eindeutigen Perspektivenverschiebungen, denen sich alles unterordnete, erschöpfte. Als ich soweit war, verlor ich meine Konzentration und glitt in die objektive Wahrnehmung zurück.

Die Bilder, die ich gesehen hatte, waren allerdings nicht mit dem identisch, was ich vor den Experimenten gewohnt war. Sie beinhalteten so etwas wie den Charakter einer Fassade, erschienen mir brüchig und im Vergleich mit dem, was ich vorher gesehen hatte, in ihrer Unzulänglichkeit offenkundig. Dennoch verhalfen sie mir zu einer praktischen Erfahrung, was den Umfang der Verfälschungen der Wahrnehmung durch den menschlichen Bewußtseinsapparat anbelangt.

Wie mir scheint, sensibilisieren diese Erfahrungen auch meine übersinnlichen Wahrnehmungsfähigkeiten, was ein bemerkenswertes Erlebnis am frühen Abend andeutete, als ich, wie es abends noch immer der Fall ist, einige Stunden außerhalb der Trance verbrachte, die sich inzwischen auf den Großteil des Tages ausgeweitet hat. Ich beobachtete im Konferenzraum mit einiger Erwartung die unmittelbare Umgebung der Station und hoffte irgendwelche Veränderungen festzustellen, statt dessen wurde ich einer merkwürdigen Ausstrahlung gewahr, die vom Meer zu mir durchdrang. Es war nur ein flüchtiger Eindruck, doch ich habe ihn klar in Erinnerung. Irgend etwas versuchte sich offenbar mit mir zu verständigen, tastete sich auf mentaler Ebene an mich heran. Einen Moment fühlte ich mich belauscht, spürte die Nähe von etwas anderem, so wie man die Nähe eines Menschen spürt, wenn man direkt vor ihm steht. Bevor ich feststellen konnte, welcher Struktur dieses andere war, verschwand es wieder. Mich erinnerte dies unmittelbar an die Schilderungen in Pents Expeditionsbericht. Ich will abwarten, wie es weitergeht.

Ich glaube, es wird unumgänglich sein, daß ich auch in den nächsten Tagen einige Stunden außerhalb der Trance verbringe, denn ich muß unbedingt protokollieren, was ich erlebe. Es mag sein, daß ich später wichtige Details vergesse. Ab morgen werde ich während der Trance durch die Station gehen. Ich bin gespannt, was mich dabei erwartet.

Norma Mitchinson. (fragmentarisches Tonbandprotokoll) ... kein Halt hat mich erfaßt, davongetrieben, kurz davor, mich aufzulösen – bin fort bin ich, der Sog reißt mich in sich in fort, auf Trümmern reiten neben mir, ganz nah im Meer im Abgrund – greifen sie nach mir nach Händen ohne Hände ohne Form und Plan, verwirrt, zufällig aufgebläht – weiß nicht, was woher wer warum ich wann wo bin, um aufzuhören, überwältigt – nichts mehr von mir und Menschen greifbar, verständlich für mich nichts fremd alles – verloren treibe verloren auf Wellen unter Meer gepreßt, kein Mensch nichts Menschenhand weit fort ich unter Trümmern unbegreiflich, vergessen scheinbar alles Schein bin fort allein ich bin ich nicht – kein Sinn, Kraft, keine Hoffnung, Wissen, Schein, Lüge, alles fortgeschwemmt, aus mir aus damals heute morgen immer jetzt – vergessen jeden Sinn und Plan und formlos werden Dinge, Hände ziehen keine mich zurück herab und hier fort schwebe zieht mich Sog auf Höhe fort von Mensch und Welt auf Höhe und doch Sturz endlos Sturz endlos Sturz ...

105. Tag

*Benjamin Chip.*Erst heute brach ich die Experimente ab, doch es war sinnlos. Am Zustand von Norma, Pent und Jones änderte sich dadurch nichts, im Gegenteil, die Symptome hatten sich über Nacht verstärkt. Arthur Pent redete irr vor sich hin und ist zu keinem Aufbäumen mehr in der Lage. Schon die Expedition hat ihm soviel Kraft geraubt, daß es ihm jetzt, wo er noch mehr Selbstbewußtsein als Sydney bräuchte, um das alles zu überstehen, unmöglich ist, sich noch irgendwie zu wehren. Seine Persönlichkeit ist Schritt für Schritt zerstört worden, was ich leider erst jetzt erkenne. Meine Versuche, ihm nach der Expedition zu helfen, waren sinnlos, der Kontakt mit den Aliens hat ihm Festigkeit genommen, den Boden unter den Füßen weggezogen, auf dem er stand. Nun ist er ein Wrack und völlig allein mit sich selbst, ein Mensch, der von einem unaufhaltsamen seelischen Zusammenbruch gezeichnet ist. Was hätte ich für ihn tun sollen?

Auch Norma fehlt Kraft, mehr kann ich ihrem Gestammel von gestern kaum entnehmen. Vielleicht entbehrt sie der Kraft des Vertrauens. Sie war in den vergangenen Wochen so verschlossen und weigerte sich, soweit es möglich war, mit anderen zu sprechen. Weshalb war sie so mißtrauisch? Sind *wir* ihr fremd geworden? Wenn sie noch redet, dann nur von Fremdartigkeit und Ratlosigkeit. Ich glaube, das sind die Kernpunkte ihres Empfindens. Wenn ich zurückdenke, fällt mir ein, wie schwer es ihr fiel, mit der Nachricht etwas anzufangen. Im Gegensatz zu Sydney konnte sie nichts daran entschlüsseln. Arbeiten kann sie anscheinend nur in schon erschlossenen menschlichen Erfahrungsbereichen. Wenn sie zu weit darüber hinausgeht, zerbricht sie. Auch darauf hätte ich früher achten müssen. Ich habe Fehler gemacht, fast zu viele Fehler. Doch die größte Sorge von allen ist Raymond Jones. Gestern wußte ich schon, daß er inzwischen eine eindeutige Gefahr darstellt, deshalb habe ich ihn fest an seinen Stuhl geschnallt und die Tür zu seinem Raum verschlossen. Als ich heute nach ihm sah, war er fort. Wahnsinnige entwickeln erstaunliche Kräfte. Er hatte die Riemen, die ihn hielten, zerrissen, die elektronische Türriegelung an der Wand zertrümmert und die Tür mit einer herausgebrochenen Stuhllehne aufgestemmt. Ich suchte den ganzen Vormittag nach ihm, in den fünf Flügeln des Oberdecks und im Untergeschoß, doch es war aussichtslos. Es gibt tausend mögliche Verstecke, in denen er sich verborgen halten könnte. Ich fand nur Spuren. Offenbar läuft er Amok. Einige Bildschirme in der Empfangshalle waren zertrümmert. Außerdem ist er in einige Wohnkabinen eingedrungen und hat dort die Einrichtung durcheinandergeworfen. Wann er das alles getan hat, kann ich nicht genau sagen, wäre es aber in der Nacht gewesen, hätte ich ihn hören müssen. Vielleicht schlief ich trotz der Aufregung dieser Tage zu tief. Vor allem sollte ich das Untergeschoß durchsuchen. Vielleicht steckt er dort, vielleicht hat er dort schon Beschädigungen an den Lebenserhaltungssystemen angerichtet. Wahrscheinlich hält er sich bewußt von mir fern, er muß wissen, daß ihm von mir Gefahr droht. Leider ist schwer, ihn einzuschätzen. Von ihm weiß ich am wenigsten, was mit ihm geschehen ist, er hat stets nur wenig über sich selbst geredet und während der Experimente verweigerte er mir jegliche Angaben. Irgendwie fühle ich mich wehrlos. Stündlich scheinen sich neue Gefahrenquellen aufzutun. Es ist, als kämpfte ich allein gegen ein Dutzend unsichtbarer Feinde.

IX.

106. Tag

Benjamin Chip. Am Morgen, als ich das Oberdeck nach Raymond Jones absuchte und dabei auf neue Zerstörungen stieß, die er vermutlich im Verlauf der Dämmerung angerichtet hat, entdeckte ich zufällig, daß unsere Radioanlagen neue Signale empfingen. Ich widmete mehr als eine Stunde der Aufgabe, mich näher mit diesen Signalen zu beschäftigen. Sie kamen zweifellos aus unserer nächsten Umgebung und trugen in Amplitudenmodulationen verschlüsselte Informationen, waren aber durch komplexe Interferenzen stark verzerrt. Auch sonst trugen sie ähnliche Merkmale wie die Signale, die wir am achtzehnten Tag empfangen hatten. Ohne Zweifel, es war eine zweite »Nachricht«. Ob diese auch wieder zum Teil aus Imitationen zurückliegender Funksprüche bestand, schließt sich eigentlich aus, weil seit unserem letzten Kontakt mit RUBIKON-3 schon einige Wochen vergangen sind, aber sicher sein kann ich mir in dieser Hinsicht nicht. Leider blieb mir keine Zeit, die Nachricht informationstheoretisch zu analysieren, wie es Sydney damals getan hat. Irgendwie hatte ich jedoch nach allem, was bisher geschehen ist, den Eindruck, als wäre diese Nachricht ein Schritt der Aliens, der sich schon lange vorher in dem andeutete, was wir als eine »Annäherung« der Fremdwesen empfunden hatten. Unsere Eindrücke davon sind nie besonders deutlich gewesen, ebensowenig wie die Gedanken, die ich mir heute machte, deutlich waren, doch dafür waren sie intensiv und auch beängstigend. Ich wußte zunächst nicht, was ich mit der Nachricht, die schon seit einigen Stunden von den Anlagen gespeichert wurde, anfangen sollte. Jetzt, wo ich auf mich allein gestellt bin, konnte mir niemand bei diesem Problem helfen. Dann kam mir eine Idee. Ich fertigte ein neues Programm für den Zentralcomputer des radioastronomischen Flügels an, womit ich veranlaßte, daß die gespeicherten Daten der Nachricht in regelmäßigen Abständen nach RUBIKON-3 gefunkt wurden. Vielleicht war das der richtige Kompromiß. Ich bin noch immer zu unsicher, um Hilfe anzufordern. Die Nachricht könnte der Crew auf RUBIKON-3 vielleicht detailliertere Informationen über die Aliens vermitteln, und möglicherweise wird man dann wissen oder zumindest ahnen, was zu tun ist. Sicher ist dies nur eine geringe oder gar naive Hoffnung, aber ich bringe es nicht über mich, völlig ohne Kontakt zur Außenwelt weiterzumachen. Vielleicht gibt mir die Hoffnung neue Kraft, denn was hier in diesen Tagen geschieht, bietet nur noch Anlaß zur Verzweiflung. Raymond Jones ist unauffindbar. Ich habe immer nur Spuren seiner Zerstörungswut finden können. Ihn zu stellen ist angesichts der Größe der Station nahezu unmöglich, und es wäre wohl nur Zufall, wenn ich ihm auch nur ein einziges Mal begegnen würde. Manchmal habe ich den Eindruck, als wüßte er stets genau, wo ich mich befinde, und hielte sich bewußt möglichst weit von mir fern. Wenn ich etwa in den Konferenzräumen bin, könnte er in der Empfangshalle Zerstörungen anrichten, ohne daß ich etwas davon hören würde. Er kann mich berechnen, ich ihn jedoch nicht. Der Wahnsinn macht ihn zu einem Spielball des Zufalls. Was er tut, geschieht aus dem Moment heraus. Heute entdeckte ich im Wohnflügel neue Beschädigungen an der Sekundärelektronik. Trotzdem scheint er sich noch zurückzuhalten. Vielleicht weiß er, welche Folgen sein Tun hat und vermeidet Zerstörungen, die ihm selbst schaden könnten. Wenn dem so wäre, könnte ich wenigstens etwas ruhiger schlafen, doch ich kann kaum daran glauben.

Norma hat längst die Kontrolle über sich verloren, für sie gibt es kaum noch Hoffnung. Schon seit einigen Tagen sitzt sie, ohne noch einmal zu Bewußtsein gekommen zu sein, in ihrem Raum in der Krankenstation und phantasiert vor sich hin. Manchmal spricht sie sogar dabei, gibt ein paar unzusammenhängende Wortfetzen von sich. Anfangs war noch zu verstehen, was sie sagte, später wurde ihre Artikulation immer undeutlicher. Den langen, wirren Monologen, die sie heute von sich gab, konnte ich schon nicht mehr folgen. Es scheint, als könnte ich rein nichts mehr für sie tun.

Es erstaunt mich, daß Arthur Pent heute bewies, daß er mehr Kraft hat als sie. Als ich in seinem Raum war und ihn mit dem Nötigsten versorgen wollte, versuchte er mit mir zu reden, klammerte sich an mir fest, starrte mich zitternd an und stammelte drauflos. Ich konnte ihn kaum beruhigen, anscheinend wollte er mir irgend etwas Wichtiges sagen, doch leider verstand ich so gut wie nichts. Später, als ich ihn soweit gebracht hatte, daß er langsamer sprach, nahm ich etwas von seinem Gestammel auf Band auf. Wenn ich in den nächsten Tagen Zeit dazu haben sollte, werde ich mich damit beschäftigen, vielleicht begreife ich dann, was er von mir wollte. Leider mußte ich ihn bald wieder alleinlassen. Glücklicherweise hat sich sein körperlicher Zustand jetzt, da er keine Drogen mehr injiziert bekommt, soweit verbessert, daß ich ihm unbesorgt ein Beruhigungsmittel spritzen konnte. Aus irgendeinem Grund versuchte er sich dagegen zu wehren. Er schlief nur sehr unruhig ein.

Ich bin sehr müde und weiß nicht, wie lang ich das noch durchhalten werde. Wenn mir keine andere Wahl mehr bleibt, werde ich RUBIKON-3 verständigen, ganz gleich, was dann geschieht.

*Sydney Pesh.*Gestern geschah, was ich zunächst glaubte ohne Schwierigkeiten abwenden zu können, doch heute stehe ich diesem Ereignis mit Sorge gegenüber. Was mich gestern daran hinderte, eine Tagebucheintragung abzufassen, war der Umstand, daß ich den ganzen Tag in dem Trance-Zustand verblieb, den ich mit den Experimenten angestrebt habe. Aus irgendeinem, mir zunächst nicht einsichtigen Grund beginne ich die ebenfalls angestrebte Fähigkeit, jederzeit aus der objektiven Wahrnehmung wieder in das subjektive menschliche Empfinden aussteigen zu können, zu verlieren. Diese unbeabsichtigte Entwicklung könnte den Erfolg meines ganzen Unternehmens gefährden, bekäme ich sie nicht in den Griff, denn wie sollte eine Verständigung zwischen einem Menschen und den Aliens einen Sinn haben, wenn der Mensch dazu seine menschlichen Eigenschaften verlieren müßte? Ungeachtet dieser Sorge drängt mich dennoch etwas dazu, gerade dieser Entwicklung Vorschub zu leisten, indem ich mich von meiner Umgebung und meinen eigentlichen menschlichen Zielen abzulösen und – was meine persönlichen Vorhaben anbelangt – dem Niveau an Einsicht, das meine Wahrnehmung bereits erreicht hat, anzugleichen beginne. Subjektiv menschliche Dinge verlieren für mich an Bedeutung. Meine Wahrnehmung ist objektiv geworden, und meine Anstrengungen sollten sich an – kann man das so nennen? – »objektiven«, der Wirklichkeit innewohnenden Zielen orientieren. Noch ist mir nicht völlig klar, wohin dies führt, vielleicht wird sich in den nächsten Tagen endgültig eine Frage klären, die mich schon seit langem beschäftigt: Woher kommt überhaupt mein Bedürfnis, Grenzen überschreiten zu wollen, die andere für unüberschreitbar halten? Gehöre ich zu den Menschen, die gewissermaßen einen Schuß »objektive Zielsetzung« in sich tragen, einen Drang hin zur tatsächlichen Wirklichkeit mit all ihren Rätseln? Ist Erkenntnis der letzte Antrieb meines Seins, vielleicht des Seins überhaupt?

Wie ich das Ganze auch beurteilen werde, es bleibt unbestreitbar, daß ich dem gestrigen Tag wesentliche neue Einsichten in die Natur der Aliens verdanke. Gestern nahmen ihre Kontaktversuche erstmals konkrete Dimensionen an. Wie mir klargeworden ist, bin ich bei der theoretischen Grundlegung meiner Experimente von einer falschen Voraussetzung ausgegangen, als ich glaubte, die Aliens seien im selben Maße wie ich von der objektiven Wirklichkeit entfernt und durch die Beschaffenheit ihres Bewußtseinsapparats in ihren Wahrnehmungsfähigkeiten beeinträchtigt. Ich nahm ohne konkrete Hinweise die Vermutung als gegeben hin, daß den Platz, der in unserem Bewußtsein vom sprachlichen und Ordnungsprinzip vereinnahmt wird, in ihrem Geist andere spezifische Prinzipien einnehmen. Dabei hätte ich ebensogut annehmen können, daß ihnen jegliche strukturierende Grundprinzipien fehlen, wozu die Beschaffenheit ihrer Umwelt Anlaß hätte geben können. Wie ich jetzt glaube, sind sie der Wirklichkeit weitaus näher, als ich anfangs vermutete. An anderer Stelle habe ich einmal die grundlegenden Lebensgesetze Eridanus' herausgestellt: die ständige Veränderung der Umwelt und die Unberechenbarkeit dieser Veränderung. Nun ist die tatsächliche Wirklichkeit, wie ich erleben konnte, in ebensolchem Maße veränderlich und den Zufälligkeiten des Augenblicks unterworfen. Schon die kleinste Veränderung der Perspektive verändert meine Eindrücke. Nichts ist festgelegt, solange ich es nicht festlegen will, jedes Detail meiner Sicht zeigt sich mir in ständig neuen, einzigartigen Variationen, von denen sich nie auch nur eine einzige wiederholt. Nichts daran ist vorgegeben, voraussehbar. Und genau das ist es, was sich im

Wesen und Denken der Fremdwesen reflektiert. Sie sind Wesen, die der objektiven Wirklichkeit einverleibt sind, wobei sie nicht nur eine passive, wahrnehmende Rolle spielen, sondern Wechselwirkungen mit ihrer Umwelt ausführen, sowohl in physischer wie auch in psychischer Hinsicht. Als ich gestern durch die Station ging und die sich ständig wandelnden Eindrücke meiner Umgebung auf mich einwirken ließ, spürte ich auf eine Weise, die sich nur schwer beschreiben läßt, daß irgend etwas Einfluß auf meine Wahrnehmung nahm, um in subtiler Form das Rohmaterial, als das sich mir die Wirklichkeit darbot, zu einem Gefüge zu verarbeiten, das in groben Zügen sinngerichtet schien. Bestimmte Eindrücke und Interpretationsmöglichkeiten drängten sich mir immer häufiger auf: so erschienen mir die Flure, durch die ich schritt, oft als Gänge mit rundem Profil, die alle, wie komplex sie auch voneinander abzeigten oder sich ineinander verzahnten, auf ein gemeinsames Zentrum ausgerichtet zu sein schienen. Welchen Weg ich auch ging, selbst wenn ich die Richtung wechselte, Diagonalen folgte, bewegte ich mich stets auf dieses Zentrum zu und blieb ihm doch immer unendlich fern. Zur selben Zeit war dieses Gefühl wieder da, das ich vor einigen Tagen bei meinen Beobachtungen im Konferenzraum hatte: ich spürte ihre Nähe, wenngleich nun weit intensiver. Und schließlich glaubte ich zu begreifen, was vorging. Dies war die Form der Verständigung, die sie schon seit langem mit mir suchten. Sie boten mir Bilder, die es zu entschlüsseln galt, keine komplexen logischen Konstruktionen oder sprachliche Gebilde, sondern nichts als Symbole; Metaphern, wenn man es so nennen will. Die Form des reinen Denkens, die ich dabei kennenlernte, besteht einfach darin, kurzzeitig die Wirklichkeit zu interpretieren, sich gegenseitig Interpretationen darzubieten, in einem freien, schöpferischen Prozeß, der keinen Vorgaben und Prinzipien unterliegt. Noch ist diese Kommunikation einseitig. Sie können mir Bilder darbieten, ich ihnen jedoch nicht. Vielleicht begriff ich deshalb gestern den Sinn der Metapher noch nicht.

Heute kam ich ein Stück weiter. Das Bild vertiefte sich in seinen Eigenheiten, und die Ausrichtung meiner Eindrücke auf ein bestimmtes, aber unerreichbares Ziel wurde ausgeprägter. Was konnte das bedeuten? Alles richtet sich auf ein Ziel zu. Heißt es, daß ihre Existenz auf ein zentrales Ziel ausgerichtet ist? Und ist es bei mir nicht ähnlich? Wie oft ist mir der Gedanke schon gekommen, daß der Drang nach Erkenntnis die letzte Triebfeder allen Seins sein könnte. Erkenntnisse sind Schritte auf dieses ferne Ziel hin, doch es ist unmöglich, diesen Weg bis zum Ende zu beschreiten. Wir werden nie erfahren, welches Ziel es ist. Unsere Möglichkeiten sind zu beschränkt. Selbst jetzt, da ich meine Wahrnehmungsfähigkeiten auf ein ungetrübtes Niveau angehoben habe, erfahre ich doch nur Bruchstücke der Wirklichkeit. Der Leistungsumfang meiner Sinne unterliegt unüberwindlichen Beschränkungen. Und selbst, wenn dies nicht so wäre, wenn meine Augen das gesamte elektromagnetische Spektrum wahrnehmen könnten, ich alle denkbaren Frequenzen hören und mikroskopische Feinheiten ertasten könnte, wäre meine Sicht auf die Wirklichkeit nur bruchstückhaft, denn meine geistige Kapazität ist unendlich begrenzt im Gegensatz zu der unendlichen Fülle aller denkbaren Erfahrungen. Was ich auch erkenne, es ist nur ein Ausschnitt aus dem übergeordneten Ganzen des Seins. Vielleicht ist dieses ferne Ziel, den Sinn allen Seins zu erfahren. Und vielleicht ist uns dieses Ziel so fern, weil wir das Sein in seiner Gesamtheit nicht erfassen können. Den vollständigen Sinn eines Ganzen kann man nur erkennen, wenn man alle seine Teile kennt. Und umgekehrt: jedes Teil erhält seinen wahren Sinn erst aus dem Ganzen, dem es angehört. In allem, was wir tun, sind wir auf der Suche nach Sinn, bei jedem Vorstoß, den wir in neue Dimensionen wagen. Und diese Suche verschafft unserem Leben die Dynamik, sie ist die Quelle aller Veränderungen und Zufälle – und somit eine Quelle der Wirklichkeit.

Ich ahne nicht, wohin mich diese Einsichten führen werden, deshalb muß ich mich zwingen, weiter zu protokollieren, was ich erlebe, denn der Nutzen solcher Erkenntnisse ist unabsehbar. Selbst wenn die Trance mich völlig einnimmt, muß ich es aufschreiben, irgendwie muß ich mir dazu eine Möglichkeit erhalten. Es wäre ein unendlicher Schaden, würde auch nur einer dieser Gedanken verlorengehen.

Arthur Pent. (fragmentarisches Tonbandprotokoll) . . . zwischen Abgrund und Abgrund zwischen uns – allein ich allein, wir, du und ich – Mensch ist Mensch nur sich selbst Objekt – verstehen anders verstehen nicht wissen zu kennen, denn ich bin mir nur ich bin Mensch nur mir, denn Wissen nur mich selbst – unendlich weit entfernt von anderm Denken, Fühlen, Sehen, Hören, zu weit empfunden werden können und empfinden kennen – isoliert sind du und ich, jetzt sich lichtet Nebel über Abgrund zwischen uns, jetzt wo immer jetzt eins alles wird, nichts mehr identisch mit sich selbst, alles ist alles, sehe ich wohin auch immer, nur Mensch ist selbst sich nicht begreifen Sinn und Ich ob gibt es anderen außer selbst – Hilfe brauche Hilfe deiner aller mir . . .

107. Tag

Benjamin Chip. Ich habe den halben Tag damit verbracht, erste Reparaturen durchzuführen und die Anlagen wenigstens dort, wo es nicht viel Zeit beanspruchte, wieder instandzusetzen. Vielleicht war es reine Zeitverschwendung, ich weiß es nicht, doch ich habe das Gefühl, als könnte es mir später nützlich sein, wenn ich jetzt wenigstens teilweise die Ordnung aufrecht erhalte. Ich darf nicht *alles* zusammenbrechen lassen. Selbst wenn sich die anderen schon so weit von mir entfernt haben, daß ich ihnen weder helfen noch begreifen kann, was mit ihnen geschieht – ich darf nicht völlig aufgeben. Ich muß tun, was in meiner Macht steht. Ein ganzes Leben kann man nur tun, was in der eigenen Macht steht. Immer hat man seine Grenzen vor sich und spürt, daß irgendwer oder irgend etwas, das man nicht begreifen kann, mit der eigenen Verzweiflung nur spielt. Und trotzdem wäre es unvernünftig, nach dem Sinn des Ganzen zu fragen. Worin sollte man einen Sinn finden außer in der Tatsache, daß man lebt? Und so werde auch ich jetzt – ich habe es mir, so schwer es fällt, geschworen – nicht aufgeben, egal was geschieht. Jones will mich fertigmachen. Gut, ich nehme den Kampf auf. Soll er die halbe Station zerstören, ich werde sie wieder aufbauen. Auch heute hat er wieder getobt und in der Empfangshalle unglaubliche Beschädigungen verursacht, Löcher in die Metallwände gerissen und die Gasleitungen leckgeschlagen. Der Boden der Halle ist mit Trümmerstücken übersät, Behältern und Metallteilen aus den Lagerräumen, mit denen er versucht hat, Löcher in die Kuppel der Halle zu werfen. Einmal bin ich ihm beinahe begegnet, ich hörte, daß ich ihm schon ganz nahe war, doch dann entwischte er mir wieder. Er vermeidet die Konfrontation, ich aber werde sie weiterhin suchen.

Der Einfluß der Fremdwesen hat, wie mir scheint, die Menschen nicht nur mir fremd gemacht, sondern sogar ihrem eigenen Körper. Norma und Pent wissen anscheinend nicht mehr, wie man sich bewegt. Es ist, als hätte etwas anderes von ihrem Körper Besitz ergriffen und müßte dessen Funktionen erst noch kennenlernen. Was mit Norma und Pent selbst geschieht, läßt sich kaum noch verfolgen, selbst wenn Norma immer noch gelegentlich einige Sätze stammelt, von denen ich heute nochmals welche auf Band aufgenommen habe. Begriffen habe ich davon allerdings nichts. Ansonsten kann ich nichts anderes für sie tun, als sie mit dem Nötigsten zu versorgen und manchmal schockiert zu beobachten, zu welch widernatürlichen Grimassen sich ihre Gesichter verformen. Norma zieht sehr oft ihre Gesichtsmuskeln zusammen, so daß es wie von tiefen Furchen durchzogen aussieht, dann wieder läßt sie es erschlaffen, und man hat den Eindruck, als würde ihr Gesicht vom Schädel rutschen. Wenn es besonders schlimm wird, drohen ihr die Augen aus den Höhlen zu treten und sie reißt den Mund so weit auf, als würde sie kurz vor dem Erstikken nach Luft ringen. Doch dabei gibt sie nie einen Laut von sich. Ähnlich merkwürdig sind ihre Körperhaltungen und Bewegungen. Oft bäumen sie sich in ihren Stühlen auf, als hätten sie die Elastizität von Schlangenleibern, dann wieder pressen sie sich so weit wie möglich zurück und versuchen sich den Formen des Sitzes völlig anzupassen. Ich habe beiden starke Beruhigungsmittel verabreicht, die jedoch nur kurze Zeit wirkten. Es ist beinahe ein Wunder, daß ich Norma und Pent überhaupt noch am Leben halten kann, ihr körperlicher Zustand wird von Tag zu Tag beunruhigender.

Sydney Pesh. (Die folgenden, verstreut aufgefundenen Fragmente stammen vermutlich aus Aufzeichnungen, die Sydney Pesh im Verlauf des 107. Tages anfertigte, während sie einen immer tieferen Einblick in die Natur der Aliens und deren Beziehung zu dem, was sie die »objektive Wirklichkeit« nannte, gewann. Die Aufzeichnungen erlauben in der von mir aufgestellten Reihenfolge die etwas überraschende Schlußfolgerung, daß Sydney den Tag im normalen menschlichen Erlebniszustand begann und im Verlauf von Stunden allmählich wieder in die Trance eintrat. Wie sie es am Vortag geplant hatte, hielt sie jedoch die Absicht aufrecht, ungeachtet ihres jeweiligen Zustands ihre Erlebnisse zu protokollieren. Da sie im Zustand objektiver Wahrnehmungsfähigkeit eigentlich über keine Sprache verfügte und deshalb aus ihrem weit in die normal-menschlichen Erinnerungen zurückgedrängten Wortschatz etwas schaffen mußte, das ihren Zustand widerspiegeln konnte, ist die »Sprache« der letzten Abschnitte mit normalsprachlichen Mitteln kaum noch zu entschlüsseln. Wie sie es überhaupt schaffte, im Zustand der Trance Protokolle abzufassen, ist mir schwer verständlich, sicher ist nur, daß es ihr tatsächlich gelang. Die Entschlüsselung allein des Wortlauts der letzten Niederschriften war deshalb immens schwierig und brachte ein so unsicheres Ergebnis, weil Sydney zum Schluß die Seiten in allen Richtungen und Schriftebenen mit Worten überhäufte, so daß sich oft bis zu fünf, in verschiedenen Dialogen geschriebene Linien überlagerten. Daher ist das, was ich an dieser Stelle wiedergeben kann, bestenfalls eine Interpretation der mir vorliegenden Dokumente.)

ZEIT: Veränderung ist die Substanz der Zeit. Erlischt alle Veränderung, so steht die Zeit still. Doch wie die Zeit selbst ist dieses unlösbare Verhältnis keine lineare Funktion, sondern ein geschlossener Kreis. Vollkommene Unbeständigkeit kommt absolutem Stillstand gleich. Erreicht die Veränderung ein solches Maß, daß jeder Faktor eines Systems in jedem Moment seiner Wirksamkeit mit einer Variablen besetzt ist, die sich ständig ändert, so ist die Veränderung für sich eine solche Konstante, daß der Fluß der Zeit an ihr zerbricht, dann ist Veränderung vom Stillstand nicht mehr unterscheidbar. Der Einblick in die Natur der Aliens offenbarte mir einen Extremfall dieses Gesetzes: in ihrer Unbeständigkeit sind sie ewig, in ihrer Natur, mit jedem Zufall eins zu werden, haben sie die Zeit überwunden, sich von Tod und Geburt befreit. Sie leben nicht und können nicht sterben, weil ihre Natur die Unendlichkeit beinhaltet. Auch Unendlichkeit kann dabei nicht in irgendeinem geläufigen Sinne verstanden werden. Wie das endliche Sein ist die Unendlichkeit nur eine Seite im geschlossenen System der Zeit. Auf diesem Gebiet schöpft die Dynamik des Seins ihre Kraft und ihren Antrieb auf andere Weise, nähert sich dem Sinn und Zentrum allen Seins aus einer anderen Richtung. Das Ziel aber, das mit allen Wegen angestrebt wird, bleibt gleich. Jede Dimension steht mit jeder anderen in Verbindung, das Sein ist ein geschlossenes Ganzes, in dem alles seinen eigenen

Platz und seine eigene Perspektive hat. In diesem Sinne dürfte ich nicht einmal meine gewöhnliche menschliche Wahrnehmungsfähigkeit unterbewerten, auch wenn ich mich schon über sie hinausgearbeitet habe.

RAUM: Raum im menschlichen Sinne ist Interpretation der Wirklichkeit, die Einbringung von Proportionen und perspektivischer Ordnung in den Unzusammenhang der objektiven Sinneseindrücke. Raum ist eine metaphysische Dimension der menschlichen Subjektivwirklichkeit, doch er ist – zumindest wie wir ihn empfinden – in keiner Weise integraler Bestandteil der Objektivwirklichkeit. Unsere Sinne übermitteln uns nur scheinbar proportionierte Bilder, doch tatsächlich sind die Sinneseindrücke zunächst unproportioniert, besitzt kein Objekt eine festgelegte Größe und Entfernung. Aus den Millionen Möglichkeiten zur Auslegung des so Gegebenen sucht sich der menschliche Geist stets nur eine aus. Raum ist die Ordnungsinstanz des menschlichen Geistes, dessen Allgegenwärtigkeit unser Denken bestimmt. Die physikalischen Spekulationen menschlicher Wissenschaftler, die Raum und Zeit als ein gemeinsames Gefüge denken, sind insofern nur subjektive Konstrukte, weil sie auf der menschlichen Vorstellung der Räumlichkeit aufbauen, statt dessen wäre es richtiger, sich einen Eindruck von einem Phänomen zu verschaffen, das man den »objektiven Raum« nennen könnte; jene Vorgabe innerhalb der Objektivwirklichkeit, aus der im menschlichen Geist durch Interpretation der subjektive Raum geschaffen wird. Auch hierbei verhalf mir der Kontakt mit den Aliens zu neuen Einsichten: Raum ist Ausdehnung im weitesten Sinne, der Anteil eines Objekts an der Zahl der Auslegungsmöglichkeiten, die die Wirklichkeit dem Beschauer liefert. Die Aliens sind Wesen, die in einer solchen Form des Raumes existieren, deren Körper eine Ausdehnung besitzen, die unendlich viele Möglichkeiten seiner eigenen Veränderung umfaßt; ihr Raum ist ihre Ausdehnung innerhalb des Möglichen.

GEGENSÄTZLICHKEIT: Veränderung und Stillstand, Endlichkeit und Unendlichkeit, Objektivität und Subjektivität: das Sein erscheint als in Gegensätzlichkeiten strukturiert. Hinterfragt man jede Erkenntnis bis zu ihrem Grund, so stößt man immer wieder auf Gegenpole, von denen der eine gewichtig, der andere verzerrt und verschwommen erscheint. Doch dieser Anschein darf nicht dazu verleiten, einem der beiden Pole einen höheren Stellenwert beizumessen. Die Aliens haben mich erfahren lassen, daß sie mir, obwohl sich ihr Wesen an der objektiven Wirklichkeit orientiert, keineswegs grundsätzlich voraus sind. Alle Gegenpole, die denkbar sind, gruppieren sich in Form eines Kreises um einen gemeinsamen Mittelpunkt, einem Ziel und Zentrum, dem kein Pol näher ist als der ihm Gegenüberliegende. Um den Mittelpunkt zu erreichen, kann man beliebig von jedem Pol ausgehen. So ist es etwa gleichgültig, ob sich ein Geist von seiten der Objektivität oder der Subjektivität dem Ziel und Sinn allen Seins nähert. Kein Ausgangspunkt birgt grundsätzliche Vorteile. Um dies zu erfahren, habe ich allerdings über die Brücke der objektiven Wahrnehmungsfähigkeit Einblicke in die Natur der Aliens nehmen müssen, insofern waren die Experimente keine vergebene Mühe.

(Es folgen einige unvollständige und beschädigte Fragmente)

I. . . .gleichen wir uns in der Suche nach dem Ziel, finden wir zueinander, indem wir unsere Gegensätzlichkeit anerkennen und sie gerade dadurch aufheben. Sie wollen mich in ihre Strukturen einfügen, organisch und psychisch mit mir verschmelzen. Auch wenn ich letztlich ein Fremdkörper bleiben werde, ich nie die räumliche Ausdehnung im Möglichen erreichen werde, die sie besitzen, wissen wir doch, daß es uns dadurch gelingen wird, unsere Kräfte zu vereinen, denn alle Kräfte führen zurück zur selben Quelle.

II. Woher kommen wir? Wohin gehen wir? Welcher Natur ist das Ganze, dessen Teile wir sind? Welches ist der Sinn, den wir suchen? Was ist der Anfang und wo liegt das Ende? Laufen wir nicht bei all dem Gefahr, den Endpunkt eines Kreises finden zu wollen?

III. Ich bin ein Teil von allem und habe somit Zugang zu allem. Es gibt keine Hindernisse für den Fortschritt der Erkenntnis, es gibt nur falsche Wege. Doch niemand weiß, ob das Ziel der Erkenntnis erreichbar ist. Die Ausdehnung des Seins ist zu gewaltig. Wie weit wir auch wachsen, uns werden nur Ausschnitte gegenwärtig sein.

IV. Verlangsamt, Stillstand metaphysisch Null suchen wir verzweifelt verwirrend uns selbst durchdringend auf Wegen durch außen und innen zum Jetzt und Alles und Ewig den Weg zu finden. Ziel endlos Ziel endlos weit, vor uns doch sichtbar scheinbar sichtbar nur enthüllt sich Nebelschleier Schicht um Schicht um Sprung von Abgrund über Abgrund, doch Fortgang endlos Fortgang, nichts enthüllt sich nicht.

V. Schwimmen obenauf Wellen ekstatisch verhüllend aufdeckenden Scheins von nichts unmöglich verständlich sich gebendem Bild des umstürzend verändernd und still ewig nicht öffnenden Tiefen des Abgrunds. Ertrinken sterbend nah der Geburt in Wehen aus neuem Ausstoß neu erkannt entsprungenem Nichts und Alles, vital ersticken in aufatmend tot geborenem Dunst aus antwortlosem Schweigen.

Norma Mitchinson. (fragmentarisches Tonbandprotokoll) . . .Sturz endlos Sturz und kein Fallwind treibt mich fort von immer fort in weiter aus ins Nichts, ins fremd mir Sein entbunden – Falle stürze schwebe auf mich löse meinen Körper Geist schon nichts, neu aufgebaut im Fall im Sturz im immer neu und immer neuer Tod, Vergehen aufgelöst – bin nie gewesen und werde immer sein – bin überall und nirgendwo gewesen – bin ich und jeder Geist, Gedanke je gedacht, Gefühle je gefühlt, Bilder je gehört und Töne je gesehen, alles und doch nichts mehr ich und nicht gekannt mehr, Erinnerung kein Wissen, Erfahrung und kein Wort, Gedanke alles neu und endlos fremd falle ich falle ich stürze ich Sturz endlos Sturz endlos Sturz . . .

108. Tag

Benjamin Chip. Heute in der Morgendämmerung machte ich durch mein schmales Kabinenfenster einige merkwürdige Beobachtungen, die ich, um sie besser beurteilen zu können, wenig später im Konferenzraum fortsetzte. Die atmosphärischen Turbulenzen und die Strömung im Meer waren von ungewöhnlicher Stärke und erschütterten zeitweise sogar die Grundfesten der Station. Eine Zeitlang machte ich mir ernstliche Sorgen und befürchtete, der Sturm könnte zu einem Unwetter von bislang nicht dagewesener Stärke anwachsen und die Station als Ganzes gefährden, eine Möglichkeit, mit der ich bis heute nie gerechnet hatte, denn die Station ist für immense Belastungen angelegt und kann theoretisch kaum ernsthaft von natürlichen Einflüssen beschädigt werden. Obwohl ich mir das immer wieder vor Augen hielt, wurde ich eine tiefsitzende Angst nicht los. Später wurde meine Aufmerksamkeit von einigen Ereignissen beansprucht, die ich bei aller Anstrengung nicht erklären kann. Ohne Ankündigung durch irgendeine Veränderung, die unmittelbar darauf hindeutet, nahm das Meer im Umkreis der Station plötzlich eine tiefrote Farbe an, die in ihrer Intensität sogar den Nebel durchdrang. Die spiegelnden Außenflächen der Station reflektierten die Farbe aus allen Winkeln, so daß unsere Umgebung bald förmlich rot glühte. Die Sonnenstrahlung kann ich für dieses Phänomen kaum verantwortlich machen, denn zu dem Zeitpunkt, als ich diese Beobachtungen machte, war die Dämmerung schon soweit fortgeschritten, daß das Sonnenlicht bereits die verwaschen gelbliche Tönung des Tages angenommen hatte und damit den Nebel erhellte. Außerdem war die Farbe kein starres Rot, sondern pulsierte wie unter den Schlägen eines Herzens – mal dunkel, dann wieder hell. Schließlich löste sich die Rotfärbung in zahllose, langgezogene Schwaden auf, bevor sie fast völlig verschwand. Hinterher konnte ich kaum glauben, daß ich es wirklich mit eigenen Augen gesehen hatte.

Doch das war bei weitem nicht das Erschreckendste, was dieser Tag mir brachte. Als ich nach Pent und Norma sehen wollte, um sie für heute zu versorgen, stellte ich fest, daß Pent verschwunden war. Ich geriet augenblicklich in Panik, denn damit hatte ich nie gerechnet, ich hatte ihm so wenig eigene Initiative zugetraut, daß ich nicht einmal die Tür zu seinem Raum versperrt oder ihn an den Stuhl geschnallt hatte. Was er mir gestern sagen wollte – vielleicht war das der Grund, warum er fort ist. Ich durchsuchte die ganze Station in der Hoffnung, er könnte in seinem Zustand nicht weit sein, doch zunächst fand ich keine Spur von ihm. Statt dessen traf ich in der Empfangshalle auf Raymond Jones. Er war dabei, Bänder und Aufzeichnungen, die er wahrscheinlich aus den Archiven mitgenommen hatte, über den Boden der Halle zu verteilen. Als ich ihn daran hindern und ihn unter meine Gewalt bekommen wollte, kam es zu einem kurzen Kampf zwischen uns, in dem ich unterlag. Er schlug mich nieder, so daß ich eine Weile bewußtlos blieb und er wieder verschwunden war, als ich erwachte. Er ist völlig wahnsinnig geworden. Seine Bewegungen und sein

Gesichtsausdruck haben nichts Menschliches mehr an sich. Etwas in ihm ist zerbrochen und hat alle Vernunft in ihm getötet. Ich weiß nicht, was ich tun soll, wenn ich ihm ein zweites Mal begegne. Heute dachte ich daran, ihn zu töten.

Arthur Pent blieb unauffindbar. Ich bin mir noch nicht völlig sicher, doch alles deutet darauf hin, daß er nicht mehr an Bord ist. Es ist Wahnsinn, aber ich vermute, er ist ins Meer gesprungen, auch wenn ich zur Zeit keinen Grund dafür weiß, warum er dies getan haben könnte. Seit der Expedition wußte niemand mehr, was in ihm vorgeht. Ich fürchte das Schlimmste, trotzdem werde ich die Nacht damit verbringen, ihn weiter zu suchen. Vor einigen Stunden entdeckte ich im Maschinengeschoß einige Defekte an den Wasserfilteranlagen. Sobald ich Zeit habe, um mich darum zu kümmern, werde ich sie reparieren. Und falls ich Pent an Bord nicht finde, werde ich morgen das Beiboot klar machen und eine Expedition ins Meer wagen. Ich weiß nicht, ob es dann noch irgendeinen Sinn hätte, doch danach sollte ich besser nicht fragen.

Es bleibt mir nur wenig Zeit, zu schreiben. Vermutlich werde ich morgen nur einige Zeilen schreiben können, wenn ich bis dahin nicht wieder etwas neue Kraft geschöpft habe. Ich weiß noch nicht einmal, woher ich die Kraft nehme, überhaupt noch zu atmen.

109. Tag.

Benjamin Chip. Ich schlief vergangene Nacht nur wenige Stunden und begann schon vor Anbruch der Dämmerung mit den Vorbereitungen der Expedition. Um zu verhindern, daß Jones in seinem Amoklauf meine Vorbereitungen dadurch sabotieren würde, daß er, während ich in der Empfangshalle das Beiboot inspizierte, Aggregate beschädigte, deren Defekte sich erst während meiner Abwesenheit auswirken könnten, arbeitete ich in Etappen und blieb meist nicht länger als eine halbe Stunde in der Halle. Zwischendurch kontrollierte ich auf Rundgängen die Station oder sah nach Norma Mitchinson, um sicherzugehen, daß ich sie – ohne mir übergroße Sorgen machen zu müssen – einige Stunden allein lassen konnte. Sie schlief die meiste Zeit, so daß ich darauf verzichten konnte, ihr Beruhigungsmittel zu injizieren. Wo Sydney sich aufhielt, kann ich nur vermuten. Die anderen Personen haben mich in den letzten Tagen derart beschäftigt, daß ich an Sydney gar nicht mehr dachte. Allerdings dürfte ihr Zustand noch vergleichsweise beruhigend sein. Als ich heute nur der Routine wegen ihre Kabine kontrollierte, stieß ich auf einige Aufzeichnungen, die erst vor wenigen Tagen entstanden sein müssen. Offensichtlich war sie zumindest zu diesem Zeitpunkt noch in der Lage, ihre Abhängigkeit von dem Trance-Zustand zu beherrschen. Die einzige Gefahr, die ihr möglicherweise droht, könnte Raymond Jones sein, doch es ist denkbar, daß er sich von ihr ebenso fernhält wie von mir.

Ich konnte die Vorbereitungen zur Mittagszeit abschließen, obwohl ich mich wegen der knappen Zeitspanne nicht auf alle denkbaren Zwischenfälle einrichten konnte. Daß die Turbulenzen draußen ebenso stark waren wie gestern, stellte zwar eine nicht zu unterschätzende Gefahr dar, doch ich habe in den letzten Tagen so viele Gefahren zu überstehen und zu meistern gehabt, daß ich glaubte, es Arthur Pent schuldig zu sein, dieses Risiko auf mich zu nehmen. Seinen Körper zu finden, selbst wenn er auf der Wasseroberfläche schwimmen würde, war im Grunde aussichtslos. Ja, eigentlich war mein gesamtes Unternehmen sinnlos und ein überflüssiges Risiko. Das ist mir nicht erst heute abend klargeworden, ich war mir dessen voll bewußt, als ich die Station verließ, aber etwas trieb mich trotz aller Bedenken an, die Expedition zu wagen. Vielleicht war es die Ahnung, dort draußen zum ersten Mal direkten Kontakt mit den Aliens zu bekommen oder einen Eindruck ihrer Natur zu gewinnen, so wie es Arthur Pent während seiner Expedition erlebte. Ich weiß es nicht. Selbst jetzt, nach allem, was ich gesehen habe, ist mir nicht sicher, welchen Nutzen ich aus all dem gezogen habe.

Als ich die Station verließ, stand die Sonne fast im Zenit, so daß ich über mir durch den Nebel undeutlich deren verschwommene Umrisse erkennen konnte. Der Wellengang war sehr heftig und der Sturm so stark, daß ich Mühe hatte, den Kurs zu halten. Merkwürdigerweise schien das Unwetter, je weiter ich mich von der Station entfernte, merklich abzuflauen, was aber ebensogut Einbildung wie tatsächliche Beobachtung hätte sein können. Von der roten Farbe, die ich gestern beobachtet hatte, waren einige Schlieren übrig geblieben, die in einiger Entfernung von der Station verblaßten. Überhaupt kam es mir so vor, als konzentriere sich alles im Umkreis der Station, selbst die entfesselten Naturkräfte, auf die normalerweise durch nichts Einfluß zu nehmen war. Ich bewegte mich auf einem weiten Spiralkurs von der Station weg, um möglichst viel Gebiet zu überfliegen, wobei es gut eine Stunde dauerte, bis ich etwa zwei Kilometer von der Station entfernt war. Wenig später geriet ich dann – wieder ein Phänomen, für das ich keine Erklärung fand – unvermittelt in eine nebelfreie Zone. Plötzlich flog ich gewissermaßen in ein großes atmosphärisches Loch, in das aus unerfindlichen Gründen keine Nebelbänke vordrangen. Es hatte einen Durchmesser von gut zweihundert Metern, sowohl von der einen bis zur andern Seite wie auch von der Meeresoberfläche bis zu seinem höchsten Punkt. Selbst die Bewegungen der Meeresoberfläche waren hier weniger heftig, offenbar dämpfte diese Zone auf irgendeine Weise alle Turbulenzen. Später stellte ich fest, daß sich sogar mein Fahrzeug langsamer bewegte als es sollte.

Bald fiel mir auf, daß irgend etwas wenig unterhalb der Wasseroberfläche vorging, weshalb ich eine Weile niedrige Kreise zog. Ich sah, wie sich in geringer Tiefe zahllose Farbschwaden zusammenballten, die von allen Richtungen angeschwemmt und von der Strömung des Meeres ständig verformt wurden. Es schien einen Mittelpunkt zu geben, um den sie sich alle bewegten, hatten sie einmal Kontakt zu anderen gewonnen. Diese Bewegungen waren anfangs nur sehr langsam, wurden aber schneller, wenn zwei Schwaden miteinander verschmolzen, bis sie schließlich immer schneller um das Zentrum rotierten und sich dabei mehr und mehr in die Länge zogen. Es dauerte eine Weile, bis dieser Mittelpunkt letztlich von zahllosen, erstarrenden Spiralen umgeben war und alle Bewegung aufhörte. Das Gebilde, das dabei entstanden war, schien aus massivem Material gefertigt zu sein, und doch konnte man an der Art, wie die Strömung durch das Objekt hindurchging, erkennen, daß es aus nichts weiter als farbigen Schwebstoffen bestand. Und selbst diese Farbe war seltsam. Manchmal hatte ich den Eindruck, als glühte das Ding aus sich heraus und hätte das gedämpfte Tageslicht nicht nötig, um davon angeregt zu werden. Für genauere Beobachtungen blieb hinsichtlich dessen allerdings kaum Zeit, denn bald nachdem dieser Zustand erreicht war, geschah etwas, das meine ganze Aufmerksamkeit beanspruchte und mich noch etwas tiefer zur Wasseroberfläche hinabsinken ließ. Das Gebilde, das eben erst entstanden war, fiel quasi zu einem grauen Klumpen in sich zusammen, der zunächst eine Weile so heftig pulsierte, als würde ein Herz in seinem Innern schlagen, dann schließlich erstarrte und sich zu einem ungeheuren Volumen aufblähte, dabei transparenter wurde und wie eine Unterwasser-Luftblase aussah. Diese Blase begann sich dann zu den absonderlichsten Formen zu verändern, nahm einmal die Konturen einer menschlichen Hand an, die sich mehrmals zusammenballte und die Finger so weit spreizte, daß sie kaum mehr als Hand erkennbar war. Aus ihr entwickelte sich dann in Sekundenbruchteilen etwas, das an ein menschliches Profil erinnerte. So ging es eine Weile über die Abbilder zahlloser anderer menschlicher Körperteile weiter, bis sich das Ding erneut zusammenzog und wieder aufblähte, um nun die Form eines menschlichen Körpers zu imitieren. Diese Imitation geriet innerhalb weniger Sekunden zu einer solchen Perfektion, daß ich mich mehrmals trotz der Größe des Dings fragen mußte, ob da unten nicht tatsächlich ein menschlicher Körper schwamm. Das einzige, was mich daran hinderte, dieser Illusion zu unterliegen, war das Gesicht. Vorerst hatte es noch keine Züge, sondern war vom Kinn bis zum Haaransatz eine einheitliche, glatte Fläche, auf der erst Minuten später schattenhafte Umrisse erkennbar wurden. Um die Entwicklung dieser Züge genau beobachten zu können, steuerte ich auf zwei Meter an die Wasseroberfläche heran. Da das Gesicht nahezu den Durchmesser meines Fahrzeuges hatte, konnte ich aus dieser Perspektive zwar die Details besser verfolgen, doch meinen Gesamtüberblick hatte ich verloren. So fiel mir erst auf, als das Gesicht bis auf die Augen vollständig ausgebildet war, daß ich es kannte. Es waren die Züge von Arthur Pent; jedes Detail, jede Falte auf der Stirn und über den Wangen war exakt nachgebildet. Ich steuerte das Boot etwas höher und beobachtete alles weitere aus der Entfernung.

Arthurs Abbild schien zu schlafen. Die Lider waren offen, der Blick aber ins Leere gerichtet und die Züge ausdruckslos. Während der ganzen Zeit, in der ich ihn sah, wurde dieser Schlaf nicht unterbrochen. Nur schienen sich irgendwann unvermittelt die Gefühle eines Traumes in dem Gesicht widerzuspiegeln. Erst verzog es sich zu einer ängstlichen Grimasse, dann aber entspannte es sich und strahlte zunehmende Zufriedenheit aus, bis es schließlich zu einem Ausdruck vollkommener Glückseligkeit erneut erstarrte. Als es so weit war, brach plötzlich der atmosphärische Hohlraum, in dem ich mich befand, in sich zusammen, und binnen Sekunden wurde mein Boot vom Sturm erfaßt, sanken Nebel auf mich nieder und klatschten Wellen gegen die Bordwand. Bevor ich gegen den Ansturm manövrierte, hatte ich gerade noch Zeit, zu sehen, wie starke Wellen den Körper unter mir auseinanderspülten. Der Weg zurück zur Station dauerte beinahe zwei Stunden. Mehrmals hatte ich trotz der feinfühligen Navigation Angst, mich zu verirren.

Wie oft ich auch schon versucht habe, irgendwelche Erscheinungen und Vorgänge, denen ich gegenüberstand, zu erklären, hierbei werde ich mich davor hüten. Ich weiß nur eins oder glaube es zu wissen: Wäre Arthur Pent nicht tatsächlich ins Meer gesprungen, aus welchem Grund auch immer, wäre diese Erscheinung nie möglich gewesen.

Sydney Pesh. (Dies ist Sydney Peshs letzte erhalten gebliebene Aufzeichnung, die sie, im Gegensatz zu den für den vorigen Tag zitierten Fragmenten, selbst datierte. Wie diese Eintragung überhaupt noch zustande kam, erklärte sie nicht.)

Es ist nicht ausgeschlossen, daß dies die letzte Eintragung sein wird, die ich abzufassen in der Lage bin. Gestern habe ich mich trotz der Tatsache, daß mich die Trance im Verlaufe des Tages immer stärker beanspruchte, dazu gezwungen, jede Phase zu protokollieren. Heute habe ich mir die dabei entstandenen Aufzeichnungen noch einmal angesehen und bin zu dem Schluß gekommen, daß es sinnlos ist, in einem eigentlich sprachfreien Zustand von der zurückgedrängten Sprache Gebrauch machen zu wollen. Bedingt durch die metaphorische Struktur meines Denkens bin ich in dieser Lage zu keinerlei klaren Formulierungen fähig, sondern nur noch zu absonderlichen syntaktischen Konstruktionen, von denen ich nicht weiß, ob sie später für mich oder sonst jemanden noch interpretierbar sein werden. Ein anderer Grund für die Aufgabe meines ursprünglichen Vorhabens ist, daß meine Erkenntnisse im Verbund mit den Fremdwesen ein Niveau erreichen, das sich mit den gewöhnlichen menschlichen Darstellungsmitteln kaum noch wiedergeben läßt. Schon die Formulierung der Raum- und Zeitspekulationen fiel mir derart schwer, daß ich fürchten muß, gar nicht das wiedergegeben zu haben, was mir durch den Kopf ging.

Wir stehen vor der Vereinigung unserer geistigen Potenzen. Der letzte Schritt zu einem vollständigen gegenseitigen Verständnis ist unsere Einswerdung. Auf dem Weg dorthin steht uns jedoch noch etwas im Wege, und ich beschäftige mich seit gestern nacht mit nichts anderem mehr, als diese Barriere aus dem Weg zu räumen. All die profanen Absichten, die mich überhaupt erst nach Eridanus brachten, sind vergessen. Es zählt nur noch der sich uns eröffnende Weg zur absoluten Erkenntnis, die Möglichkeit, die letzte Strecke auf dem Weg zum Sinn und Zentrum allen Seins dadurch zu überwinden, daß die Aliens mir ihre und ich ihnen meine Dimensionen eröffne. Nichts anderes habe ich in Wahrheit je gewollt.

X.

110. Tag

Benjamin Chip. Die Nacht war ruhig, und ich schlief tief und traumlos. Als ich erwachte, war die Dämmerung bereits vorbei. Die Stürme hatten sich ein wenig gemäßigt, der hohe Wellengang weitgehend gelegt und die Station war völlig ruhig, was mich jedoch eher beunruhigte. Mehrere Stunden verbrachte ich am Morgen damit, die Station Trakt für Trakt sorgfältig zu inspizieren. Norma schlief in ihrem Raum. Ihr Zustand hat sich nicht gebessert, sie ist nur etwas ruhiger geworden. Das Bewußtsein wird sie wohl nie wiedererlangen.

Raymond Jones begegnete mir auf meinem Rundgang nicht, doch mein ungutes Gefühl bestätigte sich dadurch, daß ich im Untergeschoß feststellte, daß er sich an für uns lebenswichtigen Aggregaten zu schaffen gemacht hat, deren Defekte ich glücklicherweise früh genug bemerkte. Ich entdeckte einige Veränderungen an den Wasserfilteranlagen, die in den untersten und am schwersten zugänglichen Ebenen des Maschinengeschosses installiert sind. Wäre ich heute nicht so sorgfältig gewesen, hätte ich nichts davon bemerkt. Dann wäre in wenigen Tagen unsere Wasserversorgung in der Form lahmgelegt gewesen, daß uns im Oberdeck nur noch Meerwasser zur Verfügung gestanden hätte. Jones muß gewußt haben, was er tat, als er dort unten einige kleine, aber wichtige Ventile aufdrehte und mehrere elektronische Überwachungsapparaturen durch Kurzschlüsse außer Kraft setzte. Diese Schäden waren allerdings nicht so schwerwiegend, daß es eines großen Aufwandes bedurfte, sie provisorisch zu beheben. Was mich verwirrt, ist das scheinbar planmäßige Vorgehen Jones'. Bisher hat er nur willkürlich hier und dort Geräte zerstört, Kabinen verwüstet und Material aus den Archiven vernichtet, nun scheint er jedoch seine Kräfte darauf zu konzentrieren, mir möglichst wirksam entgegenzuarbeiten. Sein Wahnsinn erreicht ganz neue Formen. Um seine wahnsinnigen Ziele, die mir völlig unklar sind, durchzusetzen, setzt er seine Intelligenz und sein Wissen ein. Mein Vorteil ist dabei immerhin, daß ich mit den Lebenserhaltungssystemen der Station besser vertraut bin. Was wird geschehen, wenn ich ihn dadurch an seinen neuen Absichten hindere? Was wird ihm dann einfallen?

Trotz allem hat mich diese Entdeckung weniger beunruhigt, als sie es eigentlich hätte tun sollen, denn etwas anderes beschäftigt mich. Zum zweiten Mal mußte ich heute das Verschwinden eines Besatzungsmitglieds feststellen. Sydney Pesh ist nicht mehr aufzufinden. Zunächst fiel es mir nicht auf, weil ich sie in den vergangenen Tagen ohnehin kaum zu Gesicht bekommen hatte. Ich vermutete daher, sie hielte sich – wie üblich – lediglich von den andern fern. Als ich jedoch mit dem zentralen Aufzug in die schmale Parzelle unterhalb des Maschinengeschosses gefahren war, wo sich die Ausstiegschleusen befinden, um zu kontrollieren, ob Jones nicht auf irgendeine Weise den Druckausgleich der Station aus dem Gleichgewicht zu bringen versuchte, sah ich, daß eine der Luftschleusen benutzt worden war. Die Luke, die die Schleuse nach außen hin mit dem Meer verbindet, war offen, der Schleusenraum geflutet. Anfangs redete ich mir ein, daß dies nichts zu bedeuten hatte, schließlich hätte ebensogut Raymond Jones die Schleuse aus irgendeinem Grund in Gang setzen und danach sich selbst überlassen können. Dann fiel mir erst auf, daß in einem Winkel des Schleusenraums noch Fetzen von Sydneys Kleidung hingen. Eine fieberhafte mehrstündige Durchsuchung der Station überzeugte mich schließlich endgültig, daß sie es gewesen sein muß. Vielleicht war ich im Hinblick auf ihre Person zu sorglos. Ich habe mich kaum um sie gekümmert, immer nur darauf vertraut, daß sie die ursprünglich angestrebten Ziele der Expedition tatsächlich erreichen und deshalb in der Lage sein würde, sich jederzeit selbst zu kontrollieren. Dabei habe ich völlig aus dem Blick verloren, was mit ihr geschah. Sie selbst hat mich dazu getrieben, sie zu vernachlässigen. Daß ich ihr nachgegeben habe, sicher aus Angst vor ihr, war ein Fehler. Inzwischen habe ich zuviele Fehler gemacht.

Es wird mir nichts anderes übrigbleiben, als auch dieses Ereignis zu verkraften und mich auch weiterhin auf meine Auseinandersetzung mit Jones zu konzentrieren. Die Reparaturarbeiten, zu denen er mich fortlaufend zwingt, nehmen mehr und mehr Zeit in Anspruch, so daß ich kaum Gelegenheit habe, mir selbst Vorwürfe zu machen. Nun kann geschehen, was will. Ich habe in diesem Drama meine Rolle zugeteilt bekommen und werde sie bis zum Ende durchhalten, selbst wenn es mein Leben kostet. Wenn es ein Ende gibt. Auf irgendeine Weise bin ich mutlos geworden, haben mich die Ereignisse so verändert, daß ich wie eine Maschine zu reagieren beginne, die einem sinnlos gewordenen Programm folgt. Daß mir Ideen fehlen, aktiv gegen Jones vorzugehen, kann nur daran liegen. Ich bin nicht mehr ich selbst. Die Dinge wachsen mir über den Kopf, ersticken mich, so daß ich nicht einmal mehr in der Lage bin, mir selbst die Frage zu beantworten, warum ich das alles überhaupt noch tue. Pent ist verschwunden. Sydney ist verschwunden. Wahrscheinlich sind beide schon tot. Norma hat den Verstand verloren. Vielleicht sollte ich nicht zuviel darüber nachdenken. Ich sollte schlafen, brauche Kraft für den nächsten Tag.

111. Tag

Benjamin Chip. Wie ich heute glaube, hat Jones gestern nicht aus eigenem Antrieb so gehandelt, wie er es tat, sondern irgend etwas muß ihn dazu gezwungen haben, denn heute zeigte sich, welchen Sinn es für ihn hatte, die Wasserfilteranlagen außer Kraft zu setzen. Über Nacht hat er wiederum in den unteren Ebenen des Maschinengeschosses Ventile geöffnet und meine Behelfsreparaturen zerstört. Darüber hinaus war er in den Lagerräumen, in denen sich die Geräte und Materialien befanden, die ich für weitere Reparaturen gebraucht hätte. Er hat alle Ersatzteile entweder zertrümmert oder – vermutlich durch die Schleusen – verschwinden lassen. So konnte ich nichts weiter tun, als zu beobachten, was nun geschah. Aus den Versorgungsleitungen im Oberdeck strömte Meerwasser, wobei die Zuleitungsventile auf manuelle Betätigung nicht mehr reagierten, denn sie waren so weit beschädigt worden, daß sie nicht mehr dicht waren. Ich konnte nur wenige Ventile notdürftig, wenn auch nicht dauerhaft abdichten. Im Wohn- und Laborflügel waren manche Räume regelrecht überflutet. Ich gab rasch meine Bemühungen auf, dagegen etwas zu unternehmen. Statt dessen beobachtete ich in den betroffenen Räumen einige Phänomene, die mich zu dem Schluß kommen ließen, daß Jones' Aktionen einzig dem Zweck gedient hatten, auf dem Weg über die Wasserzuleitungen die Aliens in die Station einzuschleusen. Sie müssen ihn unter Kontrolle bekommen haben, denn bis gestern gab es noch keinerlei Anzeichen dafür, daß seine Handlungen irgendwie zielgerichtet sind. Nun aber hat er durch seine Zerstörungen den Aliens die Möglichkeit eröffnet, ins Innere der Station vorzudringen. Obwohl ich über die Ereignisse von Sydneys Arbeiten halbwegs informiert bin und mir in groben Zügen ein Bild davon machen kann, in welcher Weise sich die Aliens physisch und psychisch vom Menschen unterscheiden, habe ich keine Anthaltspunkte dafür, ob ich sie als gefährlich einschätzen soll, wenngleich mich meine eigene Angst gelegentlich dazu drängt.

Das Meerwasser, das in die Räume gedrungen war, kroch auf unerklärliche Weise senkrecht an den Wänden hoch und streckte sich wie der Körper einer großen Amöbe über Einrichtungsgegenstände aus, so daß innerhalb einer Stunde jeder Gegenstand, den ich berührte, von einem mehrere Millimeter dicken, schleimigen Film von großer Oberflächenspannung bedeckt war. Ich konnte – ohne meine Haut zu benetzen – die Finger in Pfützen dieser Substanz tauchen, sie fühlte sich an, als wäre es Quecksilber, doch auf irgendeine Weise hatte sie noch immer die Eigenschaften von Wasser. Wenn man sie durch Erschütterung bewegte, schien sie dünnflüssig und sie hatte außerdem etwa denselben Brechungsindex wie Wasser. Noch unerklärlicher war, wie (anfangs selten, später häufiger) Farbeindrücke in der klaren Masse entstanden. Zunächst schimmerte es in den schlechter beleuchteten Winkeln der Räume in metallischem Blau, dann färbte sich die ganze Substanzmenge eines Raumes abwechselnd rot und grün, wobei diese

Farben nie völlig einheitlich waren, sondern die unterschiedlichsten Schattierungen zeigten, von dunklen, kräftigen bis zu den schwächsten und kaum mehr wahrnehmbaren Tönungen.

Am frühen Abend trennten sich die Substanzen der verschiedenen Räume in zahllose unzusammenhängende Lachen auf, die so etwas wie ein Eigenleben entwickelten. Einige krochen langsam durch die Türspalte auf die Flure hinaus und benetzten die Wände, andere erklommen in den Räumen die Decke und hingen bald wie lange Schleimfäden hinab. Als ich dabei war, diese Bewegungen zu untersuchen, um festzustellen, ob sie irgendwie zielgerichtet waren, hörte ich Norma in ihrem Zimmer schreien. Als ich die Tür zu dem Flügel öffnete, in dem sich die Krankenstation befindet, kam sie mir entgegengerannt, doch ich konnte sie nicht aufhalten. Ich war von ihrem Auftauchen so überrascht, daß ich nicht einmal darauf achten konnte, wohin sie floh. Statt dessen sah ich in ihrem Raum nach dem, was sie so erschreckt hatte. Auf dem Flur rutschte ich über einige Lachen und fiel mehrmals zu Boden, bevor ich Normas Zimmer erreichte. In den Raum selbst wagte ich mich zunächst nicht vor. Wie durch alle Krankenräume laufen auch durch seine Wände erheblich mehr Wasserleitungen als in den gewöhnlichen Wohnkabinen, so daß heute durch jedes Zulassungsventil und die feinsten Ritzen in den Wänden Wasser quoll – oder besser das, was ich anfangs für Wasser gehalten hatte. Die Substanz vereinigte sich auf dem Boden des Raumes zu einer kniehohen, wabernden Masse, die an den Seitenwänden hochgekrochen war und lange Schleimlappen von der Decke hängen ließ. In der Mitte, fast genau über dem Sessel, in dem Norma gesessen hatte, ragte ein großer, rötlicher Ballen herunter, dessen Umrisse sich ständig veränderten. Manchmal ahmte er die Form von Gegenständen nach, die in dem Raum standen. So schienen einige Male lange Kabelbündel von der Decke zu hängen, dann aber zog er sich auf ein minimales Volumen zusammen, bevor er sich wieder aufblähte und die Form eines menschlichen Kopfes imitierte. Als ich zögernd durch die langsam von mir zurückweichende Masse in den Raum trat, um das von mir abgewandte Gesicht des Kopfes zu sehen, glaubte ich für einen Moment, die Züge von Sydney Pesh erkannt zu haben, bevor das Ding sich wieder zusammenzog und ein neues Objekt aus sich herausstülpte: diesmal einen schlanken Arm, dessen Finger hastig ins Leere griffen. Um zu verhindern, daß sich die Aliens meines Körpers bemächtigten, verließ ich den Raum nach dieser Beobachtung sofort wieder und schlurfte über die nassen Flächen auf dem Gang, die sich bei meiner Annäherung teilweise verfärbten, meistens zu einem schwachen Blau – bis ich vor mir auf dem Boden die stilisierten Umrisse eines menschlichen Körpers sah, die sich, als ich über sie hinwegschritt, wie durch einen Windstoß wieder verflüchtigten. An den Stellen, wo ich auf die Masse getreten war, bildeten sich rotgefärbte Einbuchtungen.

Bald war beinahe das ganze Obergeschoß mit den sich unaufhörlich fortbewegenden Lachen bevölkert. Es gab kaum noch einen Raum, in den sie nicht vorgedrungen waren. Erst vor einigen Stunden hat das ständige Zuströmen neuer Substanz durch die Wasserzuleitungen aufgehört. Norma hat sich nun wohl irgendwo versteckt. Ich konnte mich nicht um sie kümmern, weil mir ohnehin kaum Zeit blieb, mir einen Raum herzurichten, in dem ich die Nacht verbringen konnte. Ich entschied mich für einen der Lagerräume, die von der Empfangshalle abzweigen, und dichtete ihn soweit ab, daß durch die Tür keine Flüssigkeit mehr eindringen konnte. Beruhigend kommt hinzu, daß hinter den Wänden dieses Raumes keinerlei Wasserzuleitungen verlaufen.

Kurz bevor ich diese Eintragung abzufassen begann, machte ich noch einen Rundgang durch die Station. Wie ich feststellen konnte, hat die merkwürdige Substanz nirgendwo Zerstörungen hinterlassen. Sie ist lediglich bis dorthin vorgedrungen, wo es das Material zuläßt. Manche Räume sind inzwischen fast vollkommen von der Masse gefüllt, doch wenn sich eine Tür öffnet, quillt nichts auf den Flur. Der Raum scheint dann wie von einem gewaltigen Schleimballen zugepfropft. Offensichtlich ist die Substanz in der Lage, ihre physikalischen Eigenschaften beliebig zu ändern. Sie kann geleeartige wie dünnflüssige Konsistenz annehmen, ebenso wie ihre Farbe von wasserklar über das ganze Spektrum bis zu tiefviolett variieren kann. Einmal wagte ich es, mich in einen derart gefüllten Raum hineinzuzwängen, nur um zu sehen, was dann geschieht. Die Masse wich vor mir zurück und zog sich derart zusammen, bis sie nur noch wenige Zentimeter hoch den Boden und die Wände bedeckte, wie ein dünner Film. Wenn ich wieder zurückging, quoll sie erneut auf. Ich führte dieses Experiment einige Male mit nahezu gleichem Ergebnis durch, nur einmal erlebte ich in einem der Räume etwas Einzigartiges. Es war eine der von Jones verwüsteten Wohnkabinen. Ich vermute, sie gehörte Sydney Pesh, doch ich weiß es nicht genau. An einer Wand hing ein Spiegel, der hauchdünn mit Flüssigkeit bedeckt war. Als ich zufällig in ihn hineinsah, blickte ich nicht in mein eigenes Gesicht, sondern in das Sydney Peshs. Zunächst war ich so erschrocken, daß ich hinauslief, aber als ich später zurückkehrte, war die Erscheinung verschwunden.

Ich sitze nun in dem Lagerraum und habe noch einmal meine Tagebucheintragungen der vorigen Tage durchgesehen. Nach allem, was geschehen ist (vor allem, was *mit mir* geschehen ist), hätte mich der heutige Tag völlig verängstigen müssen, doch eher das Gegenteil war der Fall. Daß endlich etwas geschehen ist, das ich ganz klar beobachten, buchstäblich mit eigenen Augen sehen kann, hat mir neue Kraft gegeben. Die vorangegangenen Ereignisse haben mir immer nur Folgen hinterlassen, mit denen ich fertig werden mußte. Nun aber, zumindest heute, bin ich unmittelbar *dabei*, so verrückt es sich anhört. Wenn ich auch kaum begreife, *was* sich hier abspielt, ist mir viel wohler dabei, es wenigstens beobachten zu können.

112. Tag

Benjamin Chip. Heute morgen beschloß ich, endlich die Leute auf RUBIKON-3 zu verständigen, denn inzwischen gibt es keine Risiken mehr, die ich nicht einzugehen bereit wäre. Aus diesem Anlaß kam es mir plötzlich ungeheuer verrückt vor, daß ich mich bisher nicht zu diesem Schritt hatte entschließen können. Nur schwer konnte ich mir bei dem Gedanken Selbstvorwürfe zurückhalten, zumal sich kurz darauf herausstellte, daß es nun endgültig zu spät ist, Hilfe zu rufen. Über Nacht haben sich die Aliens in der ganzen Station ausgebreitet, sind in die Computeranlagen eingedrungen und belagern inzwischen das gesamte Obergeschoß. Obwohl nichts beschädigt worden ist, haben sie allein durch ihre Anwesenheit diverse Anlagen außer Betrieb gesetzt. So sind nicht nur die radioastronomischen Anlagen, sondern auch die Funkgeräte nicht mehr benutzbar. Ich habe den ganzen Vormittag die Geräte zu reinigen versucht, aber es half nichts. Es gab keinen Fehler zu finden, der offensichtlich für ihr Nichtfunktionieren verantwortlich gewesen wäre. Irgendein Einfluß, von dem ich nichts anderes weiß, als daß er da sein muß, dämpft im Bereich der Station alle elektromagnetischen Strahlungen. Damit, daß die Feuchtigkeit in den Geräten Kurzschlüsse bewirkt haben kann, hat dies anscheinend nichts zu tun. Bemerkenswerterweise sind nämlich die primären Lebenserhaltungssysteme von dem Ausfall nicht betroffen. Allmählich wird mir klar, daß das Verhalten der Aliens mir gegenüber keinesfalls feindlich gesinnt, sondern schlimmstenfalls gleichgültig ist. Sie wollen nichts weiter, als die Station erforschen, und räumen sich dafür alle Hindernisse aus dem Weg, geben aber gleichzeitig darauf acht, daß niemandem etwas geschieht. Heute war diese Vorsicht übrigens weit ausgeprägter als gestern. Wohin ich auch ging, wich die inzwischen in Tausende, meist höchstens einen Liter umfassende Partikel aufgelöste Masse vor mir zurück, krochen die Lachen, wenn ich näherkam, die Wände hoch oder räumten einfach dort, wo ich entlangging, den Boden frei.

Größere Sorgen als um das Verhalten der Fremdwesen muß ich mir um Raymond Jones machen. Ganz offensichtlich ist er wieder ihrem Einfluß entkommen und gibt sich erneut einer planlosen Zerstörungswut hin. Heute war er in den Archiven und hat ein zweites Mal große Mengen an Datenmaterial unbrauchbar gemacht und über die Gänge des Wohnflügels und den Boden der Empfangshalle verstreut. Ich legte es heute bewußt darauf an, ihm zu begegnen. Ich bewaffnete mich mit einem Trümmerstück und war fest entschlossen, ihn endlich zu stellen, doch obwohl ich die Station über vier Stunden systematisch durchkämmte, fand ich ihn nicht. Mehrmals glaubte ich, er sei ganz in der Nähe, ich hörte schon in einem der Nebengänge Schritte, doch zweimal entwischte er mir, und ein drittes Mal war es Norma Mitchinson, die mir begegnete. Sie flüchtete in einen Quergang, als sie mich sah. Ich ließ sie laufen.

Am frühen Abend verschmolzen die Aliens nach und nach wieder zu einer Einheit. Zwischen den einzelnen Substanzmengen, die wie Amöben überall im Oberdeck der Station zu finden waren, bildeten sich teilweise mehrere Meter lange Verbindungen, wie dicke Schleimfäden. Ich konnte beobachten, wie mit solchen Schleimfäden Verbindungen zu den Zuleitungsventilen und Fugen in den Metallwänden geschaffen wurden, durch die die Aliens gestern eingedrungen sind. Als vermutlich auf diese Weise wieder eine Verbindung zur Außenwelt geschaffen worden war, zog sich die gesamte im Oberdeck befindliche Substanz in einem Flügel zusammen und begann anscheinend systematisch die einzelnen Flügel zu untersuchen, indem sie sich in Form einer zähen, schleimigen Flut durch die Gänge wälzte, wobei sie sich, wenn ich ihr näher kam, stets zu einer schmalen Gasse öffnete, durch die ich unbeschadet gegen ihre eigene Bewegungsrichtung angehen konnte. Im Wohnflügel nahm dieses große Gebilde seinen Anfang. Es schob sich zunächst langsam in die Halle, bevor es in den nächsten Flügel eindrang. Während es sich vorwärtsbewegte, schob es sich immer wieder teilweise durch die Türspalte in die seitlich anliegenden Räume. Nach einer Weile konnte ich beobachten, wie das Gebilde die auf diese Weise gewonnenen oder nach den gestrigen Anfängen vertieften Eindrücke quasi verarbeitete. Zunächst glaubte ich, die Masse hätte Gegenstände aus diversen Räumen mit sich geschleppt. Ich sah mitten in dem schleimigen Berg Behälter, Kassetten und sogar Stühle und Computerbildschirme schwimmen, doch später erkannte ich, daß dies lediglich Imitationen waren, gefärbte Auswüchse der gallertigen Substanz, die sich ständig zu neuen Formen wandelte. Hin und wieder tauchten darunter gelegentlich sogar menschliche Formen auf; Teile weiblicher Körper, Gesichter, Schultern, Hände und Beine. Mehrmals sah ich wenige Meter vor mir Sydney Peshs nackten Körper in den gallertigen Wellen treiben. Die Imitation war dabei bis auf die blaßweiße Farbe derart perfekt, daß ich erst, als sich das Gebilde wieder der übrigen Substanz anglich, erkannte, daß es nicht tatsächlich Sydneys Körper war. Interessant war der Gesichtsausdruck der Imitation, der in verblüffender Weise dem geschäftig-kühlen Ausdruck glich, den ich von Sydney in Erinnerung habe. Selbst als ich später mehrmals Pents Gesicht vor mir auftauchen sah, konnte ich nicht den Hauch von Angst in diesen nachgeformten Zügen erkennen. Obwohl sich bald eine Art Prozession imitierter organischer oder anorganischer Materie durch die Korridore schob und auf den langsam bewegten, schleimigen Wellen eine unübersehbare Fülle von Gegenständen trieb, hatte ich bei all dem niemals ein Gefühl von Ekel oder Bedrohung, ganz gleich, in welch seltsamer Weise Einrichtungsgegenstände aus den Kabinen auch in Bruchstücke menschlicher Körper übergingen. Die Erforschung des Oberdecks durch die Aliens ging friedlich vonstatten, doch sie beschränkten sich nicht darauf, nur das Innere der Station zu ertasten. Wie ich am frühen Abend beobachten konnte, krochen selbst über die Außenwände der Station zunächst vereinzelte Lachen dieser inzwischen zähflüssigen Substanz, bis nach einer Weile die ganze Station in eine dünne Haut gehüllt war, die immer, wenn ich ans Fenster trat, eine Fläche von einigen Quadratmetern freigab.

Das Wetter draußen war heute außerordentlich mild, und der Nebel hatte sich zum ersten Mal, seit ich auf Eridanus bin, soweit gelichtet, daß ich schätzungsweise über einen halben Kilometer relativ klare Sicht hatte. Dies bot mir die Gelegenheit, ein eigenartiges Schauspiel zu beobachten. In einiger Entfernung, es mögen etwa dreihundert Meter gewesen sein, begann sich die Meeresoberfläche stärker als in unmittelbarer Umgebung der Station zu kräuseln, so als bewege sich unter ihr irgend etwas. Schließlich trieb innerhalb weniger Minuten ein immens großes Gebilde an die Oberfläche, bis es rund fünfzehn Meter in den Nebel ragte. Zunächst waren die Umrisse des Dings noch verschwommen und die Farbe seiner Oberfläche war silbergrau, dann aber klärte sich seine Form soweit auf, bis ich dort draußen ein dreidimensionales Abbild unserer Station treiben sah. Der Nebel mag über die Entfernung einiges verzerrt haben, doch ich glaube, die Imitation war vollkommen bis ins letzte Detail: wie ein Spiegelbild, ein aktuelles Spiegelbild sogar, denn einmal, als der Nebel für Bruchteile von Sekunden die Sicht völlig freigab, sah ich mich selbst am Fenster der nachgeahmten Station stehen. Selbst die erschrockene Bewegung, mit der ich auf diesen Anblick reagierte, wurde nachempfunden (wenn man es so nennen will). Kurz darauf verdichtete sich der Nebel erneut, und das Ding verschwand, so plötzlich wie es aufgetaucht war, wieder in den Fluten.

Ich habe keine Angst, sondern völliges Vertrauen in die Friedfertigkeit und Vernunft der Aliens. Selbst wenn ich sie nicht begreife – und obwohl sie mir die Möglichkeit zum Funkkontakt mit RUBIKON-3 genommen haben –, glaube ich (falls es mir gelingen sollte, Raymond Jones unschädlich zu machen) einen Zustand erreicht zu haben, der mir nur lieb sein kann. Ich spüre hinsichtlich der Fremdwesen keinerlei Annäherung mehr. Sie versuchen auf keine Weise, mit mir Kontakt aufzunehmen. Sie wollen nur forschen, und nehmen dennoch gewissermaßen Rücksicht. Von ihnen droht mir keine Gefahr. Sie werden sich schon bald wieder zurückziehen, denke ich, und dann wird alles vorbei sein, und ich werde Hilfe rufen können. Beinahe kommt es mir so vor, als hätten sie mich vor weiteren Dummheiten und dem endgültigen Zusammenbruch bewahrt. Nur die Konfrontation mit Jones steht mir noch bevor.

113. Tag

Benjamin Chip.

Ich habe lange geschlafen und versucht, mich möglichst gründlich auszuruhen, um mir die Gelegenheit, Jones zu stellen, nicht entgehen zu lassen, falls er mir begegnet. In der Nacht habe ich die Tür zu dem Lagerraum, in dem ich schlief, fest verschlossen und mich durch nichts, was draußen geschah, irritieren lassen. Jones muß endgültig durchgedreht sein. Ich hörte ihn in der Nacht auf den Korridoren toben und Einrichtungen zerstören, doch ich war entschlossen, mir die Entspannung, die ich zur Vorbereitung unbedingt brauchte, nicht nehmen zu lassen. Der gestrige Tag hat mir, obwohl ich die meiste Zeit nur damit verbrachte, die Aliens bei ihren Unternehmungen zu beobachten, nicht weniger Kraft als die vorigen gekostet. Ich wollte nicht das geringste Risiko eingehen, Jones irgendwie einen Vorteil zu bieten, zumal er durch seine vom Wahnsinn geschürte Kraft ohnehin schon genug Vorteile haben dürfte. Gegen Morgen wurde der Lärm leiser, bis er schließlich ganz erstarb. Ich schlief darauf noch einige Stunden, bis ich mich zur späten Vormittagszeit hinauswagte. Die Aliens hatten sich zu diesem Zeitpunkt beinahe völlig zurückgezogen, lediglich in den Räumen, durch die sie eingedrungen sind, konnte ich noch die sich zurückziehenden Reste der schleimigen Substanz beobachten. Das Wetter draußen war ruhig, die Station daher nahezu völlig still, so daß ich selbst aus entfernteren Korridoren jeden Laut hätte hören können. Doch vorerst blieb es still.

Ich begegnete Jones in einem Archivraum, den ich sehr unvorsichtig betrat. Zum Glück war er nicht bewaffnet. Er griff mich hinterrücks mit bloßen Händen an, und obwohl er sehr kräftig war, konnte ich ihn mit einigen Schlägen der Metalleiste, die ich ständig mit mir trug, abschütteln. Unsere Auseinandersetzung war kurz, aber er kämpfte mit einer solchen Härte, daß mir für den Moment nichts anderes übrigblieb, als zu fliehen. Er verfolgte mich bis ins Maschinengeschoß, wo ich ein sicheres Versteck fand. Ich hörte ihn vor Wut toben, und mir wurde klar, daß sich ab heute seine ganze Aggresivität gegen mich als Person richten würde. Es war ein Irrtum, mir im offenen Kampf mit ihm eine Chance auszurechnen. Ich muß mir etwas anderes einfallen lassen. Er ist mir körperlich weit überlegen.

Am Abend verließ ich die Maschinenhalle und sperrte mich im Obergeschoß in den Vorratsraum ein. Seitdem ist es wieder still.

Diese Eintragung ist das letzte erhalten gebliebene Dokument, auf das ich mich für eine Rekonstruktion der darauffolgenden Tage stützen kann. Alle anderen, zumeist nur fragmentarischen Aufzeichnungen, die ich bis hierhin noch nicht zitiert habe, erlauben entweder wegen ihres wirren Inhalts oder ihres unbestimmbaren Entstehungsdatums keine weiteren Rückschlüsse, so daß sich meine abschließenden Vermutungen in wenigen Sätzen zusammenfassen lassen. Es ist nicht auszuschließen, daß die Dokumente, auf die ich meine Rekonstruktion stütze, auch andere Interpretationen zulassen, wenn man einen Weg findet, sie bis ins Detail zu deuten.

Alles deutet darauf hin, daß es am folgenden Tag zur letzten (vermutlich von Jones provozierten) Konfrontation zwischen ihm und Benjamin Chip kam. Laut Chips Erinnerungen müssen sich die Aliens in der Nacht zum 113. Tag vollends aus der Station zurückgezogen haben, so daß alle Begleitumstände, die Jones' Amoklauf möglicherweise noch in Grenzen gehalten hatten, verschwunden waren und seiner sinnlosen Zerstörungswut nichts mehr im Wege stand. Alle Beschädigungen, die ich selbst während meines Aufenthalts auf der Station feststellte, sind nachweislich von Jones verursacht worden, denn wie Chip in seinen Aufzeichnungen berichtet, waren die Funk- und Computeranlagen während der Anwesenheit der Aliens lediglich außer Kraft gesetzt, funktionierten aber später wieder problemlos. Bis heute habe ich keine von den Aliens angerichteten Zerstörungen ausmachen können; die drei Tage, die sie auf der Station verbrachten, verliefen von ihrer Seite ungemein friedlich. Lediglich die Filteranlagen, die Jones wahrscheinlich unter dem Einfluß der Fremdwesen außer Kraft setzte, waren zum Zeitpunkt meiner Ankunft funktionsuntüchtig, sonst wies nichts mehr auf ihre zurückliegende Anwesenheit hin.

Benjamin Chip traf am folgenden Tag nach einer mehrstündigen Verfolgungsjagd durch das Obergeschoß in der Maschinenhalle mit Jones zusammen, wobei dieser ihn nach einer kurzen Auseinandersetzung über die Brüstung eines Laufstegs stürzte. Chip brach sich einen Arm und blieb für unbestimmte Zeit bewußtlos (nach dem Zustand von Jones' Leiche zu urteilen, können es jedoch höchstens zwei Tage gewesen sein). Kurz darauf tötete sich Jones im Obergeschoß auf erwähnte Weise selbst. Als ich später auf der Station eintraf, war Chip gerade wieder zu Bewußtsein gekommen und konnte mich, als ich im Obergeschoß den Wohn- und Archivflügel inspizierte, glücklicherweise auf sich aufmerksam machen. Wir fanden Norma Mitchinson, die sich im Trakt der radioastronomischen Anlagen versteckt hielt, und entdeckten Raymond Jones' Leiche.

Ich übergebe diese Rekonstruktion in der Hoffnung, daß die Crew von RUBIKON-3 wissen wird, welche Schlüsse aus den Vorfällen zu ziehen sind und welche Auswirkungen sie auf die weitere Eridanus-Forschung haben müssen. Die von mir geleistete Arbeit mag lückenhaft und grob sein, vielleicht sogar in sich widersprüchlich und dem zuwiderlaufend, was wir selbst wissen; ich hoffe dennoch, daß ich mit ihr eine Warnung ausgesprochen habe, die mir sehr am Herzen liegt. Ich möchte mir einen umfangreichen Kommentar sparen, denn es fällt mir schwer, mich klar und sachlich zu Dingen zu äußern, die mich in einer solchen Weise berühren. Deshalb bleibt mir nichts anderes übrig, als meine Bedenken letztlich unausgesprochen zu lassen und darauf zu vertrauen, daß andere von den zurückliegenden Ereignissen ebenso beunruhigt sein werden wie ich. Ben Chip teilte ähnliche Ängste mit mir und ist froh, die Station in wenigen Tagen verlassen zu können. Vielleicht wird er besser als ich dazu in der Lage sein, seine Empfindungen zu artikulieren.

Mir bleiben nun gut zwei Wochen, bis die nächsten Teams kommen und mich hier ablösen werden, und ich weiß, daß mir bis dahin einige schwierige Tage bevorstehen. Man hat mir die Aufgabe übertragen, soviel für die Aufräumungs- und Reparaturarbeiten vorzubereiten, wie mir derzeit möglich ist, und sobald ich auf neue Hinweise stoße, die Leute auf RUBIKON-3 zu verständigen. Bis zu meiner Rückkehr werde ich geduldig auf weitere Instruktionen warten, doch schon jetzt, noch bevor die Rekonstruktion in den Händen meiner Vorgesetzten ist, wünsche ich mir, wir würden die Station aufgeben und uns für immer von diesem Planeten zurückziehen. Ich kann nicht erklären, warum ich diesen Wunsch habe, doch ich hoffe, man wird mich verstehen.

XI.

ad acta: bert traven, code nr. 24 56 978 X,
persönliche aufzeichnung travens, die noch
vor dem eintreffen der rettungsmannschaften entstand
planetare forschungsstation eridanus
RUBIKON-3

Heute konnte ich endlich meine Arbeiten an der Rekonstruktion beenden und den Stapel an Dokumenten, Tonbandaufzeichnungen und den von mir verfaßten Manuskripten beiseite legen, um sie später den Rettungsmannschaften zu übergeben. Die Fertigstellung der Rekonstruktion hätte mich eigentlich beruhigen müssen, denn sie bedeutete, nachdem ich über die vielen Seiten, die ich hatte schreiben müssen, das Schicksal der Besatzung quasi selbst hatte miterleben können, so etwas wie einen Schlußstrich, doch ich spüre, daß ich diese Illusion wohl nicht lange werde aufrechterhalten können, denn – ich habe es mit den Schlußworten meines Manuskripts anzudeuten versucht – etwas ist nach allem geblieben, was mich beunruhigt und mich daran zweifeln läßt, ob nun wirklich alles vorbei ist. Arthur Pent, Sydney Pesh und Raymond Jones sind tot, der Rückgang von Chips Amnesie stagniert nach anfänglichen Erfolgen, Norma Mitchinsons Zustand hat sich kaum geändert, geschweige denn verbessert, das Meer im Umkreis der Station ist ruhig, die radioastronomischen Anlagen registrieren weder auffällige Störungen noch Signale besonderer Art; kurz: alles scheint darauf hinzudeuten, daß die in der Rekonstruktion geschilderten Ergebnisse nichts weiter als ein Alptraum waren. Dieser Anschein bewirkt in mir einen merkwürdigen Zwiespalt. In meinen Gesprächen mit Benjamin Chip nehme ich eine andere Position als auf dem Papier ein, gebe mich nämlich, wie es

Jones an meiner Stelle getan hätte, wenn auch etwas gemäßigter. Sydney Peshs Erkenntnisse, die sie in der Phase vor den Experimenten hinsichtlich der physischen und psychischen Struktur der Aliens gewann, scheinen mir zumindest in sich schlüssig zu sein und – in Anbetracht dessen, was wir schon vorher von den physikalischen Bedingungen auf Eridanus wußten – sogar wahrscheinlich, setzt man auf diesem Planeten tatsächlich intelligentes Leben voraus. In den theoretischen Grundlegungen der psychedelisch stimulierten Experimente sehe ich jedoch durch nichts zu beweisende Spekulation; die metaphysisch dominierten Visionen, die Pesh und ihre Kollegen beschrieben, lassen sich ebensogut auf bloße, durch die vorangegangenen psychologischen Übungen verzerrte Drogenwirkungen zurückführen. Benjamin Chip reagiert auf solche Einwände, obwohl sie große Teile meines Berichts in Frage stellen, sehr gefaßt, manchmal habe ich den Eindruck, als sei es ihm schlußendlich doch gleichgültig, wie ich oder irgendwer sonst auf seine Behauptungen reagieren. Er erklärt mir immer nur, daß er über Sydneys Theorien immer nur lückenhaft informiert gewesen sei und deshalb eigentlich von dem intellektuellen Einfluß, den sie auf die Besatzung ausgeübt hat, verschont geblieben wäre, hätte sich alles so ereignet, wie ich es zu vermuten vorgebe. Auf diese Weise hätte er sich auch den Wirkungen entzogen, mit denen Sydneys Einfluß verbunden war, und wäre so der Gruppensuggestion, als welche ich die Psychosen der letzten Tage interpretiere, nicht erlegen, zumal er nie Drogen zu sich nahm. Dennoch hatte er schon vor Beginn der Experimente Einflüsse gespürt, die physisch nicht faßbar gewesen waren. Aus diesen und den Ereignissen der letzten Tage schöpfte er Ahnungen, die ihn nun daran zweifeln lassen, daß alles auf so betont logische Weise zu erklären ist, wie ich es versuche. Ich glaube, die Erfahrungen haben ihn verändert und sein Empfinden sensibilisiert, denn es ist ihm sichtlich nicht entgangen, daß ich in Wahrheit nicht so empirisch denke, wie ich es vorgebe. Wäre dies tatsächlich der Fall gewesen, hätte ich die Rekonstruktion auf ganz andere Weise verfaßt.

Denn tatsächlich spüre ich ebenso wie er auf unbestimmbare Weise, daß uns das Wissen um die vorangegangenen Ereignisse und die persönlichen Erlebnisse der beteiligten Personen die Augen für unsere Grenzen geöffnet hat. Ich kann nun nicht mehr an ein prinzipiell unbegrenztes Vermögen des menschlichen Geistes glauben, auch wenn ich mich verzweifelt dazu durchzuringen versuche. So sachlich ich das Problem auch fassen möchte, so bleibt doch immer etwas unklar im Hinterkopf, ein vages Gefühl der eigenen Begrenztheit. So orientiert sich mein Denken in den letzten Tagen an zwei Polen: die sachliche Kühle des Tages und die mystische Stimmung der Nacht, die alles in ein anderes Licht setzt. Tagsüber rede ich mit Chip, bemühe mich darum, seine gedämpfte Stimmung aufzuheitern, was angesichts seiner körperlichen und geistigen Erschöpfung ziemlich schwierig ist; nachts aber träume ich oft ohne zu schlafen, liege ich wach in meiner Kabine und wage es mitunter (so wie es Norma Mitchinson vor mir tat), ohne es eigentlich zu wollen, vorsichtige Blicke durch das schmale Fenster zu werfen. Gelegentlich schlafe ich dann ein, ohne mir eines Übergangs aus dem Wach- in den Schlafzustand bewußt zu sein. Sydney Peshs Ansätze zu einer eigentümlichen dialektischen Philosophie, die sich bei ihrer Beschäftigung mit den Aliens herauskristallisierte, scheinen mir nicht unbegründet zu sein. Beide Gegenpole, die sich in mir zur Zeit vereinigen, führen mich zu demselben Mittelpunkt, der bislang für mich noch unklar bleibt: sie deuten mir die Grenzen an, denen ich unterworfen bin ohne es bislang gewußt zu haben, doch diese Grenzen sind in ihrer letztendlichen Bedeutung nicht faßbar. An sie zu stoßen heißt, an ihnen zu zerbrechen; das Ziel und Zentrum allen Seins muß im Dunkeln bleiben, sonst wären der Geist und die Wirklichkeit ihrer Basis beraubt, ihrer Dynamik, der Quelle aller Veränderungen und somit Quelle der Zeit, jenes Maßstabs, an dem das Leben gemessen wird.

Seit Tagen erfüllt meine Träume eine Vision, deren Sinn ich nicht deuten kann und die in keinem Zusammenhang zu den aktuellen Problemen zu stehen scheint. Es begann vor einigen Tagen, da kristallisierten sich Bruchstücke dieses Bildes heraus, das erst vor zwei Nächten klar wurde und sich heute nacht zu einer Bildfolge – einer kurzen, symbolträchtigen Sequenz – vervollständigte, die von Gefühlen begleitet wird, die ich nur in umständlichen Formulierungen ausdrücken kann. Ich fühle einen Hintersinn, doch ich begreife ihn nicht.

Dunkle Wolkenberge ziehen über weites Brachland hinweg, türmen sich schwarz und urgewaltig über mir auf, als drohten sie, Sintfluten über mich zu ergießen. Wie seit unbemessener Dauer schon bahne ich mir meinen Weg über das schottrige Gestein, vorbei an Geröllhalden und Findlingen, die von längst verebbten Meeren angeschwemmt wurden. Der Boden unter meinen Füßen gibt trocken den Schritten nach, ist durstig wie ein Wanderer in der Wüste vor dem Verenden und trägt kein Leben mehr in seinen Poren. So trostlos das alles ist, so spüre ich doch an der Stille, daß etwas Großes erwartet wird, der Umschwung in eine neue Zeit.

Wo ich bin, weiß ich nicht, wußte es nie und werde es nie wissen. Ich könnte nur sagen, es ist lange her, seit jene Erinnerung entstand, länger noch, als jene andere Wirklichkeit war. Mein Weg ist Zeit, und nicht mehr als Zeit verlebt zu haben, scheint mir sicher. Trotzdem versuche ich mir Wissen einzureden, Wissen um den Ursprung dieser Landschaft, um die Zukunft, die ihr vorausliegt, die Vergangenheit, die sie hinter sich hat. So geht es sich leichter voran.

Wozu ich bin, weiß ich nicht, wußte es nie und werde es nie wissen. Ich wandere, weil nichts anderes zu tun mir bleibt, weil ich schwach bin, nichts gegen das verrichten kann, was mich umgibt. Unendlich sind Zeit und Raum, unendlich eng jedoch sind meine Grenzen. Es hilft, mir Bedeutung anzudichten, zu träumen, dies alles sei nur für mich inszeniert worden. Trotz allem: einen Sinn muß es haben, daß ich hier bin.

Nach langem Weg erreiche ich im Morgengrauen das erste Tal, das sich unabsehbar weit und dunkel vor meinen Füßen auftut und dessen Grund von Nebeln verschleiert ist. Hier warte ich ängstlich, obwohl mich etwas drängt, den Weg fortzusetzen, mir nicht erlaubt, stehenzubleiben. Ich blicke zum Himmel und sehe, daß der Regen so gewaltig zu werden droht, daß ich Angst haben muß, ertränkt zu werden. Doch noch bevor ich mich zu etwas entschlossen habe, bersten die Wolken, fällt Regen aufs Land, der das Tal überschwemmt. Unfaßbar schnell, in Sekundeneile verändert sich das Bild, das mich umgibt. Doch nichts geschieht mir.

Die schwarze Decke über mir reißt auf, gibt dem Licht den Weg frei, der Boden unter mir saugt gierig das langerwartete Naß auf. Binnen Sekunden erscheint er fruchtbarer, als ich ihn je zuvor gesehen habe. Inmitten dessen bin ich still und zittere, weil ich nichts verstehe. Erstmals komme ich nicht umhin, zu bekennen, wie wenig ich bin, doch gleichzeitig erkenne ich, daß ich als Staubkorn im Wind, als Tropfen im Ozean nicht bedeutungsloser bin als all das, was mich umgibt. Denn auch die Wolkenberge sind nur Milliarden Tropfen, so wie das endlose Land nur ein Teppich aus endlos vielen Staubkörnern ist. Und ich bin eines davon. Noch dazu mit Verstand. Doch auf meine Weise bin ich allein, was mich zu dem Schluß kommen läßt, daß ich vielleicht nur existiere, um meinesgleichen zu finden.

Gestärkt von dieser Ahnung setze ich, noch bevor der Regen verebbt, meinen Weg schon fort.

Der Abgrund zwischen den Gegenpolen, die mich bestimmen, wird größer, die Träume intensiver und rätselhafter, meine Versuche, alles Geschehene auf nüchternem Wege zu erklären, verzweifelter. Chip scheint zu spüren, was mit mir vorgeht, doch er wird mir nicht helfen können, er ist froh, daß er seine Angst selbst teilweise überwunden hat, wobei ihm die Tatsache, daß er vieles vergaß, wohl eine große Hilfe war. Woher *meine* Angst kommt, die mich in immer stärkerem Maße einnimmt, ist mir rätselhaft. Ich suche und werde auch weiterhin nach einer beruhigenden Erklärung für alles suchen. Wenn mir dies nicht gelingt, dann wenigstens nach einer Bestätigung der Ahnungen, die mein klarer Verstand oder das, was ich so nenne, ablehnt. Und allmählich wird der Blick auf meine Grenzen klarer, und die Hoffnung, die ich aus der Vision zu schöpfen glaubte, verfliegt.

...an sie zu stoßen, heißt an ihnen zu zerbrechen.

XII.

Würden wir die Anzeichen einer kosmischen Aktivität anderer Zivilisationen wahrnehmen, so würden wir zugleich etwas über unser eigenes Schicksal erfahren. Falls uns etwas derartiges gelänge, wären wir nicht mehr ausschließlich auf Vermutungen angewiesen, die sich auf die begrenzte irdische Erfahrung stützen: mit den kosmischen Fakten würde ein gewaltiger Bezugsrahmen entstehen.

Stanislaw Lem: Summa technologiae

Epilog
ad acta: bert traven, code nr. 24 56 978 X,
fragmentarische aufzeichnung, wahrscheinlich die letzte, die er noch bei klarem verstand abfaßte
planetare forschungsstation eridanus
RUBIKON-3

Die Tage und Nächte, die ich hier allein bin, dehnen sich zu schierer Unendlichkeit. Ich habe mein Zeitgefühl, meinen biologischen Rhythmus und meine innere Festigkeit verloren. Zu spät erkenne ich, daß es ein Fehler gewesen ist, allein hierzubleiben. Ich streife unentwegt durch die Korridore und habe die Aufgaben, die man mir anvertraute, längst vergessen. Meine Gedanken verflechten sich zu wirren Phantastereien, die mich mehr und mehr einnehmen, katalysiert von der drückend auf mir lastenden Atmosphäre, die inzwischen beinahe greifbare Dichte angenommen hat. Nur wenn ich dann und wann meine Aufzeichnungen weiterführe (sofern es mir gelingt, genügend Kraft darauf zu konzentrieren), schaffe ich es noch, zu klaren Gedanken zu kommen und mir wenigstens ansatzweise eine Ahnung davon zu verschaffen, was überhaupt mit mir geschieht. Meine letzten Versuche, die Vorfälle in ihrer Bedeutung herabzuspielen und meine eigene zunehmende Verwirrung psychosomatisch zu deuten und so ihre Ursachen anzugehen, sind fehlgeschlagen, haben permanenter geistiger Schwäche Platz gemacht. Kaum welche der vorangegangenen Hypothesen und Spekulationen sind mir erhalten geblieben, nur das Gefühl von Schwäche und Begrenztheit, das sie in mir bewirken, dauert an. Meine geistigen Fähigkeiten gehen in demselben Maße zurück, wie ich mich dem Wahnsinn nähere, doch emotional ist alles, was ich in den letzten Tagen erlebte, von ungewöhnlicher Klarheit. Meine eigenen Gesetze sind enthüllt, *fühlbar* geworden, ich habe mich ihnen soweit genähert, daß sie mich einzuengen beginnen. Es gibt kein Zurück mehr. Ich weiß beinahe nichts mehr, denn am Ende des Weges, den ich beschritt und der nie hätte ein Ende nehmen dürfen, verliert sich alles, was ich je kannte oder wußte, zur Bedeutungslosigkeit. Meine eigenen Begrenzungen erfahren zu haben, indem ich, auch wenn es nur indirekt war, die Begegnung mit einer fremden Intelligenz erlebte, gibt meiner ganzen Weltansicht eine neue, sinnentleerte Bedeutung. Ich fühle mich als nichts und werde deshalb zu nichts.

Doch in einem der letzten klaren Momente, wie er mir jetzt, als ich diese Zeilen schreibe, noch offensteht, verhilft mir dieses Ende zu einer Einsicht, die mein Leben von Grund auf hätte bestimmen können, wäre ich früher zu ihr gelangt. Menschsein heißt einem eng begrenzten Weg zu folgen, an dessen Seiten Irrwege, Fallen und Umwege lauern, die es oft so schwermachen, den eigentlichen Verlauf des Weges zu erkennen, daß man ihn erst suchen und wieder freilegen muß. Dieser Weg heißt nicht, alles wissen zu wollen, um jeden Preis die Abgründe, die ihn seitlich begrenzen, zu überwinden; es ist vielmehr ein Weg, der ins Nichts führt, uns anhält, in allem, was wir je entdecken, einen Sinn zu suchen, uns ein Ziel nur vor Augen hält, dessen Anblick uns aber schon die Kraft gibt, die wir brauchen. Wir sind hier mit unseren Forschungen auf Eridanus in einen Seitenweg abgeirrt, der uns unweigerlich in den Abgrund führt, obwohl es mehr als einmal die Gelegenheit gab, wieder umzukehren und sich mit dem, was man bis zu einem bestimmten Punkt erfahren hatte, zufriedenzugeben. Ich stehe nun am Rand des Abgrundes, und es bleibt mir nichts, als zu hoffen, daß alle, die mir folgen, ihren Weg klaren Blickes gehen werden.

Düsseldorf, Juli '82 bis August '83

George Orwell

1984

Ullstein Buch 3253

ein Ullstein Buch

George Orwells Welterfolg wird hiermit erneut als Taschenbuch vorgelegt. Mit atemberaubender Unerbittlichkeit zeichnet der Autor in diesem visionären Roman das erschreckende Zukunftsbild einer durch und durch totalitären Gesellschaft, die bis ins letzte Detail durchorganisierte Tyrannei einer absolut autoritären Staatsmacht. Dieses Buch entstand unter dem Eindruck unkontrollierter Willkürherrschaft, des Nazismus, des Faschismus, des Stalinismus, aber auch der wirtschaftsimperialistischen Tendenzen bei den Industriemächten während des Zweiten Weltkriegs. Pessimistischer und grimmiger noch als in seinen anderen Büchern bringt Orwell hier seine Überzeugung zum Ausdruck, daß die Machtstruktur einer Gesellschaft auch durch Revolution nicht grundlegend verändert werden kann und daß die Zerstörung des Menschen durch eine perfektionierte Staatsmaschinerie unaufhaltsam ist. Seine düstere Zukunftsvision gewinnt dadurch einen beklemmenden Wirklichkeitsbezug, dem sich auch der Leser von heute nur schwer entziehen kann.

Richard Adams

Unten am Fluß Watership Down

Roman

Ullstein Buch 3508

ein Ullstein Buch

Die weltbekannte Saga vom Exodus der Kaninchen enthält in ungewöhnlicher Frische alles, was die Abenteuer eines wandernden Volkes ausmacht: Bedrohung der alten Heimat, Prophezeiung des Untergangs, Auszug unter einem jungen Heißsporn, Abenteuer ohne Zahl im feindlichen wie im gelobten Land, Meuterei, Treuebruch und Heldenmut, Schlachten mit hohem Blutzoll – und schließlich Einzug ins Land der Freiheit, des Friedens und allgemeinen Glücks.

»Richard Adams erzählt glänzend ... Es ist ein Vergnügen, diese Geschichte zu lesen.« (Sybil Gräfin Schönfeldt in DIE ZEIT)

Die Frankfurter Allgemeine Zeitung nannte diesen Weltbestseller »lecker wie frische Salatblätter« und empfahl ihn den Liebhabern behaglicher Erzählkunst und trockenen englischen Humors.